buch & media

Simon Zawalinski, geboren 1952 in Stettin, lebte zunächst mit seinen Eltern in Polen. Während der antijüdischen Exzesse in den Jahren 1967–1970 emigrierte er nach Israel und von dort in die Bundesrepublik Deutschland, wo er sich in Frankfurt am Main niederließ. Noch in Polen schrieb er als Jugendlicher Gedichte und Erzählungen. In Israel redigierte er mit anderen Mitgliedern eine Kibbuzzeitung, für die er auch regelmäßig schrieb. In Deutschland war er Mitherausgeber und Autor einer polnischen Exilzeitschrift. Von ihm erschienen bereits die Romane »Der Ostpark-Blues« (2010), »Der Schnee von Jerusalem« (2013) sowie »Das Bildnis einer Prinzessin« (2017), das Theaterstück »Der polnische Patient« (2014) und die Erzählsammlung »Frankfurter Kioskgeschichten« (2015).

SIMON ZAWALINSKI

Mord im Westend

FRANKFURT-KRIMI

buch & media

Februar 2018

Lektorat: Christa Opitz-Schwab
Umschlaggestaltung:
Umschlagfoto © shutterstock.com/RossHelen
Printed in Germany
ISBN print 978-3-95780-120-3
ISBN epub 978-3-95780-121-0
ISBN pdf 978-3-95780-122-7

MORD IM WESTEND

KOMMISSAR STEINACKER ERMITTELT.

ERSTER FALL.

I

Kommissar Steinacker ließ die Zeitung aus seinen Händen gleiten. Sie fiel auf den Fußboden seines Zimmers im fünften Stock des Polizeipräsidiums. Er war schläfrig, am liebsten hätte er ein kleines Nickerchen gemacht. Es kostete ihn große Anstrengung, die Augen offen zu halten. Er sammelte die Zeitung wieder auf und blätterte zu der Seite mit den Bundesliganachrichten. Die Eintracht hatte schon wieder verloren, wie so oft in der letzten Zeit. Er schob die Zeitung beiseite, als sein Telefon klingelte. Eine Frauenstimme meldete ein Vorkommnis in der Savignystraße im Frankfurter Westend. Dort sollte in einer Dachwohnung jemand ermordet worden sein. Eigentlich nichts Ungewöhnliches, Frankfurt war ein heißes Pflaster, wo Verbrechen aller Art begangen wurden. Die Palette umfasste Vergewaltigung, Drogenhandel, Betrug, Raubüberfälle sowie Mord und Totschlag, und dafür war Steinacker als Mitglied der Mordkommission zuständig.

Armin Steinacker war ein sehr erfahrener Polizeibeamter, der schon über fünfundzwanzig Jahre die Position eines leitenden Ermittlers innehatte. Er war von mittlerer Größe, früher schlank, aber inzwischen mit einem kleinen Bauch, der seinen Lebensgewohnheiten geschuldet war. Der Gesetzeshüter war nie verheiratet gewesen, obwohl unzählige Möglichkeiten zu diesem Schritt bestanden hatten. Irgendetwas hatte ihn immer gehindert, sich zu dieser bedeutsamen Entscheidung durchzuringen. Er wohnte in einem alten Frankfurter Arbeiterstadtteil zur Miete und besaß ein Dienstauto, das er auch für private Fahrten benutzte. Zurzeit war er Single. Seine frühere Freundin Marianne, eine Stewardess, hatte das Leben mit nur sporadischen Treffen satt gehabt und das Verhältnis aufgekündigt. Steinacker und seine Marianne hatte sich unregelmäßig etwa zwei Mal im Monat gesehen, was ihm vollkommen reichte, ihr aber nicht. Sie waren gemeinsam ins Kino oder ins Theater gegangen, hatten Ausstellungen besucht oder Spaziergänge im nahen Taunus gemacht. Er sehnte sich nach einer festen Beziehung, war aber unfähig, sich zu binden.

Der Kommissar hatte auch ein Hobby, aber es war kein Hobby, wie man es bei einem Polizisten seines Alters vermutet hätte. Weder ging er angeln noch machte er Schießübungen, er mochte auch keine Herrenabende mit Kameraden oder Kollegen. Freunde hatte er keine und mit seinen Kollegen hatte er während seiner Arbeit ständig zu tun, daher genoss er in seiner Freizeit die Ruhe, die er brauchte, um seinem Hobby nachzugehen. Denn Steinacker betätigte sich an seinen freien Abenden als Schriftsteller, er schrieb Kriminalgeschichten. Außerdem las er viele Bücher und Zeitungen, er war ein wissensdurstiger Mensch. Früher war er gerne zu den Heimspielen der Eintracht und des FSV gegangen, doch mit der Zeit verfolgte er diese nur noch im Fernsehen und über die Spielberichte in der Presse.

Trotz der häufig grausamen Fälle gefiel ihm seine Arbeit in der Mordkommission, auch wenn vieles inzwischen Routine war. Kommissar Steinacker war ein guter Ermittler, der rasch die Zusammenhänge erfasste und dem Täter meist schnell auf der Spur war. Manchmal musste er allerdings auch Niederlagen hinnehmen. In seiner Abteilung galt er als Eigenbrötler, aber als einer mit viel Elan und guten Menschenkenntnissen. Mit seinem jetzigen Chef war er schon auf der Polizeischule gewesen, sie hatten gemeinsam Streifendienst geschoben und waren dann in die Ermittlungsabteilung versetzt worden. Beide waren immer zusammen gewesen, trotzdem waren sie nie enge Freunde geworden, sondern hatten immer respektvolle Zurückhaltung geübt.

Jetzt musste also wieder ein Tötungsdelikt aufgeklärt werden. Steinacker schaute aus dem Fenster. Das Wetter war herrlich, am azurblauen Himmel zeigten sich nur wenige Wolken und es schien richtig warm zu sein. Trotzdem zog er seinen alten Frühlingsmantel über und setzte sich seinen Hut, den er von einer seiner früheren Partnerinnen geschenkt bekommen hatte, aufs Haupt. Draußen stand sein Dienstwagen, ein alter Volvo, von dem er sich nicht trennen konnte und wollte. Eigentlich war das Westend nur einen Katzensprung vom Polizeipräsidium entfernt und Steinacker hätte den Weg auch zu Fuß bewältigen können, aber er war ein Bewegungsmuffel und wollte sein Auto nicht allein lassen. Das war so ein komischer Spleen von ihm.

Die Savignystraße war eine gute Adresse für Werbeagenturen, Rechtsanwälte, Ärzte und Finanzfirmen. An ihrem Anfang war sie noch vornehmer als am Ende, wo ein Hotel und eine Kirche standen. Ungefähr in ihrer Mitte befand sich auf der linken Seite das Gebäude der jüdischen Gemeinde. Dieses wurde streng bewacht, die Kollegen von der Polizei waren dort sichtbar präsent. Das Haus, in dem das Verbrechen stattgefunden hatte, war nicht weit davon entfernt und leicht zu erkennen, denn dort standen schon mehrere Polizeiwagen. Einige Schaulustige beobachteten neugierig das Kommen und Gehen. Eine Polizistin war dabei, eine Absperrung einzurichten. Steinacker zeigte dem wachhabenden Kollegen seinen Ausweis und betrat das Gebäude. Dieses war gepflegt, der Flur bestach durch Sauberkeit, auf jeder Etage standen Pflanzen und an den Wänden hingen Bilder mit Blumenmotiven. Steinacker war kein Blumenfreund, er mochte nur Kakteen. Früher hatte er diese sogar leidenschaftlich gesammelt und damit sein Wohnzimmer gefüllt. Eines Tages, während eines depressiven Anfalls, hatte er alle in den Müll geworfen und seitdem hatte sich keine Pflanze mehr in seine Wohnung verirrt.

Die Wohnung, die zum Tatort geworden war, befand sich im dritten Stock. Die Eingangstür stand offen. Drinnen arbeiteten die Kriminaltechniker, sie maßen, zählten, suchten nach Spuren, untersuchten den Computer und den Laptop, bemächtigten sich des Handys des Opfers. Steinacker schaute auf das Namensschild vor der Tür und musste unwillkürlich schmunzeln. Die Wohnung gehörte einem Peter Ackerstein. Ackerstein war auch der Name von Steinackers Romanheld. Inspektor Ackerstein war die Hauptperson seiner Kriminalromane und in gewisser Weise sein Alter Ego. Jung, dynamisch, charmant, sehr gut aussehend, ein geborener Frauenheld und ein Meister seines Fachs, der nicht nur durch die Kraft seiner Fäuste die schwierigsten Fälle zu lösen vermochte, war Ackerstein der Gegensatz zu seinem Erfinder, der nicht mehr jugendlich und nie charmant, sondern öfters grimmig und erbittert daherkam. Leider hatte der Kommissar bis jetzt noch keinen Verlag finden können, der seine Bücher veröffentlichen wollte. Man fand seine Romane nicht schlecht, aber sie seien auch nicht gut genug, es fehle das gewisse Etwas. Der Gesetzeshüter ließ sich aber von den Absagen nicht unterkriegen, er schrieb weiter und hoffte auf den Durchbruch.

Der Pathologe, ein in Frankfurt geborener Sohn argentinischer Eltern, begrüßte Steinacker herzlich. »Die Leiche liegt in der Küche. Eine Dame um die dreißig. Das Küchenmesser fand den Weg in ihr Herz, sie war sofort tot. Das Messer gehört zu einem Messerbesteck, das wir in der Küche gefunden haben. Der Mord passierte vor etwa vier oder fünf Stunden.«

Vom Chef der Spurensicherung bekam Steinacker mitgeteilt, dass die Ermordete keine Ausweispapiere bei sich hatte. Man habe in der Wohnung ein Mobiltelefon gefunden, das jedoch nicht unbedingt der Verstorbenen gehören musste. Außerdem Kosmetika und Nagellack, was vermuten ließ, dass das Opfer in der Wohnung heimisch war. Hinweise auf die Identität der Toten habe man bis jetzt nicht.

Steinacker sah sich in der Wohnung um. Sie bestand aus drei Zimmern, einem langen Korridor, einem Bad und der Küche. Diese war mit modernsten Geräten ausgestattet, die im einfallenden Sonnenlicht hell glänzten. Das gesamte Appartement war mit Geschmack eingerichtet, an den Wänden hingen Reproduktionen bekannter Maler.

Steinackers Mitarbeiter Doppelmayer, ein waschechter Bayer aus Landshut, unterbrach den Rundgang seines Vorgesetzten. »Bei dem Handy handelt es sich um ein Zweitgerät des Wohnungsinhabers«, erklärte er. »Dr. Ackerstein ist ein bekannter Dokumentarfilmer, er arbeitet im Auftrag verschiedener Anstalten. Erst letzten Donnerstag lief im öffentlichen Fernsehen sein Dokumentarfilm über die Slawen in Deutschland. Unlängst hat er auch einen Film über den Frankfurter Staranwalt Hans-Joachim Weiß gedreht. Nach meinen Informationen befindet sich Dr. Ackerstein zurzeit auf einer Dienstreise in Argentinien. Er sollte erst nächste Woche nach Frankfurt zurückkehren. Wir haben ihn schon telefonisch gebeten, früher zu kommen. Er versprach, sich zu beeilen, aber er müsse einige wichtige Dinge erledigen und es könne noch ein paar Tage dauern.«

Der Kommissar fragte seinen Mitarbeiter, ob es hier einen Hausmeister gäbe, und erfuhr, dass dieser im Treppenhaus wartete. Johann Thomanek war ein untersetzter Mann mit Schnauzer und spärlichem Haar. Mit stolzer Brust und noch stolzerem Bauch lehnte er am Treppengeländer und rauchte eine Zigarette.

»Sie sind der Hausmeister dieses Gebäudes?«, fragte Steinacker und lächelte den Mann freundlich an. Das hatte Methode und verfehlte selten seine Wirkung. So entstand eine Atmosphäre des Vertrauens und der Ermittler erhielt zwangloser Auskunft.

»Ja, ich bin hier der Hausmeister, mein Name ist Thomanek.« Der Mann lächelte gleichzeitig selbstbewusst und unsicher und signalisierte dem Kommissar seine Bereitschaft, die gestellten Fragen sachdienlich zu beantworten.

»Wissen Sie, ob eine Frau bei Dr. Ackerstein wohnte?«, fragte der Kommissar.

»Herr Doktor Ackerstein hat eine neue Freundin. Sie wohnt seit ungefähr drei Monaten oder auch schon etwas länger hier, so genau weiß ich es nicht. Ich habe noch drei andere Häuser zu betreuen, daher weiß ich nicht alles über die Mieter.«

»Aber irgendetwas wissen Sie schon, Herr Thomanek?« Steinacker schaute ihn auffordernd an.

»Die Frau heißt Eva Bem oder Brehm und arbeitet in der Hotelbranche«, erzählte der joviale Mann. »Wo genau, kann ich leider nicht sagen. Ist das die Frau Eva, die dort in der Küche liegt?«

»Woher wissen Sie, dass das Opfer in der Küche liegt, wo Sie doch meinen Kollegen gesagt haben, dass Sie nicht in der Wohnung gewesen sind?«

Der Hausmeister blickte verlegen zu Boden und errötete leicht.

»Also waren Sie doch in der Wohnung, nicht wahr?«, fragte der Kommissar mit strenger Stimme.

Der Gefragte gab zu, er habe der Versuchung nicht widerstehen können, Frau Eva einen Besuch abzustatten. »Die Tür nicht war richtig offen, aber auch nicht geschlossen. Ich konnte mir das nicht erklären. Dr. Ackerstein war ja verreist. Außer seiner Freundin war wohl niemand in der Wohnung, deshalb beschloss ich nachzusehen.«

»Dann darf man also Ihrer Meinung nach einfach mir nichts dir nichts eintreten, wenn sich die Freundin des Mieters allein in der Wohnung befindet?«, wollte der Gesetzeshüter wissen.

Nun geriet der gute Mann in Erklärungsnot und versuchte es mit der Wahrheit. »Sie müssen wissen, Herr Kommissar, dass Frau Eva nicht so prüde war wie die meisten Damen. Sie war freizügig und zeigte sich gerne im Negligé. Immer wenn Dr. Ackerstein nicht da war, hatte sie irgendwelche Wünsche. Einmal sollte ich die Heizung richtig einstellen, ein anderes Mal den Wasserhahn reparieren. Dabei präsentierte sie sich stets in leichter Bekleidung und zeigte mir, was für eine schöne Figur sie hatte. Und nun bin ich zufällig an der Wohnung vorbeigegangen und die Tür stand offen. Zu meinem Unglück!«

Steinacker lächelte milde. »Also Sie sind hineingegangen, die Tür war ja offen. Was haben Sie dort gesehen?«

»Ich suchte Frau Eva. In den Zimmern war sie nicht. Ich ging in die Küche und sah sie dort liegen, mit einem Messer in der Brust. Ich bekam es mit der Angst zu tun und wollte weglaufen, dann erinnerte ich mich an die vielen Krimis, die ich im Fernsehen gesehen habe, und beschloss, mich professionell zu verhalten. Also hielt ich Ausschau nach dem Täter, fand aber niemanden und auch keinen Hinweis, wer der Täter sein könnte. Dr. Ackerstein ist ja außer Verdacht, er ist doch in Argentinien. Obwohl: Er könnte auch früher nach Frankfurt zurückgekehrt sein.«

»Gut. Was passierte danach?«

»Danach ging ich zu dem Telefonhäuschen um die Ecke, übrigens das einzige Telefonhäuschen in der Nähe, und meldete anonym den Fund einer Frauenleiche.«

»Warum anonym?«, wollte der Ermittler wissen.

»Ich wollte nicht in die Ermittlungen hineingezogen werden.«

»Das lässt sich jetzt leider nicht mehr vermeiden«, wurde der Hausmeister nun aufgeklärt. Steinacker informierte ihn, dass er am morgigen Tag im Polizeipräsidium erscheinen müsse, um eine detaillierte Aussage zu machen. »Sie dürfen Frankfurt nicht verlassen, bevor Sie als Zeuge angehört wurden.«

»Aber ich werde doch hoffentlich nicht verdächtigt?«, fragte Thomanek erschrocken. Er schaute den Polizisten bestürzt an und beteuerte nachdrücklich: »Ich habe Frau Eva nicht umgebracht! Ich mochte sie, ich mochte sie sogar sehr.«

Der Kommissar lächelte diskret und dachte, dass er den Mann sogar verstehen konnte. Er entließ den Hausmeister nach Hause. Der joviale Typ wäre ein schlechter Mörder gewesen, da war sich der Kommissar sicher. Doch sein Hinweis auf Dr. Ackersteins mögliche frühere Rückkehr von seiner Reise war gar nicht so dumm. Der Amateurdetektiv hatte da einen richtigen Gedanken verfolgt. Selbstverständlich kam auch der Hausmeister als Täter infrage, Eifersucht oder unerwiderte Gefühle konnten ein Motiv sein. Denn dass er etwas für die Tote fühlte, war Steinacker nicht entgangen. Abgelehnte Liebe hatte schon häufiger zu Mord oder Totschlag geführt. Vielleicht hatte sie ihn ausgelacht, als er ihr seine Liebe offenbarte, und er hatte zum Messer gegriffen. Das war theoretisch möglich, praktisch auch, aber sein Bauchgefühl sagte Steinacker, dass der Hausmeister zu einer solchen Tat nicht fähig war.

Die Tote wurde zum Abtransport freigegeben. Zusammen mit Doppelmayer verließ der Kommissar den Tatort und fuhr zurück zum Polizeipräsidium. Dort machten sie sich an die Arbeit, um so viel wie möglich über die Tote und den Inhaber der Wohnung herauszufinden. Der Kommissar setzte sich hinter den Schreibtisch und zog leicht stöhnend seine etwas zu eng geratenen Schuhe aus, um den Schmerz zu lindern.

Die Recherchen ergaben, dass Peter Ackerstein seinen Doktortitel in Medienwissenschaften und Politologie an der Frankfurter Universität gemacht hatte. Für das Fernsehen und verschiedene Produktionsgesellschaften drehte er Dokumentarfilme zu den unterschiedlichsten Themen, sowohl über prominente Persönlichkeiten wie auch über einzelne Regionen, insbesondere in Osteuropa. Er beschäftigte sich zudem mit Umweltproblemen und hatte für das Fernsehen eine Reihe von TV-Berichten über die Umweltverschmutzung in Europa gemacht. Diese Serie hatte ihm zahlreiche Preise im In- und Ausland eingebracht. Erst vor Kurzem hatte er vom Ministerpräsidenten des Freistaates Bayern einen Preis für eine aufsehenerregende Dokumentation über die Alpen erhalten. Der Künstler war früher mit einer Frankfurter Kunstgaleriebesitzerin verheiratet gewesen, mit der er eine Tochter hatte. Seit ungefähr drei Monaten lebte er mit einer gewissen Eva Bem zusammen, die er bei einer Matinee in einem renommierten Hotel kennengelernt hatte. Eva Bem stammte aus Offenbach am Main, ihre Kindheit hatte sie jedoch in Sofia verbracht, wo ihr Vater für einen großen deutschen Konzern tätig war. Dort hatte sie die deutsche Schule besucht. Im Alter von zweiundzwanzig Jahren war sie mit der Familie zurück nach Frankfurt gekommen, wo sie in einer prächtigen Villa wohnten. Bald darauf hatte Eva einen jungen Kunsthistoriker geheiratet und war in dessen Wohnung gezogen. Eva Bem schrieb Kinderbücher, die auch veröffentlicht wurden.

Diese Stelle seiner Lektüre versetzte Steinacker einen kleinen Stich, denn im Gegensatz zu den Texten der Toten waren seine Romane noch nie veröffentlicht worden. Dafür lebe ich und sie ist tot, dachte er mit beschämender Schadenfreude. Sein Neid auf alle, die mit ihren Veröffentlichungen mehr Glück hatten als er, war bei ihm fast schon eine Obsession.

Als Evas Gatte Vizedirektor eines angesehenen Museums wurde, begann die Ehe zu kriseln. Sie trennten sich im Einvernehmen, Kinder hatten sie keine. Da sie nicht nur vom Schreiben leben konnte, baute sich Eva ein zweites Standbein auf und arbeitete als Stadtführerin für ausländische Touristengruppen.

Steinacker beschloss, die Eltern des Opfers aufzusuchen, um ihnen die traurige Nachricht von Evas Tod zu überbringen. Er wollte von ihnen auch mehr über ihre Tochter erfahren, obwohl er wusste, dass dies ein schwieriges Unterfangen sein würde. Das Emotionale stand da im Vordergrund, für rationales Denken war in einer solchen Situation meist kein Platz.

Die Villa der Familie befand sich ganz in der Nähe des Tatortes. Sie grenzte an ein Gebäude der ehemaligen Gestapo, in dem sich jetzt ein angesehener Verlag befand. Mit Grauen erinnerte sich Steinacker an die

Begegnung mit der Verlagschefin, die ihn empfangen hatte, als ihr ein Polizeikommissar gemeldet wurde. Mit Verwunderung hatte sie dann zur Kenntnis genommen, dass dieser Gesetzeshüter ein Hobbyautor war, der von einer Veröffentlichung in ihrem Verlag träumte. Die sonst wenig zimperliche Managerin hatte die Absage schonend gestalten wollen und ganz sanft erklärt, dass ihr Verlag ein »Rolls-Royce« in der Verlagsbranche sei, er als Anfänger aber einen »Opel« oder »Fiat« brauche. Er solle bei einem kleinen Verlag sein Glück versuchen. Sollte er Erfolg haben, käme sie von alleine auf ihn zu. Diese Worte waren demütigend und taten weh. Seiner Zuversicht beraubt, hatte er sich nach Hause geschleppt, wo er bei ein paar Gläsern Bier über die ungerechte und böse Welt sinniert hatte.

Steinacker parkte den Wagen in der Einfahrt. Es dauerte eine Weile, bis er die Klingel fand. Noch länger dauerte es, bis ihm jemand die Tür öffnete. Eine schwarzhaarige junge Frau stand vor ihm und schien mit den Augen stumm nach seinem Begehr zu fragen. Er wies sich als Mitglied der Mordkommission aus und fragte nach dem Ehepaar Bem. Die Dame rief laut »Polizei« und verschwand im Inneren des Hauses. Nach einer kurzen Wartezeit erschien ein groß gewachsener Mann an der Tür. Er stellte sich als Alois Bem vor und bat den Kommissar herein. Er forderte ihn auf Platz zu nehmen, wobei er auf einen sehr avantgardistisch gestalteten Sessel zeigte, bot ihm ein Glas Mineralwasser an und fragte nach dem Grund des Besuches.

»Ist Ihre Gattin auch zu Hause?«, begann Steinacker.

»Warum fragen Sie nach meiner Frau?«, wollte Herr Bem wissen.

»Es geht um Ihre Tochter und da wäre es gut, wenn beide Elternteile anwesend wären.«

»Nein, meine Gattin ist nicht da und sie wird wohl auch nicht zurückkehren«, sagte Alois Bem mit leiser Stimme und trauriger Miene. »Wir haben uns nämlich vor Kurzem getrennt.«

»Wohnen Sie nun allein im Haus?«

Der Villenbesitzer lächelte und zeigte auf die junge Frau, die an der Zimmertür stehen geblieben war. »Ivanka wohnt auch hier. Sie spricht leider kein Deutsch, sie kam erst vor einigen Wochen aus Bulgarien hierher.«

»Was sind Sie von Beruf, Herr Bem?«

»Ich bin Projekt- und Bauleiter bei einem international tätigen Konzern. Dieser baut zurzeit große Fabriken und Kraftwerke in Bulgarien, milliardenschwere Prestigeobjekte. Bulgarien durchlebt im Moment eine rasante gesellschaftliche und wirtschaftliche Entwicklung, überall spürt man Aufbruchsstimmung, dabei hat die Nutzung der vorhandenen Potenziale gerade erst begonnen. Das Land und die dort lebenden Menschen haben noch Großes vor. Aber ich gehe davon aus, dass Sie nicht wegen meiner Arbeit mit mir sprechen wollten?« Bem schaute Steinacker ernst an und fragte besorgt, ob Eva schon wieder etwas angestellt hätte.

Der Kommissar verbesserte seine Sitzhaltung in dem unbequemen Sessel. »Was meinen Sie damit? Hatte Ihre Tochter häufig Ärger?«

Der Gefragte schloss für einen Augenblick gequält die Augen. »Sie müssen wissen, dass Eva ein wenig im heißen Wasser gebadet ist, wie die Bulgaren sagen. Sie ist sehr impulsiv und starrköpfig, deshalb hat sie immer wieder Probleme.«

Voller Unbehagen nahm Steinacker einen Schluck Wasser und stellte das Glas behutsam auf den modernen Tisch, bevor er beklommen sagte: »Leider erfolgt mein Besuch hier aus einem sehr traurigen Anlass. Ich muss Ihnen mitteilen, dass Ihre Tochter heute ums Leben gekommen ist, genauer gesagt, sie wurde ermordet.«

Bem ließ sich auf einen Stuhl fallen und schaute den Kriminalisten ungläubig an. »Sie ist tot? Meine kleine Eva ist tot?« Er starrte verstört vor sich hin, aber dann trat plötzlich ein zorniger Funke in seine Augen. »Dieses Ungeheuer! Diese Bestie! Eva hatte nie Glück mit den Männern. Es war eine unglückliche, eine blöde Liebe. Dieser alkoholsüchtige Unmensch, dieser Cineast, gelobte ständig Besserung, aber er wurde immer wieder rückfällig und begann erneut mit der Trinkerei. Dieser verfluchte Mörder!«

Steinacker versuchte ihn zu beruhigen. »Bis jetzt konnten wir noch keinen Verdächtigen ausfindig machen«, erläuterte er den Stand der Ermittlungen. »Dr. Ackerstein befindet sich zurzeit in Argentinien, aber sein Alibi wird von uns überprüft. Wir stehen noch am Anfang unserer Ermittlungsarbeit, aber wir werden alles tun, um den Täter zu überführen und festzunehmen.«

»Ich muss unbedingt meine Frau informieren«, sagte Evas Vater mehr zu sich selbst. »Man muss sich um die Beerdigung kümmern. Ich muss alles organisieren, aber zuerst muss ich meine Frau finden. Sie ist weg. Ich muss sie unbedingt kontaktieren«, redete er hilflos vor sich hin.

»Sollten Sie Ihre Gattin nicht erreichen können, geben Sie mir Bescheid, ich kümmere mich darum«, bot der Kriminalpolizist an und reichte Alois Bem seine Visitenkarte. »Vorerst ist die Leiche allerdings noch nicht freigegeben. Da Ihre Tochter ermordet worden ist, muss eine Obduktion durchgeführt werden. Leider muss ich Sie bitten, morgen etwa gegen zehn Uhr in das pathologische Institut zu kommen, um Ihre Tochter zu identifizieren. Das kann ich Ihnen leider nicht ersparen.«

Der Kriminalbeamte stand auf und gab dem Vater die Hand. Ivanka schaute Steinacker freundlich an und lächelte etwas verlegen. Steinacker fragte sich, ob sie die Unterhaltung nicht doch verstanden hatte, er traute das der aufgeweckt wirkenden Dame durchaus zu.

2

Der »Klub der deutsch-bulgarischen Freundschaft« befand sich in der Innenstadt, in der Nähe der Frankfurter Devisen- und Wertpapierbörse. Die Räumlichkeiten in der Schillerstraße waren mit bequemen Sofas und Sitzgruppen ausgestattet, an denen sich die Klubmitglieder und auch Gäste über ihre Angelegenheiten austauschen konnten. Es gab die neuesten Presseerzeugnisse aus Bulgarien und aus Deutschland, eine kleine Küche servierte bulgarische Köstlichkeiten. Täglich gab es hier Diskussionen, Vorträge und Lesungen deutscher und bulgarischer Künstler oder Wissenschaftler. Slavko Kamschikow und der Deutsche Thorsten Bodden hatten den Klub vor einigen Jahren gegründet. Kamschikow, ein bulgarischer Ingenieur und Erfinder, hatte in dem Leiter der wissenschaftlichen Abteilung eines weltweit operierenden deutschen Konzerns einen kongenialen Partner gefunden. Die beiden hatten beschlossen, einen Freundschaftsklub ins Leben zu rufen, der eine Brücke zwischen den beiden Nationen bilden sollte. Zu den Mitbegründern und Geldgebern gehörten außerdem der bulgarische Bauunternehmer Ivan Ivanovski und Frank Weinmann, ein deutscher Importeur von Paprika. Der Klub wurde von einer Koryphäe der bulgarischen Literatur, guten Fee des bulgarischen Theaterlebens und bekannten Drehbuchautorin in einem geführt: Polia Vurbanova. Polia lebte schon viele Jahre im Exil. Anfangs hatte sie ihre sozialistische Heimat nicht besuchen dürfen, aber nach dem Untergang des Schiwkow-Regimes war sie einige Male in Sofia gewesen. Doch die Heimatstadt war ihr fremd und total verändert erschienen. Sie war also im Westen geblieben und arbeitete bei der Frankfurter Messe, wo eine glückliche Fügung sie mit den Betreibern des Klubs zusammenbrachte, dessen Leitung sie übernahm. Mit der Sprache Goethes und Heines hatte sie ihre Schwierigkeiten, aber im Großen und Ganzen leitete sie die Geschicke des Klubs umsichtig und erfolgreich.

Vormittags waren meist nur wenige Menschen anwesend, aber nachmittags und insbesondere abends war es hier so voll, dass die Besucher manchmal keinen Sitzplatz mehr fanden und stehend an den Veranstaltungen teilnahmen oder die von Polia persönlich servierten bulgarischen Köstlichkeiten verzehrten. Aber nicht nur die Kultur und das Essen zogen die Menschen an. Viele Bulgaren besuchten die Räumlichkeiten, um ihre Geschäfte zu tätigen. Man suchte Arbeit oder hatte eine zu offerieren, man knüpfte Kontakte und fand neue Bekanntschaften, und man konnte hier sogar für eine begrenzte Zeit eine Schlafstelle finden.

Todor Todorov war ein großer Mann mit hoher Stirn und wenigen Haaren auf dem Haupt. Er kam in der letzten Zeit öfter in den Klub, immer in Begleitung eines Mannes mit leicht debilem Gesichtsausdruck. Todor nannte ihn seinen »Assistenten«, doch das war wenig glaubwürdig. Herr Todorov war selbstständiger Kaufmann im Import-Export-Geschäft für Waren aller Art. Egal ob Gemälde, goldene Münzen, Baumaterial, Kupfer, Ikonen oder Weine, Herr Todorov besorgte dem Auftraggeber das Gewünschte. Man wusste, dass er während der Schiwkow-Ära beim Sicherheitsdienst des Staates gearbeitet hatte und nach der politischen Wende Sicherheitsberater eines neuen einheimischen Konzerns gewesen war. Todor Todorov nahm kaum teil am kulturellen Leben des Klubs, ihn interessierte eher die wirtschaftliche Seite, die Möglichkeit, neue Kontakte zu knüpfen und alte zu vertiefen. Besonders eng war seine Beziehung zu dem Baulöwen Ivan Ivanovski. Dieser war zudem ein talentierter Autoexporteur. Er konnte jede Bestellung befriedigen, man musste ihm nur die gewünschte Marke und Ausstattung nennen und über Nacht stand der Wagen abholbereit auf dem Gelände seiner Firma. Die von ihm vermittelten Autos fanden sich später auf den Straßen Usbekistans, Turkmenistans und Kasachstans oder auch im Nahen Osten. Die beiden Geschäftsleute sponserten den Klub mit größeren Beträgen und gehörten daher auch zu dessen Vorstand.

Heute gab es nur einen einzigen Gesprächsstoff: den Tod eines Klubmitglieds, der schönen Eva. Für die männliche Welt war Eva eine junge, dynamische und begehrungswerte Person gewesen, während die Damen ihr Arroganz, Oberflächlichkeit und einen lockeren Lebenswandel vorwarfen. Todorov und Ivanovski waren da anderer Meinung, was sie während einer hitzigen Diskussion im Klub auch zum Ausdruck brachten.

In diesem Augenblick erschien ein Herr mittleren Alters in einem bei gefarbenen Mantel, der schon bessere Tage gesehen hatte, und fragte mit einer leichten Unsicherheit in der Stimme, ob dies der deutsch-bulgarische Klub sei.

Unwirsch antwortete Slavko Kamschikow, es handle sich hier um eine private Unterredung in einem privaten Klub, woraufhin der Störenfried geduldig erklärte, dass der deutsch-bulgarische Freundschaftsklub schon aufgrund seiner Statuten nicht privat sein könne. Bevor der etwas exaltierte Kamschikow in einen Streit mit dem Eindringling geraten konnte, fragte eine ältere Dame aus der Runde in wegen ihres starken Akzents schwer verständlichem Deutsch, wer er sei und was er wünsche. Der Mann entgegnete lächelnd, jetzt sei er sicher, hier richtig zu sein, und als Polia Vurbanova, nachdem sie einen kräftigen Zug von ihrer Zigarette inhaliert hatte, der Feststellung stumm zustimmte, nickte der Gast zufrieden und setzte sich auf einen etwas von der Gruppe entfernt stehenden Stuhl.

Einen Augenblick beobachtete er ruhig die hier versammelte Gesellschaft, dann erhob er sich und zeigte seinen Dienstausweis. »Ich heiße Steinacker, bin Kommissar bei der hiesigen Polizei und ermittle in der Mordsache Eva Bem. Und das ist Kommissar Doppelmayer, er wird die Personalien aller hier Anwesenden aufnehmen«, ergänzte er und zeigte auf einen jungen Mann in Jeans, der unbemerkt in der Tür erschienen war.

Plötzlich wurde es still in dem Klubraum. Keiner sagte ein Wort. Doppelmayer präsentierte Polia ein Papier mit der Genehmigung, den Klub zu durchsuchen, doch das war eigentlich unnötig, da sie den Text nicht verstand. Mehrere Polizisten erschienen im Raum und machten sich an die Arbeit. Todorov und Ivanovski wechselten kurze Blicke, was den geschulten Augen Steinackers nicht entging.

Ein Polizist bat den Kommissar in die Küche. Als dieser den Raum betrat, wurde ihm fast übel. Auf dem Fußboden stapelten sich schmutzige Schüsseln, Teller und Töpfe. Das Waschbecken war schon eine Ewigkeit nicht mehr geputzt worden, der Herd starrte vor eingebrannten Krusten. Kakerlaken spielten mit den Resten von Sauerkraut und rotem Paprika. Polia versuchte zu retten, was noch zu retten war, und gab einer Helferin die Schuld, die schon den dritten Tag der Arbeit ferngeblieben sei.

Steinacker antwortete, dass ihn zwar die hygienischen Verhältnisse in der Klubküche nur am Rande interessierten, denn er sei hier, um einen Mord aufzuklären. Trotzdem müsse er das Gesundheitsamt jedoch umgehend informieren und dieses werde sich um diese Angelegenheit kümmern. Man machte Fotos von allen Ecken des Klubs, um sie dem Ordnungsamt zur Verfügung zu stellen. Am Ende der Durchsuchung nahm man einen Computer und zwei Laptops mit und verabschiedete sich bis zum nächsten Tag, für den die Klubmitglieder zur Befragung ins Polizeipräsidium gebeten wurden.

Nach dem Besuch der Polizei konnte keiner der Anwesenden einfach zur Tagesordnung übergehen.

»Man geht wohl davon aus, dass Evas Mörder aus unserer Mitte kommt«, wandte sich Kamschikow an die Versammelten. »Ob das zutrifft, vermag ich nicht zu sagen. Die Polizei sucht wie immer zuerst beim schwächsten Glied in der Kette. Das kennen wir noch sehr gut aus Bulgarien. Ich schlage vor, wir erscheinen morgen alle wie bestellt im Präsidium, damit wir der Polizei keinen Grund zu unnötigen Verdächtigungen liefern.«

3

Steinacker und sein Kollege Doppelmayer saßen in verschiedenen Zimmern, um die vorgeladenen Personen getrennt zu vernehmen. Als Erster erschien Slavko Kamschikow beim Hauptkommissar. Der Ermittler nahm seine Personalien auf und befragte ihn dann zum Sachverhalt. Slavko Kamschikow war ein mittelgroßer, etwas untersetzter Mann mit schwarzem Haar und lebhaften braunen Augen. Er trug eine Hornbrille, die sein ohnehin rundes Gesicht noch breiter wirken ließ. Er hatte in Sofia studiert und danach als Ingenieur in einem großen Projektbüro gearbeitet. Aus einem beruflichen Einsatz in Österreich war er nicht zurück nach Bulgarien gegangen, sondern nach München übersiedelt, wo ein Freund wohnte. Dort hatte er Thorsten Bodden kennengelernt, der ihn überredet hatte, nach Frankfurt zu kommen und hier für seinen Konzern tätig zu werden. Der resolute Bulgare arbeitete an einem Sicherheitscode für besonders schutzbedürftige Einrichtungen und war mit seiner Forschung schon sehr weit fortgeschritten. Das gefiel den Chefs von Boddens Konzern und sie genehmigten Geldmittel, damit Kamschikow seine Arbeiten rasch zum Erfolg führen könnte.

»Während unserer Treffen wurde die Idee eines deutsch-bulgarischen Freundschaftsvereins geboren«, berichtete der bulgarische Erfinder. »Wir wollten etwas für die Verständigung zwischen Deutschen und Bulgaren tun. Der Verein wurde registriert und dann wurden die Klubräume angemietet. Zuerst erschienen nur wenige Personen und nur Bulgaren, erst später kamen auch interessierte Deutsche dazu. Mit der Einstellung von Polia Vurbanova bekam der Klub eine besondere, heimelige Atmosphäre. Auch Eva Bem verkehrte hier. Sie sprach ausgezeichnet Bulgarisch und knüpfte schnell neue Bekanntschaften. Bald kamen ihre Eltern ebenfalls in den Klub und auch sie fühlten sich hier heimisch.«

»Haben Sie das Opfer gut gekannt?«, fragte der Ermittler.

»Ich hatte wenig Kontakt zu Eva, sie bevorzugte die Gesellschaft von Ivanovski und Todorov. Besonders eng befreundet war sie mit dem Philosophen Marco Kosina, einem bekannten bulgarischen Intellektuellen, der seit seiner Emigration vor dreißig Jahren in Frankfurt ansässig ist.

Mehr kann ich Ihnen dazu leider auch nicht sagen, Herr Kommissar«, lächelte der bulgarische Ingenieur etwas unsicher.

Steinacker bewertete Kamschikows Ausführungen als sehr nützlich. Er war ein heller Kopf, wirkte intelligent, sein Deutsch war sehr gut und er bevorzugte eine gepflegte Sprache.

Als Nächste vernahm er Polia Vurbanova, eine kleine Frau mit schwarzem, von grauen Strähnen durchzogenem Haar. Ihr Gesicht sah müde aus, die doppelte Arbeit auf der Messe und im Klub hatte Spuren hinterlassen. Obwohl sie schon seit über zwölf Jahren in Deutschland lebte, war ihr Deutsch nicht besonders gut.

»Für Ordnung und Hygiene haben Sie leider nicht viel übrig, Frau Vurbanova. Deswegen wird der Klub auf unbestimmte Zeit geschlossen. Die Mitarbeiter des Gesundheitsamts werden entscheiden, wann und ob überhaupt Sie die Bewirtung wieder aufnehmen dürfen«, informierte sie der Kommissar. »Und jetzt zu etwas anderem: Kannten Sie Eva Bem gut?«

»Nein, nur flüchtig, genauso ihre Eltern. Ich kenne gut nur Kosina, mit dem ich über Kultur gerne spreche. Auch Eva hatte enge Beziehung zu ihm. Am Anfang Eva hatte auch enge Kontakt zu Herr Bodden, aber sie hat schnell beendet, als sie erfahren, dass er verheiratet.«

»Meinen Sie, die beiden hatten eine Affäre?«, hakte der Ermittler nach.

»Ich meine nicht, ich weiß!«, verbesserte ihn Frau Vurbanova.

»Wann ging diese Beziehung zu Ende?«

»Vor etwa zwei Monaten. Eva war schon mit dem Deutschen zusammen.«

»Sie meinen Dr. Ackerstein?«

»Ja.«

Danach erschien Thorsten Bodden im Zimmer des Kommissars. Bodden war ein großer schlanker Mann um die fünfzig, elegant gekleidet. Sein Haar war schon schütter, sein Gesicht wurde von einer Adlernase beherrscht und seine braunen Augen schauten aus der Deckung einer Brille vorsichtig auf die übrige Welt. Er wurde von zwei Konzernanwälten begleitet, die sogleich ihre Vollmachten auf den Schreibtisch des Kommissars legten. Dieser interessierte sich dafür allerdings nicht im Geringsten und erklärte den beiden ohne Umschweife, dass ihr Mandant nicht als Beschuldigter, sondern nur als Zeuge befragt werde und dabei keinen juristischen Beistand brauche.

»Wie haben Sie Herrn Kamschikow kennengelernt?«, wollte Steinacker von Bodden wissen.

»Ich habe ihn nach Frankfurt in die Forschungsabteilung meines Unternehmens geholt. Was er dort macht, darf ich Ihnen nicht sagen, es handelt sich um Anwendungen im Securitybereich.«

»Und wie war Ihr Kontakt zu Eva Bem?«

»Eva Bem lernte ich im Klub kennen. Ich hatte mit ihr eine kurzzeitige Affäre. Ihr Tod hat mich sehr erschüttert. Ich würde sie als eine liberale, aufgeschlossene Person beschreiben, die das Leben in vollen Zügen genoss. Sie brauchte kein Händchenhalten und keine romantischen Essen bei Kerzenlicht. Sie war sehr leidenschaftlich und setzte sich für die freie Liebe ein. Manchmal war sie auf ihre Mutter eifersüchtig, manchmal ihre Mutter auf sie.«

Der Kommissar dachte kurz nach und sagte dann: »Dann hatten Sie also mit der Mutter des Mordopfers ebenfalls eine Romanze?«

Der überraschte Zeuge gab unumwunden zu, auch mit Frau Bem ein kurzes, aber sehr intensives Verhältnis gehabt zu haben. Das war für Steinacker Grund genug, dem Frauenhelden zu erklären, er solle sich für eventuelle weitere Fragen zur Verfügung halten, bevor er ihn verabschiedete.

Anschließend war Ivan Ivanovski an der Reihe. Dessen Nase war mehr breit als lang von den vielen Schlägen, die sie schon abgekommen hatte. Ihr Besitzer war breitschultrig und roch nach billigen Zigarillos.

»Was machen Sie beruflich, Herr Ivanovski?«, begann der Ermittler das Gespräch.

»Ich bin Bauunternehmer und Elektriker. Ich baue kleine Häuser, Garagen, Gartenhäuschen und so weiter und verlege außerdem Stromleitungen. Mein zweites Standbein ist der Autohandel. Das Geschäft geht gut, ich zahle Steuern, und alles, was ich mache, ist legal und rechtskonform«, betonte er unaufgefordert.

»Woher sprechen Sie so gut Deutsch?«, wunderte sich der Polizist.

»Meine Mutter war Deutsche und mit ihr habe ich von Kindheit an nur Deutsch gesprochen.«

»Hatten Sie Kontakt zu Eva Bem?«

»Mit Eva Bem pflegte ich eine freundschaftliche Beziehung, auch ihre Eltern kenne ich gut. Aber ich hatte weder mit ihr noch mit ihrer Mutter ein sexuelles Verhältnis.«

»Warum erwähnen Sie das?«, fragte Steinacker erstaunt.

»Im Klub ist es ein offenes Geheimnis, dass sowohl die Tochter als auch die Mutter gerne Kontakt zu Männern suchten.«

»Und Sie?«

»Ich? Wie gesagt, ich hatte weder etwas mit der Tochter noch mit der Mutter. Ich bin glücklich mit einer Frau zusammen. Sie ist Bulgarin, aber kein Klubmitglied und auch keine Klubbesucherin.«

»Was ist Polia Vurbanovas Aufgabe im Klub?«

»Polia ist die gute Seele unseres Vereins. Sie ist sehr belesen, spricht ein schönes Bulgarisch, aber mit der deutschen Sprache hat sie so ihre Schwierigkeiten, so wie mit ihrem Sohn auch.«

»Sie hat einen Sohn?«

»Ja, er ist ebenfalls Klubmitglied und leitet unsere interne Diskothek. Er ist zwar hochtalentiert, aber durch und durch faul. Von Beruf ist er Grafik-Designer, aber er hat kaum Arbeit und lebt von Mamas Geld. Er spielt Geige und Klavier und hat eine schöne Stimme, nur macht er leider nichts aus seinen Möglichkeiten. Ich habe ihn einmal gebeten, ein Auto von München nach Usbekistan zu überführen, doch er lehnte dankend ab, die Anstrengung war ihm zu groß.«

Bevor Ivan Ivanovski das Vernehmungszimmer verließ, rief ihn der Kommissar noch einmal zurück. »Eine Frage noch: Was können Sie mir über Herrn Bodden erzählen?«

»Eigentlich nicht viel. Er ist im Vorstand des Vereins und gilt in Klubkreisen als Frauenheld. Der größte Womenizer dort ist allerdings Georgi Sienkow. Ich weiß nicht, ob überhaupt irgendeine Frau in unserem Klub nicht seinem Charme verfallen ist.«

»Frau Vurbanova und Frau Bem auch?«

Der Mann mit der Boxernase konnte sich ein Lächeln nicht verkneifen. »Fragen Sie die beiden doch selbst.«

Der nächste Zeuge hatte es in sich. Todor Todorov war ein großer, kräftiger Mann um die fünfzig. Seine kalten Augen wanderten ununterbrochen in alle Richtungen, um mögliche Gefahren abzuschätzen. Todorov lachte nie. Auch bei diesem Verhör blieb er ernst und höflich und beantwortete alle Fragen ohne jegliche Verzögerung. Der Kommissar hatte Auskünfte über ihn eingeholt und wusste, dass sein Gegenüber seit zwanzig Jahren die deutsche Staatsbürgerschaft besaß und dass er in Bulgarien Persona non grata war und polizeilich gesucht wurde. Er sollte an einem äußerst kühnen Überfall auf einen Boten der bulgarischen Nationalbank beteiligt gewesen sein. Man wollte ihn als Fahrer eines Fluchtwagens identifiziert haben. Er war nie verurteilt worden, aber man hatte ihm signalisiert, dass er der Heimat am besten fernbliebe. Todorov befolgte den Rat und eröffnete eine Export-Import-Firma, die regen Handel mit dem Balkan trieb. Er importierte Lebensmittel und exportierte Maschinen und technische Geräte. In der Türkei hatte er eine Dependance, von dort tätigte er seine Geschäfte. In Deutschland war er nie mit dem Gesetz in Konflikt geraten, obwohl er nach Ansicht Steinackers geradezu für die Rolle eines Gangsters prädestiniert war. Der Ermittler beschloss im Stillen, sich dieser Person mit besonderer Aufmerksamkeit zu widmen.

Todorov kannte selbstverständlich die ganze Familie Bem, hatte aber mit keinem besonders nahe Beziehungen gepflegt.

»Haben Sie einen Verdacht, wer Eva Bem ermordet haben könnte?«, wollte der Kommissar wissen.

»Leider kann ich dazu gar nichts sagen. Ich bin glücklich verheiratet, mich interessieren andere Frauen nicht. Ich spioniere den Klubmitgliedern auch nicht hinterher und an Vermutungen will ich mich nicht beteiligen. Den Filmemacher, bei dem Eva zuletzt wohnte, kenne ich nur flüchtig, ich habe mit ihm kaum gesprochen.«

Auf Steinacker wirkte sein Gegenüber aalglatt und mit allen Wassern gewaschen, die bulgarischen Sicherheitsbehörden hatten ihre Aufmerksamkeit sicher nicht grundlos auf ihn gerichtet. Er vermutete, dass Todorov seine Firma nur als Deckmantel für illegale Tätigkeiten benutzte. Aber ob er auch ein Mörder war?

Der zwielichtige Geschäftsmann präsentierte dem Kommissar ungefragt ein Alibi, das besagte, dass er während der Tatzeit mit seinen Freunden im Spielkasino in Wiesbaden gewesen war und sogar einige tausend Euro gewonnen hatte. »Meine Aussage ist leicht nachzuprüfen«, erklärte er mit einem ironischen Lächeln.

Steinacker würde sich die Mühe sparen, er war sicher, dass dies auch stimmte, denn ein gewiefter Verbrecher delegierte seine Arbeit und begab sich nur in besonders drastischen Fällen selbst an den Tatort.

Nach dem Ende der Befragungsrunde tauschten die beiden Ermittler ihre Vernehmungsprotokolle aus. Doppelmayer hatte Christo Christov, den Sohn von Polia Vurbanova, vernommen, der angegeben hatte, zurzeit arbeitslos zu sein. Er kannte Eva Bem gut und hatte mit ihr eine kurze, aber heftige Beziehung gehabt. Zur Tatzeit hatte er bei seiner Mutter im Klub gehockt und Bier getrunken. Auch der Bulgare Georgi Sienkow, ein Möbeldesigner, hatte eine Affäre mit dem Mordopfer gehabt. Anscheinend war Eva mit fast allen männlichen Klubmitgliedern ein oder mehrere Male zusammen gewesen. Trotzdem musste nicht unbedingt einer von ihnen der Mörder sein.

Als sie das Büro verlassen wollten, kam die Meldung, dass der Regisseur Ackerstein in Frankfurt eingetroffen und schon zum Polizeipräsidium unterwegs sei. Tatsächlich wurde nach einer knappen Viertelstunde an die Tür des Dienstzimmers geklopft und nach ihrem »Herein!« trat ein groß gewachsener, bärtiger Mann um die fünfzig über die Türschwelle. Er zeigte unaufgefordert seinen Personalausweis und stellte sich als Dr. Peter Ackerstein vor. Er sei äußerst schockiert über die Nachricht von Evas Tod und noch völlig durcheinander, aber er wolle doch helfen, die Tat so schnell wie möglich aufzuklären, und deshalb sei er sofort gekommen.

Kommissar Steinacker musste sich beherrschen, um nicht falsch zu reagieren. Er war fast angewidert von Ackersteins allzu spontanem Hilfsangebot, denn der Filmemacher schien ein aalglatter Zeitgenosse zu sein, von dem nichts Gutes zu erwarten war. Falls er Dreck am Stecken hatte, wäre das sicher nur schwer zu beweisen. Nach seinen Worten war er für Filmaufnahmen nach Lateinamerika geflogen und seitdem hätten die Liebenden nicht miteinander telefoniert. Das könne der Kommissar gerne nachprüfen.

»Selbstverständlich werden wir Ihr Alibi überprüfen. Den Möglichkeiten der modernen Technik sind da keine Grenzen gesetzt«, erwiderte Steinacker schmallippig. »Wie haben Sie Eva Bem kennengelernt?«, fragte er dann.

Der Filmemacher wischte sich mit einem seidenen Taschentuch theatralisch eine Träne aus den Augen. »Ich traf Eva in einem Lokal in Friedrichsdorf, wo ich geschäftlich zu tun hatte. Das Lokal heißt ›Beim Seppi‹, aber die Equipe ist italienisch«, begann er.

Steinacker bat den selbstverliebten Erzähler, einfache Wörter zu wählen, denn er wolle bei der Aufnahme der Aussage nicht ständig im Wörterbuch nachschauen müssen. Trotz dieser Bitte des Ermittlers wählte der selbstgefällige Künstler nun erst recht eine Sprache, die dem Kommissar Kopfschmerzen bereiten sollte. Der Filmschaffende hielt den Gesetzeshüter für einen Banausen und versuchte seine kulturelle Überlegenheit zu demonstrieren. Allerdings war der Kommissar alles andere als ein Kulturverächter, schließlich schrieb er sogar Bücher, die zwar bisher nirgendwo erschienen waren, aber immerhin das Zeug dafür hatten. Doch er ließ sich nichts anmerken und bedeutete dem Zeugen, fortzufahren.

»Eva Bem weilte mit einer Freundin namens Ann in diesem Etablissement. Sie degustierten Wein und ich fand die beiden Damen charmant und interessant und verwickelte sie deshalb in einen Disput. Mit jedem Glas wurde unsere Konversation farbiger und inspirierender. Schließlich musste Ann unbedingt heim und weder Eva noch ich hielten sie davon ab. Eva kam mit zu mir nach Hause und zog schon bald darauf bei mir ein. Es war eine große Liebe, auch für mich.«

»Wissen Sie, ob Ihre Freundin mit jemandem Streit hatte oder mit wem sie verkehrte?«, wollte Steinacker nun wissen.

»Mir ist nicht bekannt, ob sie Feinde hatte. In einem deutsch-bulgarischen Klub traf sie sich öfter mit Freunden. Sie hat ihre Jugend in Bulgarien verbracht, daher fühlte sie sich diesem Land und dessen Bewohnern sehr verbunden.«

Der Kommissar bedankte sich bei dem Zeugen und unterrichtete ihn, dass seine Wohnung als Tatort noch nicht freigegeben sei. Er empfahl, am besten bei Freunden oder in einem Hotel zu übernachten. Morgen könne er voraussichtlich in sein Appartement zurückkehren.

Als der Filmemacher gegangen war, präsentierte Doppelmayer seinem Chef Aufzeichnungen von Evas mobilem Telefon. Diese hatte einige Minuten vor ihrem Tod mit einem Isidor gesprochen. »Sie wurde von ihm aus einer Telefonzelle angerufen«, sagte Doppelmayer. »Davor hat sie Ann Reichmann angerufen, vermutlich ist das die Freundin aus dem Lokal.«

Steinacker beschloss, diese Frau zu kontaktieren. Sie wohnte in Sachsenhausen in einem Hochhaus der gehobenen Kategorie. Ann wunderte sich sehr über den Polizeibesuch und erlitt einen Schock, als sie von Evas Ermordung hörte. Steinacker nahm sie in die Arme, um sie zu beruhigen, ließ sie aber sofort wieder los, als er merkte, wie diese Frau auf ihn wirkte.

Die Wohnung war mit teurem Mobiliar eingerichtet, wenn auch nicht besonders geschmackvoll. An finanziellen Mitteln mangelte es der Wohnungsbesitzerin anscheinend nicht. Steinacker nahm sich vor, die Geldquelle herauszufinden.

Ann hatte Eva auf einer Party kennengelernt, die sie mit Georgi Sienkow besucht hatte. Die Frauen fanden Gefallen aneinander. Sie bezeichnete Eva als eine »eher unglückliche Person«, die im Laufe eines Tages verschiedene Stimmungen durchlaufen konnte. »Mal lachte sie, mal weinte sie, mal benahm sie sich wie eine hysterische Ziege. Sie spannte mir den Georgi aus, um ihn nach ein paar Wochen wie ein langweilig gewordenes Spielzeug wieder wegzuwerfen. So war Eva. Den Filmregisseur Ackerstein trafen wir zufällig in einem Lokal im Taunus. Ich sah, wie der Mann Eva mit den Augen förmlich verschlungen hat, und auch sie hatte Lust auf ein neues Abenteuer, sodass ich mich von den beiden verabschiedete. Vor Kurzem rief sie mich an und meinte aufgeregt, sie würde sich gern mit mir treffen. Sie habe viel zu erzählen. Ein verflossener Liebhaber hätte sich gemeldet, der die alte Beziehung auffrischen wollte. Einen Namen hat sie nicht genannt, aber sie wirkte richtig aufgelöst und ruhelos.« Ann habe aber an diesem Tag keine Zeit gehabt, sie sei mit Georgi Sienkow verabredet gewesen. Er könne das Treffen bezeugen, falls der Kommissar das überprüfen wolle.

Der Kommissar wunderte sich, warum Ann ungefragt ein Alibi erwähnte. Er war sicher, dass dieser Bulgare es bestätigen würde – er hätte es auch getan, wenn er mit ihr zusammen gewesen wäre. So sind die Frauen und so sind die Männer, dachte er, als er die Wohnung verließ.

4

Kommissar Steinacker hatte für heute genug. Im Büro erledigte er noch ein bisschen liegen gebliebene Papierarbeit und fuhr dann nach Hause. Sein Domizil befand sich in einer ruhigen Straße im Stadtteil Bockenheim. Das Haus, in dem er zur Miete wohnte, war Ende der Dreißigerjahre erbaut worden. Seine Wohnung befand sich im zweiten Stock, die Räume waren ziemlich hoch, wie bei diesen Altbauten üblich, die Holztreppe quietschte bei jedem Schritt. Ihm standen drei Zimmer zur Verfügung sowie Bad, Küche und ein kleines Gäste-WC. Bevor er die alltägliche Gymnastik des Treppensteigens in Angriff nahm, holte er die Post aus seinem Briefkasten. Er hoffte auf das eine Schreiben, das sein Leben verändern könnte. In der Wohnung angekommen, sortierte er sogleich seine Postsendungen. Zwischen den Rechnungen und Werbebriefen befanden sich auch zwei Flugblätter, eines von einem Pizzabäcker und eines von einem Teppichhändler, der wegen Geschäftsaufgabe großzügige Rabatte gewährte. Und dann pochte sein Herz für einen Augenblick schneller. Er hatte ein graues Kuvert erspäht, als dessen Absender der Schwarzkorn-Verlag angegeben war, an den Steinacker seinen letzten Kriminalroman geschickt hatte. Ungeduldig und mit steigender Nervosität versuchte er den Brief zu öffnen, was nicht sofort glückte. In seiner Aufregung zerriss er schließlich den Umschlag und nahm das Schreiben in die Hand. Er setzte seine Lesebrille auf und begann zu lesen:

»Sehr geehrter Herr Steinacker, mit Interesse haben wir Ihr Manuskript gelesen. Leider haben wir zurzeit für Ihr Werk keine Verwendung. Bitte haben Sie dafür Verständnis und versuchen Sie Ihr Glück bei einem anderen Verlag. Wir wünschen Ihnen für die Zukunft alles Gute und viel Erfolg.«

Es folgte eine unleserliche Unterschrift.

Wütend und enttäuscht warf Steinacker den Brief auf den Boden und trank schnell ein Glas Wasser, um wieder einen klaren Kopf zu bekommen. Wieder eine Absage! Die wievielte schon? Er hatte sie nicht gezählt, obwohl er sie alle in einer Schatulle aufbewahrte. Dort lagen sie, schön gestapelt, die Quittungen seiner Bemühungen, die Beweise seiner schriftstellerischen Machtlosigkeit.

Der Kommissar zog manchmal in heiklen Fällen seinen Romanhelden Ackerstein zurate. In einer Art innerem Dialog trug er ihm sein Dilemma vor und wartete gelassen auf dessen Vorschläge. Nach solchen Disputen »unter Kollegen« konnte er manchmal einen Fall anders sehen und schneller lösen. Ackersteins logische Erklärungen und jugendlicher Elan ergänzten Steinackers Erfahrung. Manchmal vergaß der Kommissar für Augenblicke, dass sein »Gesprächspartner« von ihm selbst erfunden war, und unterhielt sich mit ihm wie mit einem jüngeren Mitarbeiter.

Als diametraler Gegenpart und anderes Ich bewohnte Ackerstein eine teure, mit Geschmack eingerichtete Wohnung, während Steinacker in diesem schon in die Jahre gekommenen Haus lebte. Seine Unterkunft war spartanisch eingerichtet. Im Wohnzimmer standen ein runder Holztisch und vier Stühle, auf denen allerlei Dinge abgelegt waren. Kleidungsstücke lagen vor dem Schrank auf dem Boden, auf dem Schreibtisch standen eine alte Schreibmaschine der Marke Olympia und daneben ein PC, der auch schon nicht mehr dem modernen Standard genügte. Die Küche sah unberührt aus, nur ein paar benutzte Teegläser und Tassen zeugten davon, dass hier jemand lebte. Steinacker konnte nicht kochen, seine Mahlzeiten nahm er in Imbissbuden und Stehcafés ein, genau wie bei den Klischees, die im Fernsehen gezeigt wurden. Für sich allein wollte er nichts zubereiten. Die Fenster hatten schon seit Monaten eine Reinigung nötig, auch die verstaubten Möbel schrien nach dem Putzlappen. Da konnte man schon neidisch auf Ackerstein werden, der über eine blankgeputzte und ordentlich aufgeräumte Wohnung verfügte. Aber er hatte ja auch eine Reinemachefrau. Nicht, dass Steinacker sich eine solche Hilfe nicht hätte leisten können, aber irgendwie schämte er sich, jemanden mit dem Reinigen seiner Wohnung zu beauftragen. Er konnte sich seine Abwehr selbst nicht erklären.

Steinacker machte sich Tee, das Einzige, was er kochen konnte, setzte sich in den Schaukelstuhl und dachte an sein Pech oder auch Unvermögen. Nein, es war vielmehr eine schreiende Ungerechtigkeit. Er war der Meinung, dass seine Kriminalromane nicht schlechter waren als die, die ständig erschienen, er hielt sie sogar für besser. Inspektor Ackerstein war eine nicht alltägliche Erscheinung, seine Ermittlungen waren spannend und hielten den Leser in Ungewissheit. Erst auf den letzten Seiten wurden die Fälle geklärt und Recht gesprochen. Obwohl er sie mit seiner fast schon fünfunddreißigjährigen Berufserfahrung angereichert hatte, waren seine Romane den Verlagen nicht wert, sie zu veröffentlichen. Er hatte keinen Namen, nur die Figur des smarten und cleveren Inspektors, der auch die schwierigsten Fälle mit Charme und seinen einmaligen Fähigkeiten löste. Seine Fälle waren jenen aus dem realen Leben ähnlich, in denen Steinacker erfolgreich ermittelt hatte. Selbstverständlich hatte er diesen Stoff spannend aufbereitet und mit ein wenig Fantasie und einer Prise Humor ausgestattet. Er war sicher, dass seine Manuskripte in den Verlagen meist gar nicht gelesen wurden. Eigentlich hatte er dafür sogar Verständnis, denn die Verlagshäuser erhielten tagtäglich mehrere Manuskripte und es war unmöglich, alle zu lesen. Aber andererseits wollte er seine Werke unbedingt veröffentlichen, denn in seinen Augen hatte er den perfekten Ermittler erschaffen. Der clevere Detektiv war sein Kind und Kollege zugleich, er war – obwohl in den meisten Bereichen genau gegensätzlich – sein Alter Ego.

Nachdenklich schloss Steinacker die Augen und hielt eine innere Zwiesprache mit seinem »Kollegen«. Auf diese Weise wurde ihm bewusst, dass seine Vermutung, dieser Mord müsse eine Beziehungstat sein, ihn nicht von Nachforschungen auch in andere Richtungen abhalten durfte. In dieser kleinen, geschlossenen Welt der Emigranten würde es schwierig werden, erfolgreich zu ermitteln. Auf die Einwanderer einzugehen, sie zu verstehen und ihr Vertrauen zu bekommen, würde keine leichte Aufgabe werden. Eine psychologische Analyse der in Betracht kommenden Personen könnte hilfreich sein, außerdem konnte er seine Erfahrung und sein Team gezielt einsetzen. Ackerstein würde natürlich die Damenwelt dieses Kreises aufmischen und auf jeden Fall auch die Mutter der Ermordeten befragen. Der Vater schien ebenfalls etwas zweifelhaft zu sein, außerdem sollte man seine junge Freundin vernehmen.

Gerne hätte er Ann nochmals befragt, doch er traute sich nicht und er wollte das auch nicht Doppelmayer überlassen, denn dieser hatte einen Schlag bei Frauen und das machte Steinacker neidisch. Er war auf jeden jungen Mann eifersüchtig, der den Frauen gefiel. Der Kommissar hatte in seinem ganzen Leben weniger Affären gehabt als sein Assistent in den paar Jahren, seit sie zusammenarbeiteten. Er erklärte sich dieses Phänomen mit den modernen Zeiten, der nicht mehr so strengen Erziehung und einem anderen Umgang mit Erotik und Sexualität. Die Jugend kannte nur wenige Tabus, er jedoch war durch viele Verbote und strikte Moralvorstellungen auf diesem Gebiet befangen.

Manchmal versuchte er sein mangelndes Kommunikationsvermögen und seine fehlende Eigeninitiative mit dem Elternhaus zu entschuldigen, aber damit hätte er sich selbst belogen. Frühe negative Erfahrungen beim Umgang mit Frauen hatten ihn übervorsichtig gemacht und Hemmungen verursacht, die er bis heute nicht ablegen konnte. Das ging so weit, dass er sich nicht traute, eine Verdächtige beim Verhör hart ranzunehmen.

Der Kommissar nahm sich vor, am morgigen Tag mit intensiven Recherchen im nahen Umkreis der Ermordeten zu beginnen. Er dachte an jemanden, dem man noch zu wenig Aufmerksamkeit geschenkt hatte: den Sohn von Polia Vurbanova. Das wollte Steinacker revidieren und den jungen Mann nochmals vorladen, ebenso wie Georgi Sienkow, der vermutlich einiges zur Aufklärung beitragen konnte. Und auch Evas Mutter wollte er unbedingt vernehmen. Wer weiß, was diese Dame alles wusste. Er wollte außerdem in Erfahrung bringen, was die eigenartige Familie Bem in Bulgarien so alles gemacht hatte. Er würde Doppelmayer zu der Zentrale des Konzerns schicken, der Bem ins Ausland entsandt hatte. Oder sollte er persönlich hinfahren?

5

In Eva Bems Zimmer in ihrem Elternhaus sah es aus wie nach einem Erdbeben. Alle Sachen waren aus den Schränken und Schubladen gerissen und auf den Boden geworfen, alle möglichen und unmöglichen Verstecke durchsucht worden. Ihr Laptop war entwendet, das Bett auseinandergenommen, Kissen und Matratze zerschnitten worden. Man hatte sehr intensiv nach etwas gesucht, was für den Täter wohl sehr wichtig war. Steinacker hatte zwar eine Untersuchung des Zimmers angeordnet, aber die KTU hatte einen personellen Engpass und wollte es erst am heutigen Tag unter die Lupe nehmen. Der Täter war der Spurensicherung um einige Stunden zuvorgekommen. Kein Ruhmesblatt für die polizeilichen Techniker. Steinacker merkte schnell, dass dieser Fall entweder mit einem sensationellen Ergebnis oder in einem Desaster enden könnte. Die ganze Angelegenheit war viel komplizierter, als es auf den ersten Blick ausgesehen hatte. Während des abendlichen »Besuches« war Herr Bem mit seiner Ivanka in einem Konzert in der Alten Oper gewesen. Das war leicht zu überprüfen und Bems Aussage wurde bestätigt. Etwas anderes hatte der Kommissar auch nicht vermutet. Es war davon auszugehen, dass der Täter von dem Gang in die Oper unterrichtet war. Aber von wem hatte er es erfahren? Von Ivanka oder von Herrn Bem oder von einer dritten Person? Und was hatte der Täter gesucht? Vermutlich gab es etwas, was Eva in ihrem Besitz hatte und ihn als Mörder überführen könnte.

Ins Büro zurückgekehrt, fand Steinacker ein Dossier über Ann auf seinem Schreibtisch. Ihr Vater war die Geldquelle für ihren gehobenen Lebensstil. Er besaß ein Logistikunternehmen, das prächtig prosperierte, und er hatte die Wohnung für sie gekauft. In den Siebzigerjahren hatte er sich geschäftlich in Bulgarien aufgehalten und dort eine Affäre mit einem Zimmermädchen gehabt. Als Ergebnis dieses Liebesabenteuers war Ann zur Welt gekommen. Als der Geschäftsmann nach Jahren wieder nach Bulgarien reiste und in demselben Hotel übernachtete, präsentierte ihm die Gespielin seine Tochter. Da das Mädchen deutlich seine Gesichtszüge geerbt hatte, erkannte er die Vaterschaft sofort an. Nach ihrem erfolgreichen Gymnasialabschluss emigrierte sie zum Papa nach Deutschland. Dessen Ehefrau war zunächst nicht sonderlich erbaut, eine so hübsche und selbstbewusste Stieftochter im Haus zu haben, aber zu ihrem Glück wollte auch Ann nicht ewig beim Papa wohnen und mietete eine kleine Wohnung in der City. Alle Geschäftspartner des Vaters waren von den erotischen Augen der blonden Ann in den Bann gezogen und Herr Reichmann wunderte sich über die vielen erfolgreichen Geschäftsabschlüsse in der letzten Zeit. Schließlich kaufte er seiner Tochter das Appartement und sie eröffnete eine Boutique in der Frankfurter Innenstadt.

Steinacker war sich nicht schlüssig, welche Rolle Georgi Sienkow in diesem Fall spielte, schließlich war er der Liebhaber beider Frauen gewesen. Vielleicht lag bei ihm der Schlüssel zur Aufklärung des Mordes? Er musste seine Gedankengänge jedoch beenden, denn Herr Bem klopfte an seine Bürotür. Der Kommissar führte ihn in das Vernehmungszimmer und bat ihn, Platz zu nehmen.

Er begann seine Befragung damit, sich nach der genauen Tätigkeit des Ingenieurs in Bulgarien zu erkundigen.

Er habe als Leiter eines großen Bauprojektes seiner weltweit operierenden Firma in Bulgarien geweilt, erläuterte dieser. »Ich habe mit meiner Frau und meiner Tochter dort gelebt und sogar die bulgarische Sprache gelernt, die ja nicht gerade einfach ist. Häufig nahm ich auch an Empfängen teil, die in Sofia für ausländische Investoren veranstaltet wurden.«

»Haben Sie dort auch den deutschen Manager Thorsten Bodden kennengelernt?«, wollte Steinacker wissen.

Für einen Augenblick wirkte Bem konsterniert, aber er fasste sich sofort und zeigte eine fast schon aufreizende Gleichgültigkeit. »Ich bin Herrn Bodden zum ersten Mal im Klub begegnet«, gab er zu Protokoll. Er sei einige Male dort gewesen und habe dabei den Mitbegründer dieser »Brücke zwischen den Nationen« getroffen.

Diese Aussage hinterließ beim Kommissar einige Zweifel. Er fragte Bem nach seiner Beziehung zu seiner Frau und seiner Geliebten.

»Mit meiner Gattin habe ich mich auseinandergelebt. Die Ehe war schon zerbrochen und meine Frau und ich Welten voneinander entfernt, als ich Ivanka aus Sofia nach Frankfurt brachte.«

Auf Steinacker wirkte der Befragte kaltblütig und raffiniert. Seine Erfahrung als Ermittler sagte ihm, dass sein Gegenüber bestens auf das Gespräch vorbereitet war und nur das preisgab, was man schon wusste oder sowieso erfahren würde. Seine weitere Befragung brachte keinerlei neue Erkenntnisse. Als Bem das Vernehmungszimmer verließ, wusste Steinacker, dass diese Mordsache ihm noch viele Schwierigkeiten bereiten würde.

Schon kurz darauf wurde ihm gesagt, dass der Sohn von Polia Vurbanova, Christo Christov, im Haus sei und soeben ins Vernehmungszimmer gebracht wurde. Als der Kommissar dort eintraf, saß der Zeuge am Tisch und nahm gerade einen Schluck Wasser aus einem Glas. Er war mittelgroß, hatte pechschwarzes Haar und seine Haut war etwas dunkler als die seiner Mutter. Der Kommissar bat ihn, sich vorzustellen.

»Ich bin Designer von Beruf, seit einem Jahr ohne Arbeit. Manchmal male ich Comics für verschiedene Auftraggeber. Für alle, die mich kennen, bin ich nur der Sohn der bekannten Kulturschaffenden Polia Vurbanova. Ich schaffe es nicht, aus ihrem Schatten zu treten. Das tut weh.«

»Kannten Sie Eva Bem gut?«

»Ja, ich kannte sie gut. Ich war mit ihr sogar einige Male intim zusammen, aber wer war das nicht?«

»Was ist mit Ihrem Vater?«

»Meine Eltern sind schon lange geschieden. Mein Vater stammt aus der Türkei und lebt dort irgendwo, hat aber auch Familie in Deutschland. Ich habe kaum Kontakt zu ihm, auch meine Mutter nicht.«

»Wissen Sie, wer Isidor ist?«

»Wer bitte?«

»Isidor. Haben Sie diesen Namen noch nie gehört?«

Der junge Designer verneinte und fragte: »Wer soll das sein?«

»Das wollte ich von Ihnen erfahren«, gab Steinacker zu erkennen.

Nach dem Gespräch mit Christo wurde Steinacker zum Chef gerufen. In dessen Raum saßen schon der Leiter des Raubdezernats und der Pressesprecher. Es ging um die Pressekonferenz, die am nächsten Tag stattfinden sollte und auf der die Ergebnisse zu den beiden aktuellen großen Fällen präsentiert werden sollten. Der Chef, Hansi Schneider, fragte nach den bisherigen Fortschritten. Steinacker referierte über die Sachlage und über Verdachtsmomente, brauchbare Ergebnisse konnte er aber noch nicht liefern. Der Chef würde schon wissen, was er in einer solchen Situation zu sagen hatte.

Kommissar Sattler vom Raubdezernat stellte ebenfalls seine Recherchen vor. »Vor drei Tagen wurde in der Innenstadt ein dreister Banküberfall verübt. Am helllichten Tag hat man eine Filiale dieser großen Bank ausgeraubt, die zurzeit negative Schlagzeilen macht und in der Öffentlichkeit selbst als Dieb dasteht. Die Räuber haben 17 Millionen Euro erbeutet und sind bisher unauffindbar. Die Aussagen der Zeugen unterscheiden sich diametral. Gleich sind nur die Angaben, dass die schwarz gekleideten Ganoven auf einem Motorrad geflüchtet sind. Nur sahen verschiedene Zeugen zur gleichen Zeit unterschiedliche Motorräder, die in alle möglichen Richtungen fuhren. Ich habe noch immer keine konkreten Anhaltspunkte und genau wie mein geschätzter Kollege von der Mordkommission tappe ich im Dunklen.«

Dr. Schneider war gar nicht erfreut, als er die Berichte hörte, hieß das doch, dass beide Abteilungen keinerlei Erfolgsmeldungen vorzuweisen hatten. »Die Medien werden uns ganz schön in die Mangel nehmen und mit Häme überschütten«, befürchtete er. »Wir müssen mehr Gas geben, effizienter arbeiten und endlich Ergebnisse liefern. Ich kann euch nicht ewig den Rücken freihalten und muss meinen Vorgesetzten und vor allem der Staatsanwältin Lange, die ja nicht gerade ein entgegenkommender Mensch ist, Rechenschaft ablegen.«

Auf die für sie zuständige Frau Lange, die den alten Staatsanwalt Mertesacker beerbt hatte, waren weder Sattler noch Steinacker gut zu sprechen. Die erfolgsorientierte Dame war eine harte Nuss, in jeder Beziehung, und eher gefürchtet als beliebt bei den Kriminalisten. Man munkelte, dass sie eine Affäre mit dem verheirateten Oberstaatsanwalt habe, aber das waren nur Gerüchte und Steinacker distanzierte sich von solchen Unterstellungen. Doch ihre Arroganz und kühle Ausstrahlung machten sie ihm nicht besonders sympathisch.

Kaum war Steinacker zurück in seinem Büro, überraschte ihn Doppelmayer mit der Nachricht, dass Evas Mutter endlich gefunden worden war.

»Wann können wir sie vernehmen?«, fragte der Kommissar.

»Das wird schwierig«, antwortete Doppelmayer. »Von ihr bekommen Sie keine Antwort mehr, Chef. Sie befindet sich gegenwärtig in der Pathologie.«

»Wie bitte?« Steinacker mochte seinen Ohren nicht trauen.

»Man hat ihre Leiche in Offenbach unweit des Stadions in einem Gebüsch gefunden«, präzisierte sein Mitarbeiter. »Sie wurde erstochen. Zurzeit ermittelt die KTU, um herauszufinden, ob hierbei die gleiche Technik angewendet wurde wie bei der Tochter.«

»Jetzt haben wir es also mit zwei Morden zu tun«, stellte Steinacker fest und meldete sich bei seinem Kollegen ab: »Ich fahre gleich zur Gerichtsmedizin, ich will mir die Leiche anschauen.«

Als er dort eintraf, war die Obduktion noch nicht erfolgt. Der Kriminalpolizist inspizierte den Körper von Evas Mutter. Die Stichwunde führte direkt ins Herz. Der Täter wusste genau, was er tat, dachte er. Frau Bem war eine hübsche Frau mit langem brünettem Haar und einer Stupsnase. Es sah aus, als würde sie friedlich schlafen.

Prof. Dr. Scholles, der Leiter der Pathologie, begrüßte den Ermittler. »Eine neue Leiche aus Offenbach, die Frau war aber in Frankfurt gemeldet. Um Ihre Fragen vorwegzunehmen: Ich bin mir nicht sicher, ob derselbe Täter in Betracht kommt wie bei ihrer Tochter. Ich denke eher nicht. Die Wunden sind anders.« Er zeigte auf den Leichnam. »Wenn Sie mich fragen, war das ein Profi. Bei Eva Bem wirkte das Ganze eher wie eine Tötung im Affekt. Aber ich kann mich irren …«

Steinacker bedankte sich bei dem Professor für seine Einschätzung und freute sich, wieder an die frische Luft zu kommen. Immer wenn er die Pathologie besuchte, meinte er, er müsse ersticken. Draußen atmete er mehrmals tief durch und sofort besserte sich seine Verfassung. Nach seiner Ansicht war Herr Bem der bedauernswerteste Mensch, den er zurzeit kannte. In Gedanken nannte er ihn den »Hiob vom Westend«. Zuerst hatte er die Tochter verloren und nun die Ehefrau. Oder hatte er etwas mit dem Tod seiner Gattin zu tun? Diesen Verdacht konnte der Ermittler nicht ausschließen. Vielleicht war sie aber auch Zeugin des Mordes an ihrer Tochter gewesen und der Täter hatte sie aus dem Weg räumen müssen? Oder hatte sie einen begründeten Verdacht gegen eine Person gehegt, die dies gemerkt hatte? Das waren Fragen, auf die der Kommissar noch keine Antworten hatte.

Im Polizeipräsidium erfuhr er von seinem Assistenten, dass eine Zeugin im Vernehmungsraum warte, die gesehen habe, wie Frau Bem in Offenbach einem silbernen Golf mit Frankfurter Kennzeichen entstiegen sei. »Sie hat Frau Bem auf einem Foto erkannt, mit dem Streifenbeamte Passanten in der Nähe des Stadions nach möglichen Beobachtungen befragt haben«, berichtete Doppelmayer. »Die Zeugin wohnt in Frankfurt und ich habe sie gebeten, uns noch mal zu erzählen, was sie gesehen und zu Protokoll gegeben hat.«

Im Vernehmungszimmer traf Steinacker auf eine etwa vierzigjährige Frau, deren Gesicht vom Alkoholkonsum gezeichnet war, viele Falten zeugten von einem mühseligen Leben. In ihrem ungekämmten Haar steckte ein silberner Stern, ein Anblick, der den Ermittler etwas irritierte. Leider hatte sie nichts Neues zu berichten, alles, was sie wusste, stand schon im Bericht. »Ich bin aus dem Bus gestiegen, der in der Nähe des Stadions hält«, erzählte die Zeugin. »Ich musste ausweichen, weil hinter dem Bus ein silberner Golf mit Frankfurter Kennzeichen anhielt. Eine feine Dame entstieg dem Wagen und überquerte dann die Straße.«

»Können Sie sich an das Kennzeichen erinnern?«

»Nicht ganz. Der erste Buchstabe war ein F, die letzte Nummer eine Null. Dann fuhr das Auto davon und ich ging meines Weges.«

Kommissar Steinacker wusste, dass dieser Hinweis, wenn er denn stimmte, für die weiteren Ermittlungen Gold wert war. Was hatte Frau Bem in Offenbach gewollt? Wem gehörte der silberne Wagen, wer war der Fahrer? Das waren Fragen, die er bald zu lösen hoffte.

6

In der Garage im Gallusviertel herrschte reger Betrieb. Man lackierte die gebrauchten Motorräder um und die Statisten verließen Frankfurt in alle Richtungen. Nur die Hauptakteure blieben noch und kümmerten sich um die Feinheiten. Die Aktion war bisher ganz nach Plan verlaufen, alle Motorräder samt Fahrer hatten ihre Ziele erreicht. Der Organisator hatte das Ganze generalstabsmäßig vorbereitet und durchgeführt. Die Statisten kamen aus verschiedenen Ländern und kannten sich nicht. Die Hauptdarsteller drehten diesen Film routiniert zu Ende, alle Szenen kannten sie auswendig. Der Regisseur, der auch das Drehbuch geschrieben hatte, hielt sich im Hintergrund. Die Geldgeber des Projektes verlangten eine üppige Gewinnausschüttung, aber es hatte sich trotzdem gelohnt. Es war ein Bilderbuchkrimi geworden, ohne Verletzte und ohne Brutalität. Ein wenig Angst war schon dabei, aber die Professionalität der Darsteller, deren seriöse Arbeitsauffassung und ihr Talent hatten für eine höchst zufrieden stellende Durchführung des Unternehmens gesorgt. Die Regie war erpicht auf Kontrolle und das disziplinierte Verhalten aller Teilnehmer und sie war nicht enttäuscht worden. Die Akteure spielten ihre Rollen nicht das erste Mal und beherrschten diese meisterhaft. Die Statisten, die ihren Auftritt vorher auf einem verlassenen Fabrikgelände in Rodenbach fleißig geübt hatten, hatten sich als sehr gelehrig erwiesen und waren dem Druck, der auf ihnen lastete, gewachsen.

Trotzdem traute der Regisseur, der bei solch großen Unternehmungen immer mit Komplikationen irgendwelcher Art rechnete, dem Erfolg noch nicht ganz. Durch ein unvorhersehbares Vorkommnis konnte seine ganze Arbeit doch noch Schaden erleiden. Das Leben war so bizarr und von Zufällen abhängig, dass man die beste Planung vergessen konnte, sollte einem das Glück nicht hold sein. Und er hatte recht behalten! In diesem Fall betraf es den Spielleiter persönlich, der sein Pech jedoch für sich behielt, um die Akteure und die Finanziers nicht unnötig zu beunruhigen. Diese wussten nichts von dem Konstrukt, das der Spielleiter selbst entwickelt und im Hintergrund der Dreharbeiten angewendet hatte. Es war eine gewagte und gut durchdachte Idee, die in der Theorie prächtig funktionierte, aber er hatte die Befürchtung, dass sein Einfall in der Praxis nicht viel taugen könnte. Doch es hatte alles glänzend funktioniert – bis zu einem gewissen Zeitpunkt. Wie der Zufall so spielte, bekam der smarte Inszenator doch noch den Beweis, dass zur erfolgreichen Ausführung eines Planes immer auch ein Quäntchen Glück gehört. Das so fein aufgebaute Gebilde bekam erste Risse. Das war beunruhigend. Risse bedeuteten zwar noch nicht den Einsturz, aber sie waren die Vorboten heranziehenden Unheils. Nun war sein Überlebenssinn gefragt. Dieser hatte ihm schon oft die Existenz gerettet, er war der Garant seines Lebens.

Der goldene Schatz lag in der Kiste und war versteckt an einem Ort, der nur mit Mühe ausfindig zu machen war. Eigentlich war der Regisseur sicher, dass niemand diese Stelle finden würde, aber auch hier konnte man den Zufällen im Leben nicht trauen. Die Unterstützer warteten geduldig auf ihre finanziellen Beteiligungen, von dieser Seite erwartete er keine Schwierigkeiten. Die inzwischen tätigen Sicherheitsorgane tappten noch im Dunklen, aber sie würden vielleicht bald in Erscheinung treten. Er hatte sie natürlich ins Drehbuch aufgenommen und die Dialoge mit dem Ermittler schon vorbereitet. Aber manchmal macht sich das Drehbuch selbstständig und die Geschichte gleitet dem Autor langsam aus den Händen. Dass er Teil von zwei verschiedenen Ermittlungen werden sollte, wusste der vorausschauende Spielleiter noch nicht. Aufgrund eines besonderen Vorkommnisses, an dem er gar nicht mitgewirkt hatte, liefen die polizeilichen Nachforschungen zweigleisig.

Der Regisseur wusste, dass er sich auf dünnem Eis bewegte und wie brüchig dieses Eis sein konnte. Doch die ernste Lage, in der er sich befand, erforderte eine schnelle und unorthodoxe Reaktion. Nun erwarteten ihn schlaflose Nächte, heikle Situationen und Druck von allen Seiten. Er musste dem standhalten und brauchte einen eisernen Willen und Nerven wie Stahlseile.

Die letzten Akteure verließen die Szene in der Garage, der Spielleiter schaltete das Licht aus. Draußen wartete in einem dunkelroten Ford seine Koproduzentin. Sie gab ihm einen Kuss und sie fuhren zum Klub Sacramento, wo er mit ihr das Ende der Performance feierte, obwohl ihm nicht danach zumute war. Der Champagner floss zwar nicht in Strömen, aber es reichte für einen tollen Abschluss.

7

Als der Kommissar in seinem Büro Wasser für einen Tee aufsetzte, betrat sein Assistent mit einem strahlenden Gesicht den Raum. Steinacker wollte wissen, welcher Umstand für die gute Laune des jungen Mannes verantwortlich war und erfuhr, dass man den Besitzer des Wagens, der in Offenbach am Tatort gesehen worden war, hatte ermitteln können. Es handelte sich um den bulgarischen Staatsangehörigen Marco Kosina.

»Dieser Kosina besitzt auch die deutsche Staatsangehörigkeit, er wohnt seit nunmehr neunzehn Jahren in unserem Land. Er ist ein unbescholtener Bürger, gegen ihn liegt nichts vor. Er hat hier studiert und seinen Doktor gemacht. Aber er ist kein Arzt, sondern Philosoph und Literaturwissenschaftler. Er arbeitet an der Frankfurter Uni mit einem befristeten Vertrag, macht Übersetzungen aus dem Bulgarischen und schreibt Essays. Ich habe schon eine Vorladung an den Herrn Doktor geschickt. Er sollte morgen hier erscheinen«, erläuterte Doppelmayer.

In diesem Augenblick klopfte jemand an die Tür und ein kräftiger, glatt rasierter Mann trat ein. Bevor ihn die Polizisten nach seinem Wunsch fragen konnten, begrüßte er sie mit einem leisen »Hallo« und nannte seinen Namen. Die beiden staunten nicht schlecht und baten ihn, Platz zu nehmen. Doppelmayer brachte ihm ein Glas Wasser und dem Kommissar seinen Tee, während Steinacker den Besucher nach seinen Personalien fragte.

»Ich heiße Marco Kosina, bin fünfundfünfzig Jahre alt und wohne in der Sandrockallee 55. Von Beruf bin ich Literaturwissenschaftler.«

Kosina wusste noch nichts von der Vorladung. Er komme aus freien Stücken, meinte er, denn er wolle zum Tod von Frau Helene Bem Stellung nehmen. »Ich war mit Frau Bem befreundet, wir sind, pardon, wir waren ein Liebespaar«, erklärte er den Sachverhalt. »Helene fühlte sich von ihrem Gatten vernachlässigt und machte eine tiefe Krise durch. Ich half ihr während dieser schwierigen Zeit und dabei kamen wir uns näher. Wir haben uns ineinander verliebt und wollten gemeinsam durchs Leben gehen. Die Herren Kommissare müssen wissen, dass auch ich eine Krise durchlief, denn meine Beziehung zu einer geliebten Person war in die

Brüche gegangen. So konnten wir uns gegenseitig Mut zusprechen und gemeinsam Kraft sammeln.«

»Würden Sie mir verraten, wer für Ihre Krise Verantwortung trägt?«, wollte der Kommissar nun wissen.

»Eva Bem«, sagte Kosina leise, »die Tochter meiner neuen Freundin.«

Doppelmayer rief erstaunt: »Daraus könnte man folgern, dass Sie, Herr Kosina, für zwei Morde verantwortlich sind.«

Hier musste Steinacker eingreifen und dem voreiligen Doppelmayer eine Rüge erteilen, was bei Kosina kurz Heiterkeit hervorrief. »Ich habe ein Alibi, wenn es die Herren Ermittler interessiert«, lächelte er milde. »Ich war im deutsch-bulgarischen Freundschaftsklub in der Schillerstraße. Frau Vurbanova kann mein Alibi bestätigen. Wir haben uns angeregt über alle möglichen literarischen Themen und vor allem über Elias Canetti unterhalten.«

»Sie wissen doch gar nicht, um wie viel Uhr die beiden Damen umgebracht worden sind«, entgegnete Doppelmayer skeptisch.

»Meine Aussage betrifft nur den Tod von Helene. Am Tag ihres Todes war ich von neun Uhr morgens bis etwa zehn Uhr abends im Klub. Selbstverständlich bin ich auch ein paar Mal hinausgegangen und einmal kaufte ich im Supermarkt einige Sachen für Frau Vurbanova ein.«

»Haben Sie an diesem Tag auch Frau Vurbanovas Sohn im Klub gesehen?«, fragte Doppelmayer unvermittelt.

»Ob auch Christo Christov anwesend war, kann ich Ihnen nicht beantworten. Ich kann mich jedenfalls nicht an ihn erinnern, was nicht bedeutet, dass er nicht da war. Später kamen noch die Herren Kamschikow und Ivanovski dazu und wir diskutierten über die Zukunft Bulgariens. Auch Ann Reichmann hat unserem Gespräch beigewohnt, aber nicht gestört, weil sie die ganze Zeit schwieg. Wie immer lächelte sie nur geheimnisvoll. Und wer Elias Canetti ist, wissen Sie ja sicher«, sagte er spöttisch zu Doppelmayer.

Bevor dieser den Mund aufmachen und sich womöglich blamieren konnte, erwiderte Steinacker schnell, dass dieser aus Bulgarien stammende Literaturnobelpreisträger auch in Deutschland zu Weltruhm gelangt sei. Insgeheim dachte er, dass sein Assistent wie Ann Reichmann am besten im Schweigen seine Intelligenz unter Beweis stellen sollte. Doch sein Kollege gehörte zu der Sorte Menschen, die nie aufgeben und immer nachbohren. »Sagen Sie uns doch bitte, wo Sie zurzeit arbeiten«, führte dieser die Befragung fort.

»Ich arbeite gerade an verschiedenen Aufträgen«, versuchte Kosina den Fragenden abzuspeisen, und als dieser ihn weiterhin auffordernd anschaute, präzisierte er: »Ich übersetze im Auftrag eines bulgarischen Verlages Gedichte von Rilke in meine Muttersprache.«

Steinacker mischte sich wieder ein, um das Gespräch auf die wichtigen Punkte zurückzuführen, und fragte Kosina nach der genauen Art seiner Beziehungen zu Mutter und Tochter.

»Meine Beziehung zu der Mutter von Eva war eine große Liebe, kein Flirt und auch keine Liebelei. Das war etwas Ernstes, etwas Reifes. Mit der Tochter war es anders.« Er überlegte eine Weile. »Gefühle können verschieden sein und sich trotzdem sehr ähneln«, fuhr er dann nachdenklich fort. »Auch die Liebe hat viele Schattierungen. Ich traf Eva während eines Urlaubs in Polen im Seebad Swinemünde. Sie war mit einem Freund dort und die beiden hatten sich nach einem Streit getrennt. Als sie so einsam ihre Kreise am Strand zog, sprach ich sie an.«

»Wissen Sie vielleicht, wie dieser damalige Freund hieß?«

»Da muss ich Sie enttäuschen. Ich kann mich leider nicht mehr an den Namen erinnern, ich habe ihn auch nie gesehen.«

»Vielen Dank, Herr Kosina, Sie haben uns sehr geholfen. Falls wir weitere Fragen haben, melden wir uns«, entließ Steinacker den Mann.

An der Türschwelle drehte dieser sich plötzlich um und sagte einen Satz, der die beiden Ermittler überraschte: »Jetzt fällt mir der Name wieder ein: Eva sprach von einem Isidor.«

Nachdem Kosina das Zimmer verlassen hatte, herrschte einen Moment lang unbehagliches Schweigen.

»Warum haben Sie ihn laufen lassen, der hat doch Dreck am Stecken?«, wetterte Doppelmayer schließlich unbeherrscht.

Sein Chef winkte ab. »Dieser Kosina ist kein Dummkopf. Er würde nicht den Fehler begehen und sich am Bieberer Berg im Auto mit seiner Geliebten zeigen und sie anschließend ermorden. Jemand hat das Auto verfolgt und den Augenblick genutzt, als Frau Bem dann allein unterwegs war. Doch der Philosoph ist ein cleverer Bursche, der dem wahren Täter noch Schwierigkeiten bereiten wird. Deswegen sollten Sie für Kosina einen Beobachter bestellen, der in Tag und Nacht beschattet. Kosina ist in Gefahr. Ich bin sicher, der Mörder will auch ihn aus dem Weg schaffen.«

»Da bin ich ganz anderer Meinung«, erwiderte Doppelmayer. »Für mich ist Kosina der Mörder, zumindest von der Mutter.«

»Haben Sie Beweise?«, fragte Steinacker trocken.

»Das sagt mir mein Bauchgefühl ...« Er wurde von der »Tatort«-Musik seines Handys unterbrochen, am Apparat war ein Ermittler. Was dieser berichtete, gab Doppelmayer sofort an seinen Chef weiter: »Die Kollegen, die zur Beobachtung von Herrn Bem abgestellt sind, melden, dass dieser von jemandem beschattet wird. Außerdem hatten sie den Eindruck, selbst verfolgt zu werden. Leider konnten sie nicht feststellen von wem, denn als sie sich dem grauen BMW näherten, gab dessen Fahrer Gas und verschwand, sogar eine rote Ampel war für ihn kein Hindernis. Aber das ist noch nicht alles. Bem wurde zudem von einem schwarzen Mercedes verfolgt, der ihm auch noch auf den Fersen blieb, als er die polizeilichen Beschatter schon längst bemerkt haben musste. Was sagen Sie dazu, Chef?«

Steinacker gefiel die ganze Sache nicht. »Hier gibt es viele unbekannte Beteiligte und mir scheint, dass mehrere unterschiedliche Interessen im Spiel sind. Ich befürchte, wir stehen bei unseren Ermittlungen erst am Anfang einer wahren Sisyphusarbeit.«

Bevor der Kommissar die Kantine aufsuchte, erhielt er einen netten Anruf. Am anderen Ende der Leitung erklang eine raue, dem Kommissar gut bekannte Stimme. Eigentlich hatte er den Anruf von der anderen Mainseite schon früher erwartet, aber sein Offenbacher Kollege hatte wie immer viel zu tun. Der Gesprächspartner war Kommissar Mehmet Demirel, den Steinacker noch aus der gemeinsamen Zeit in der Polizeischule kannte. Nach einer kurzen Erkundigung über die Gesundheit und das Privatleben kam er zum Grund seines Anrufs. Demirel informierte seinen Frankfurter Kollegen über die offiziellen Offenbacher Ermittlungen im Mordfall Helene Bem und die bisherigen Ergebnisse. Er erwähnte dabei auch, dass er unaufgefordert von ihrem Liebhaber aufgesucht worden sei, der ihm seine Sicht der Dinge geschildert habe.

»Allerdings möchte das Landeskriminalamt in Wiesbaden nun, dass wir die Sache an die Frankfurter übergeben, also an dich, weil Frau Bem in deiner Stadt gemeldet war. Normalerweise wäre ich sauer, dass uns schon wieder ein Fall entzogen wird, aber diesmal sind wir sogar froh, denn wir haben sehr viel Arbeit und nur schwierige Fälle. Also nichts für ungut, Armin. Viel Erfolg bei den Ermittlungen, und wenn du Hilfe brauchst, kannst du immer auf mich zählen.«

Steinacker bedauerte aufrichtig die schwierige Lage der Offenbacher Polizei und gab dem Kollegen sein Wort, alles zu tun, um den oder die Täter schnell dingfest zu machen.

Als das Gespräch zu Ende war, fragte sich Steinacker laut, warum Kosina auch zur Offenbacher Polizei gegangen war. »In diesen zwei Fällen gibt es zu viele Ungereimtheiten und zu viele Spieler, die falsch spielen«, stellte er kopfschüttelnd fest. Doppelmayer nickte nur bestätigend. »Was wissen wir bis jetzt?«, fragte der Kommissar und begann eine Aufzählung der in seinen Augen wichtigen Punkte: »Eine deutsche Staatsangehörige namens Eva Bem wurde in der Wohnung des Filmemachers Peter Ackerstein erstochen aufgefunden. Ein erster Verdächtiger ist der Hausmeister Johann Thomanek, der erst auf Nachfrage zugibt, dass er die tote Frau in der Wohnung gesehen hat. Er hat Eva Bem während der Abwesenheit des Regisseurs mehrmals aufgesucht, um etwas Erotik zu genießen. Das sei ihm gegönnt, aber das macht ihn auch verdächtig. Der Vater des Mordopfers hat als Manager eines Weltkonzerns mit seiner Frau und seiner Tochter mehrere Jahre in Bulgarien verbracht. In Frankfurt lebte die Familie in einer Villa im Frankfurter Westend. Die Tochter Eva hatte viele Männerbekanntschaften. So weit, so gut. Alle drei Familienmitglieder besuchten den deutsch-bulgarischen Klub. Vermutlich traf Helene Bem dort ihren Geliebten Marco Kosina und Alois Bem seine neue Freundin, die Bulgarin Ivanka. Drei Klubmitglieder sind Unternehmer. Ivan Ivanovski betreibt wohl illegale Geschäfte mit seinem Autohandel, aber das ist nicht Sache der Mordkommission. Todor Todorov war in seinem Heimatland wegen eines Verbrechens in der Zeit der kommunistischen Herrschaft auf den Fahndungslisten, kam aber später in den Genuss einer Amnestie durch die neuen Machthaber. Aber nach Bulgarien fährt er trotzdem nicht, er scheint seinen ehemaligen Kumpanen oder auch den Behörden nicht zu trauen. Man weiß nicht, was er wirklich macht oder auch nicht macht. Auch Frank Weinmann, Thorsten Bodden oder Slavko Kamschikow könnten in unseren Fällen irgendeine Rolle spielen, die ich noch nicht konkretisieren kann. Vielleicht aber irre ich mich und alles ist ganz anders? Und wie soll man den Philosophen Kosina einordnen? Inwieweit sind Polia Vurbanova und ihr Sohn Christo in die Sache involviert oder auch Ann und der Weiberheld Georgi Sienkow? Wie ist Ivanka einzuschätzen? Und die Frage aller Fragen: Wer ist Isidor und wie finden wir ihn?«

Doppelmayer blickte nachdenklich von dem Blatt Papier auf, das er während Steinackers Rede mit Linien, Kreisen und Namen bemalt hatte.

»Mit einigen dieser Leute habe ich mich zwar schon beschäftigt, aber ohne konkrete Ergebnisse. Es sind einfach zu viele. Vielleicht sollten wir den Personenkreis erst einmal eingrenzen«, schlug er vor.

»Der Name Isidor lässt mir keine Ruhe. Wenn dieser in Swinemünde gewesen sein sollte, dann müsste er dort mit Eva Bem in irgendeinem Hotel übernachtet haben. Vielleicht hat er auch mit EC- oder Kreditkarte bezahlt. Irgendwelche Spuren muss dieser geheimnisvolle Isidor hinterlassen haben. Ich werde meine Bekannte in Stettin, die Kommissarin Basia Koralewska, fragen. Ich kenne sie von einem Fall, den wir gemeinsam gelöst haben. Sie ist eine sehr gute Ermittlerin und sie spricht Deutsch. Seien Sie so nett, Doppelmayer, und suchen Sie mir die Nummer der Polizei von Szczecin, wie die Stadt in Ostpommern jetzt heißt, heraus.«

Es dauerte eine Weile, bis man Steinacker zu Frau Koralewska durchstellte. Sie freute sich, ihren alten Kameraden am Telefon zu haben. Nach den üblichen Erkundigungen nach Gesundheit und Arbeit kam der Kommissar zum Grund seines Anrufs. Er informierte sie mit wenigen Sätzen über seinen derzeitigen Fall und bat seine Stettiner Kollegin, nachzuforschen, ob eine Eva Bem und ein unbekannter Mann mit Vornamen Isidor im genannten Zeitraum in irgendeiner Herberge in Swinemünde übernachtet hatten. Außerdem wollte er wissen, ob Marco Kosina, ein bulgarischer Staatsbürger, ebenfalls irgendwo in Swinemünde abgestiegen war. Basia Koralewska versprach, sich so bald als möglich darum zu kümmern, und beendete das Telefonat, denn sie hatte viel zu tun. Die Personaldecke der Stettiner Polizei war genauso dünn wie die ihrer Frankfurter Kollegen.

Der geheimnisvolle Isidor ging Steinacker nicht aus dem Kopf. Der Stimme nach schätzte er ihn als eher selbstbewussten Typ um die dreißig ein. Was für eine Rolle spielte er in Eva Bems Leben und was für eine Rolle spielte er in diesem Fall? Wie würde wohl Inspektor Ackerstein vorgehen? Dieser würde sicher Herrn Bem und die anderen Klubmitglieder unter Druck setzen, ihnen drohen, ihre halblegalen Geschäfte auffliegen zu lassen, um sie einzuschüchtern. Er würde selbst nach Bulgarien fliegen und nach Swinemünde fahren, um alles zu überprüfen. Und er würde die Aussagen von Marco Kosina genau durchleuchten. Dieser Philosoph erschien Steinacker plötzlich nicht mehr so glaubwürdig, wie er ihn noch vor einigen Stunden eingeschätzt hatte. Warum war er freiwillig und ohne Vorladung mit seiner Geschichte auch zur Offenbacher Polizei gegangen? Auch einige Mitglieder des deutsch-bulgarischen Klubs erschienen ihm suspekt. Was verband sie, welche Geschäfte verfolgten sie? Peter Ackerstein, den Regisseur, konnte er ebenfalls noch nicht aus dem Kreis der Verdächtigen ausschließen, ebenso wenig wie den Hausmeister Johann Thomanek, dem das Betrachten von Eva Bem einige erotische Augenblicke beschert hatte.

Wer log und wer sagte die Wahrheit und wie sollte man die Wahrheit von der Lüge unterscheiden? Oft vermischte sich ja auch beides. Ein verworrenes Spiel. Bei diesen Gedanken drehte sich Steinacker zu seinem Assistenten, der am Computer saß und recherchierte. Er fragte ihn, ob im Internet vielleicht irgendetwas über Kosina zu finden sei.

Doppelmayer gab den Namen bei Google ein und fasste kurz darauf das karge Ergebnis seiner Suche nach dem bulgarischen Philosophen zusammen: »Er war Mitarbeiter der Universität in Sofia und auch der Frankfurter Uni und veröffentlichte ein Buch über den Philosophen Baruch Spinoza und eines über den Schriftsteller Elias Canetti. Es ging dabei um dessen Beziehung zum Tod, den er gefürchtet hat. Mehr ist nicht zu finden. Es gibt nur noch ein etwas älteres Bild von Kosina, ohne Bart.«

Diese ziemlich dünnen Auskünfte fand Steinacker etwas enttäuschend, aber irgendwie passte das auch zu der Person Kosina. Die Tatsache, dass dieser bereits zwei Bücher geschrieben hatte, während er immer noch keinen Verlag für seine Manuskripte gefunden hatte, schmerzte den Hobbyautor. Dabei zog er jedoch nicht in Betracht, dass der Philosoph kein Krimiautor war, sondern ein Wissenschaftler, der seine Forschungsergebnisse in Buchform veröffentlichte.

Steinackers Anfall von Neid auf Kosina führte immerhin dazu, dass er, bevor er am Abend den Heimweg antrat, einen Verlag aufsuchte, der in vielen Literaturzeitschriften unter der Überschrift »Verlag sucht Autoren« inserierte. Es wunderte ihn, dass ein Verlag in einer Anzeige um Autoren warb, während ihm selbst alle angeschriebenen Verlage absagten; in den meisten hatte man keine Zeit, die zugesandten Manuskripte zu lesen, so viele Zuschriften erreichten die Lektorate. Er verstand die Welt nicht mehr, oder man verstand ihn nicht.

Der angesteuerte Verlag hatte seinen Sitz in einem eher schäbigen Haus in dem Arbeiterstadtteil Sindlingen. Als er an die Tür klopfte – eine Klingel konnte er nicht finden –, öffnete ihm eine schon in die Jahre gekommene, schwergewichtige Frau, deren Gesicht von einer großen schwarzen Brille verdeckt wurde. Er überreichte ihr sein neuestes Manuskript und wurde informiert, dass er in den nächsten Tagen eine Nachricht erhalten werde. Und schon wurde die Tür wieder geschlossen.

Der Kommissar, durch und durch Ermittler, betrachtete die Fassade, an der eine kleine Tafel mit dem Namen des Verlages angebracht war: »Adler-Verlag Frankfurt«. Ihm war es gleich, wie der Verlag hieß, der sein Buch herausbringen würde, auch wenn er einen bekannten Namen bevorzugt hätte. Hauptsache, er hielt endlich sein eigenes Buch in den Händen. Er sah schon das Cover vor sich: Ganz oben würde sein Name stehen, in der Mitte der Titel »Inspektor Ackerstein ermittelt« und unten in kleinen Buchstaben Adler-Verlag.

Als er wieder im Auto saß und nach Hause fahren wollte, erreichte ihn ein Anruf seines Assistenten. Alfred Reichmann und seine Tochter Ann hatten ein Verkehrsunfall gehabt. Ihr Auto war von einem schwarzen BMW geschnitten worden, woraufhin sie gegen einen Baum geprallt waren. »Beide sind nur leicht verletzt und befinden sich im Markus-Krankenhaus. Ich bin gleich hingefahren, aber die Stationsleiterin will mich nicht zu den Verletzten lassen. Ich kann sie doch nicht verhaften!«, schimpfte er.

»Lassen Sie die Dame in Ruhe, sie hat wohl strikte Bestimmungen. Bleiben Sie auf der Station und warten Sie dort auf mich. Wir werden schon eine Lösung finden«, beruhigte ihn der Hauptkommissar und lenkte seinen Wagen in Richtung Krankenhaus.

Die Station 21a, wo die Opfer lagen, befand sich im ersten Stock des unlängst renovierten Gebäudes. Steinacker hatte zu diesem Hospital eine besondere Beziehung, war er doch hier geboren worden. Eine nette Krankenschwester wies ihm den Weg zum Zimmer der beiden, vor dem Doppelmayer sich gerade mit dem Stationsarzt und der Stationsleiterin unterhielt.

»Herr Doktor Ziepke und Schwester Marietta haben nichts mehr dagegen, nun die Unfallopfer zu befragen«, informierte er seinen Vorgesetzten.

Ann Reichmann hatte sich zum Fenster gedreht, das einen Spalt geöffnet war. Das reichte, um einige Sonnenstrahlen auf ihrem blassen Gesicht tanzen zu lassen. Ihr Vater lag reglos und mit geschlossenen Augen in seinem Bett, war allerdings wach. Alfred Reichmann hatte viel mehr abbekommen als seine Tochter, die ihre Besucher kokett anlächelte. Das verursachte eine gewisse Verwirrung bei Doppelmayer, der Mühe hatte, sich auf das Wesentliche zu konzentrieren. Ann schien sich aufrichtig zu freuen, den Kommissar zu sehen, und begrüßte ihn mit schwacher Stimme.

Dieser erkundigte sich zunächst nach dem Befinden der beiden Verletzten und fragte dann: »Können Sie uns schildern, wie es zu dem Unfall kam?«

»Ich kann mich nur an eine schwarze Limousine erinnern, die plötzlich links auftauchte und das Auto meines Vaters touchierte. Dann sind wir gegen einen Baum geprallt und der schwarze Wagen verschwand im Feierabendverkehr. Alles geschah so schnell und überraschend, dass ich den Unfallverursacher nicht sehen konnte«, berichtete Ann.

»Ein Zeuge hat den schwarzen Wagen als BMW identifiziert und will zwei Personen in dem Auto gesehen haben«, ergänzte Doppelmayer ihren Bericht.

Alfred Reichmann konnte der Aussage seiner Tochter nichts hinzufügen. »Ich weiß nicht mehr als das, was Ann Ihnen erzählt hat.«

Ann lag da wie eine Märchenprinzessin, ein unschuldiger Engel. Aber was wusste sie wirklich? Doppelmayer schien von ihrer Erscheinung geblendet zu sein, er konnte den Blick nicht von ihr wenden. Der Kommissar war sicher, dass der Anschlag Alfred Reichmann gegolten hatte, doch von den beiden Opfern würde er kaum etwas erfahren. Alle vier deutschen Klubmitglieder machten mit Bulgarien Geschäfte, die durchaus auch zweifelhafter Art sein konnten. Falls Ann etwas darüber wusste, würde sie ihm nichts verraten, sie war clever. Die ganze Sache gefiel ihm nicht. Hier wurde ganz offensichtlich mit verdeckten Karten gespielt, es gab zu viele Ungereimtheiten, zu viele Überraschungen. Es war ja schön, dass sich potente deutsche Geschäftsleute für die deutsch-bulgarische Freundschaft einsetzten. Doch was war der tatsächliche Hintergedanke für die Gründung des Klubs?

Der Kommissar verabschiedete sich, wünschte den beiden Unfallopfern baldige Genesung und nahm seinen Assistenten mit, bevor dieser noch Dummheiten machen konnte. Die Stationsschwester bedachte das Duo mit einem bezaubernden Lächeln, das sie für alle Gäste parat hatte. Steinacker lächelte zurück, während Doppelmayer, in Gedanken vertieft, seinem Chef folgte. Den schwarzen BMW, der in der Nähe des Eingangs parkte, sahen sie nicht, als sie wegfuhren.

8

Kommissar Fred Sattler hatte für Steinacker eine Überraschung parat. Er bat seinen geschätzten Kollegen in sein Zimmer und teilte ihm mit, er habe von seinen österreichischen Kollegen soeben erfahren, dass in der Nähe von Salzburg ein Motorrad entdeckt worden war, das vermutlich bei dem Banküberfall vor ein paar Tagen benutzt worden sei. Die Kollegen aus Österreich hätten darauf die Fingerabdrücke eines gewissen Alexander Vurbanov gefunden.

»Der Ex-Mann der Bulgarin Polia Vurbanova, die den Klub der deutsch-bulgarischen Freundschaft leitet, heißt Alexander Vurbanov«, klärte Steinacker seinen Kollegen auf. »Vurbanov ist irgendwo in Nordrhein-Westfalen ansässig. Genaueres kannst du sicher von unseren dortigen Kollegen erfahren.«

Sattler wusste das jedoch schon, er hatte bereits Kontakt aufgenommen. »Ich will nur anmerken«, sagte der Leiter des Raubdezernats, »dass sich Vurbanov in der Zeit, als der Bankraub verübt wurde, angeblich im Nahen Osten aufhielt. Es gibt mehrere Zeugen, die ihn in Syrien, im Libanon oder im Irak gesehen haben wollen.«

»Ich bin sicher, dass es noch mehr Menschen gibt, die den Herrn Vurbanov hier bei uns gesehen haben«, spottete Steinacker. Beide lachten höhnisch, denn sie wussten, dass diese Zeugenaussagen nichts wert waren.

»Dieser Fall bereitet uns einige Sorgen, er ist viel komplizierter und kniffliger, als wir zu Anfang gedacht haben«, gestand Sattler.

»Mein Bauchgefühl sagt mir, dass dieser Banküberfall mit unseren zwei Morden zusammenhängt. Ich weiß nur noch nicht wie.« Der Leiter der Mordkommission hing seinen Gedanken nach. »Mir wäre es auch lieber und es wäre auf jeden Fall einfacher, wenn wir den dicken Hausmeister des Mordes überführen könnten, aber so leicht ist das Leben eines Kriminalisten nicht. Die Mutter von Eva Bem ist jedenfalls von einem Profikiller erstochen worden, das lassen zumindest die Expertisen unserer Fachleute vermuten.«

»Du meinst, von einem bezahlten Mörder?«, wunderte sich Sattler.

»So jedenfalls vermutet der Gerichtsmediziner. Und die Spurensicherung konnte keine einzige Spur finden, die zum Täter führen könnte. Es sieht nach einem durch und durch professionellen Vorgehen aus.«

»Du hast recht, Armin, unsere Fälle sind besonders verzwickt und ich könnte mir gut vorstellen, dass die Klubmitglieder in diesen Bankraub involviert sind. Aber es wird schwer werden, ihnen eine Beteiligung nachzuweisen.«

Als erfahrener Fahnder glaubte Steinacker zwar nicht, dass der Klub nur gegründet worden war, um einen Bankraub zu organisieren, aber seine Mitglieder wurden immer geheimnisvoller und unheimlicher. Hatten Eva Bem und ihre Mutter vielleicht zu viel gewusst und waren dadurch den Räubern gefährlich geworden?

Steinacker wollte gerade das Büro seines Kollegen verlassen, als dieser eine Nachricht von einem seiner Assistenten erhielt. Er las sie langsam und konzentriert. »Hör zu, Armin«, sagte er dann, »diese Nachricht kommt aus Österreich. Die dortige Polizei hat ermittelt, dass Alexander Vurbanov eine Yamaha besaß, die Maschine aber vor ungefähr drei Monaten an einen Rocker namens Roger verkauft hat. Der Käufer ist wie vom Erdboden verschluckt, die Fahndung nach ihm läuft auf Hochtouren.«

Am Nachmittag meldete sich eine Zeugin bei der Offenbacher Polizei, die gesehen haben wollte, wie ein älterer Herr aus einem Auto mit Frankfurter Kennzeichen gestiegen und der Ermordeten gefolgt war. Der Sachverhalt stellte sich nach ihrer Befragung folgendermaßen dar: Als Helene Bem dem Auto Marco Kosinas entstiegen und in den Grünanlagen des Bieberer Bergs verschwunden war, fuhr Herr Kosina weiter. Ein dunkler Wagen mit Frankfurter Kennzeichen hatte jedoch genau an der Stelle geparkt, wo Frau Bem im Park verschwunden war. Ein Mann war aus dem Wagen gestiegen und der Frau nachgegangen.

Die Zeugin traute sich zu, den Verfolger auf möglichen Fotos zu identifizieren, und wurde daher mit dem Streifenwagen zum Morddezernat nach Frankfurt geschickt. Schon eine Viertelstunde später stand sie im Büro der Kommissare, wo ihr Doppelmayer verschiedene Fotos zeigte. Und tatsächlich wurde sie fündig. »Das ist der Mann«, sagte sie und zeigte auf ein Bild von Alois Bem.

»Sind Sie sicher, dass der Abgebildete identisch ist mit der Person, die Sie in Offenbach am Bieberer Berg gesehen haben?«, vergewisserte sich Doppelmayer.

»Aber selbstverständlich, ich kann meinen Augen vertrauen. Das ist der Mann, den ich dort gesehen habe, da habe ich keinen Zweifel.«

Die Kommissare bedankten sich für die Hilfsbereitschaft der Zeugin und das Polizeiauto brachte sie nach Offenbach zurück, während ein anderer Streifenwagen zu Bems Domizil geschickt wurde, um den Verdächtigen zur Vernehmung abzuholen.

Bald darauf saßen die beiden Kommissare Alois Bem gegenüber. »Lieber Herr Bem, Sie wissen, warum wir Sie zu uns bestellt haben?«, fragte Doppelmayer.

»Ja, es geht um den gewaltsamen Tod meiner Frau, das haben mir die Polizeibeamten erklärt, als sie mir die schreckliche Nachricht überbracht haben.«

»Allerdings ist es ungewöhnlich, dem Ehemann die Nachricht von dem gewaltsamen Ableben seiner Gattin zu überbringen und ihn anschließend gleich zum Verhör mitzunehmen«, machte Steinacker deutlich.

»Sie werden schon Ihre Gründe haben«, sagte Alois Bem kühl und gelassen.

»Man hat Sie zur vermutlichen Tatzeit in der Nähe des Tatorts gesehen«, kam Steinacker umgehend zur Sache.

Alois Bem zeigte keine Regung und der Kommissar ahnte, dass dieser Mensch ein harter Brocken war und nicht leicht zu knacken sein würde. Bem zeigte sich wenig kooperativ und verweigerte jede Aussage, was sein gutes Recht war. Er lächelte kalt vor sich hin und putzte sich in aller Ruhe die Nase. Nach einer Zeit des gemeinsamen Schweigens wurde der Kommissar gebeten, den Chef aufzusuchen, es sei dringend. Steinacker bat Doppelmayer, die Vernehmung fortzuführen, woraufhin sich nun dieser von dem Verdächtigen anschweigen ließ.

Im Büro in der Chefetage saßen neben Steinackers Vorgesetztem noch drei andere Herren am Besprechungstisch. Zwei von ihnen kannte Steinacker von früheren Einsätzen. Olaf Hansen war Mitarbeiter des Staatsschutzes, ein guter Ermittler, hart gegen die Verbrecher und hart gegen sich selbst. Hans-Jürgen Priebke hatte früher mit Steinacker in einer Abteilung gearbeitet und war dann zum BKA gerufen worden. Der mittelgroße, schmächtige Mann, der am Fenster saß und aufmerksam in die Runde schaute, war ihm unbekannt. Er hatte ein interessantes Gesicht, das von Intelligenz zeugte, sein Blick vermittelte Autorität und Durchsetzungskraft. Man nannte ihm keinen Namen. Er sei ein Mitarbeiter des BND, das musste genügen.

»Ich bin mit den derzeitigen Ermittlungen in den beiden Mordsachen zufrieden«, wandte sich der Chef an Steinacker. »Auch dass Ihr Team schon einen Mordverdächtigen hat, ist lobenswert. Nur können wir Herrn Bem nicht weiter vernehmen und müssen ihn leider freilassen.«

Noch bevor Steinacker empört widersprechen und seine Argumente für eine Verhaftung vorbringen konnte, schaltete sich der Herr am Fenster in das Gespräch ein. Er erklärte mit ruhiger Stimme, aber in unmissverständlichem Ton, dass Herr Bem für Deutschland arbeite und deswegen nach dieser Unterredung wieder freigelassen werde.

»Herr Bem ist nicht verhaftet worden, sondern wird derzeit nur befragt, deswegen können wir ihn nicht freilassen«, erläuterte Steinacker ärgerlich. »Er arbeitet also für den BND?«

Der Mann ohne Namen zeigte ein kleines Lächeln und gab eine Erklärung: »Herr Bem liefert wichtige Informationen. Wir brauchen ihn, und deshalb ist es kontraproduktiv, diesen hervorragenden Agenten weiter zu belästigen.«

»Dann darf ein Agent also morden?«

»Selbstverständlich nicht, wir unterstützen keine Mörder. Aber glauben Sie mir, Herr Steinacker, Alois Bem hat seine Gattin nicht ermordet. Dafür gibt es Beweise, die ich Ihnen zurzeit aber nicht weitergeben kann. Wenn der Auftrag, an dem Herr Bem arbeitet, erledigt ist, werden wir Ihnen das entlastende Material liefern.«

»Auch nach meinen Informationen ist Herr Bem unschuldig«, erklärte der BKA-Mitarbeiter Hansen. »Es wäre für uns alle von Vorteil, wenn du die oder den Mörder schnell finden würdest, aber Bem hat mit beiden Morden nichts zu tun.«

»Herr Bem weiß das Plädoyer bestimmt zu schätzen. Ich habe ihn nie beschuldigt, seine Tochter umgebracht zu haben, aber seine Frau hat ihn betrogen und er wusste das. Aus diesem Grund und vor allem weil er zur Tatzeit in der Nähe des Tatorts gesehen wurde, gehört er zur Gruppe der Verdächtigen«, erläuterte der Kommissar seinen Standpunkt und sein Vorgehen in dieser Angelegenheit.

Jetzt wandte sich Priebke an Steinacker. »Ein kleiner Hinweis von einem Kollegen, lieber Armin: Man sollte sowohl unter den Mitgliedern des deutsch-bulgarischen Vereins als auch unter den bulgarischen Emigranten in Frankfurt und Umgebung nach dem Mörder suchen.«

»Ich würde gerne wissen, ob Reichmann, Bodden und Weinmann auch für euch arbeiten oder ob sie nur einfache Bürger mit bulgarischen Wurzeln sind«, fragte Steinacker in die Runde.

Priebke und Hansen zeigten sich überrascht über diese Frage, der Mann ohne Namen reagierte überhaupt nicht, er schwieg. Gefragt nach dem geheimnisvollen Unfall von Vater und Tochter Reichmann, antwortete der BND-Mann, ihm sei davon nichts bekannt und außerdem kenne er die beiden Personen nicht. Die anderen Herren wussten jedoch Genaueres. Die beiden Unfallopfer hätten für die Sicherheitsorgane der Bundesrepublik Deutschland keine Relevanz. Den Unfall habe ein betrunkener Konsulatsangestellter verursacht, der von den deutschen Behörden nicht zur Verantwortung gezogen werden könne.

Damit war die Audienz beim Chef beendet und Steinacker kehrte ins Vernehmungszimmer zurück, wo Bem und Doppelmayer in trauter Einheit immer noch schwiegen. Als der Kommissar eintrat, lächelte Bem fast vergnügt. »Man hat Sie gebeten, mich freizulassen, nicht wahr?«

»Ich habe Sie nicht verhaftet, also muss ich Sie nicht freilassen. Sie können gehen, wann Sie wollen«, knurrte Steinacker grimmig.

Doppelmayer schaute seinen Chef ungläubig an, während Bem aufstand und schweigend den Raum verließ.

»Warum?«, fragte Doppelmayer empört, als sie alleine waren.

»Höhere Gewalt! BKA, BND, Staatsschutz haben sich eingemischt. Es geht angeblich um Staatsangelegenheiten, da sind wir nur Störenfriede.«

Frustriert saß Steinacker am Schreibtisch und dachte über eine Welt nach, die immer weniger die seine war. Er wollte nicht akzeptieren, dass er einen Verdächtigen laufen lassen musste, nur weil ihn angeblich höhere Interessen schützten. Noch während dieser Grübeleien trat sein Chef ins Büro.

»Die Herren in den feinen Anzügen fühlen sich den Polizisten auf allen Gebieten überlegen. Aber nachdem du, Armin, den Raum verlassen hattest, hat mir der BND-Mann nahegelegt, unbedingt weiter zu ermitteln, damit kein Verdacht auf Bem fällt, sonst würde jahrelange Arbeit zunichte gemacht. Bem sei zwar tatsächlich seiner Frau gefolgt und am Tatort gewesen, er sei aber nicht ihr Mörder. Sie war bereits tot, als er dort ankam. Sie müsse sich mit ihrem Mörder verabredet und getroffen haben, Kosina habe sie nur gefahren. Es tut mir leid, wie die feinen Herren mit dir umgegangen sind, aber das müssen wir wohl schlucken. Damit wir in der bulgarischen Angelegenheit vorankommen, habe ich einen Kommissar aus Sofia zu uns eingeladen. Er wird schon morgen in Frankfurt ankommen. Major Jordan Bonew verfügt über Deutschkenntnisse und wird in einem Hotel im Stadtzentrum wohnen. Du solltest jedoch überall nach dem oder den Tätern suchen, nicht nur bei den Bulgaren.«

»Ich vermute die Täter immer überall«, antwortete Steinacker. »Trotzdem glaube ich immer noch, dass Bem irgendetwas damit zu tun hat.«

»Die Herren vom Staatschutz schließen eine Täterschaft Bems kategorisch aus«, widersprach sein Chef.

»Sie schließen sie aus, weil er für sie arbeitet, was nicht heißt, dass er kein Mörder ist. Diese Dienste schützen und decken ihre Mitarbeiter und ihre Loyalität gegenüber den eigenen Leuten wird auch durch einen Mord nicht erschüttert«, empörte sich Steinacker. Dann fuhr er etwas ruhiger fort: »Was anderes: Die österreichischen Kollegen konnten Fingerabdrücke auf einem sichergestellten Motorrad, das mit dem Bankraub in Frankfurt in Verbindung gebracht wird, eindeutig dem Ex-Mann von Polia Vurbanova zuweisen.«

»Dann könnten also der Bankraub und die Morde im Umkreis des deutsch-bulgarischen Klubs zusammenhängen? Ich muss zugeben, diese Fälle werden immer komplexer und komplizierter«, gab der Chef etwas ratlos zu. »Die Ermittlungen erfordern unsere volle Konzentration und eine gute Kooperation zwischen den damit befassten Dezernaten. Wir müssen bald Ergebnisse liefern, ich kann die Presse nicht mehr lange hinhalten.«

»Wir werden tun, was in unserer Macht steht«, versprach der Hauptkommissar. »Wir brauchen nur ein belastbares Anfangsergebnis, dann werden die Ermittlungen flott voran gehen.«

»Dein Wort im Gottes Ohr«, sagte der Chef und verließ das Büro.

9

Zu Hause entdeckte Steinacker ein Kuvert im Briefkasten. Der Absender war der Adler-Verlag. Steinacker freute sich über die rasche Antwort. Aufgeregt öffnete er den Umschlag und nahm ein Blatt Papier heraus. Doch dann beschloss er, den Inhalt des Schreibens gemütlich auf seinem Sofa zu lesen und seinen Triumph bei einem Glas Bier zu genießen. Rasch nahm er die Treppenstufen und schloss die Tür zu seiner Wohnung auf.

Jetzt würden viele Menschen, die lesen konnten, Inspektor Ackerstein und dessen Abenteuer kennenlernen. Die Veröffentlichung würde für Aufsehen in der Buchwelt sorgen. Bald würden die eingefleischten Fans Schlangen vor den Buchläden bilden, um den jeweils neuesten Roman mit dem erfolgreichen Ermittler zu ergattern. Seine Bücher würden in den Zeitungen besprochen sowie Radiointerviews gemacht werden, als Autor würde er in alle wichtigen Fernsehtalkshows eingeladen.

Eilig goss der erwartungsvolle Schriftsteller den Inhalt einer Bierflasche in ein Glas und trank mit Genuss den ersten Schluck. Dann nahm er das Blatt Papier und begann zu lesen. Die ersten Zeilen steigerten seine Begeisterung noch. Dort stand es schwarz auf weiß geschrieben:

»Sehr geehrter Herr Steinacker, mit Interesse haben wir Ihr Manuskript gelesen und sind zu der Auffassung gekommen, dass Ihr Buch reelle Chancen hat, sich auf dem heiß umkämpften Markt der Kriminalliteratur durchzusetzen. Unser Verlag ist bereit, Ihr Buch herauszugeben. Da das Risiko, einen neuen Autor im Buchhandel zu etablieren, sehr hoch ist, sind wir gezwungen, hierbei eine Kostenbeteiligung von Ihnen einzufordern. Die Buchherstellungskosten belaufen sich auf etwa 35000 Euro. Ihre Beteiligungssumme beträgt 17955 Euro. Sollten Sie einen Hardcovereinband bevorzugen, erhöht sich diese auf 19277 Euro, zuzüglich der in Deutschland gültigen Mehrwertsteuer. Dazu berechnen wir noch die Versandkosten. Wie Sie sehen, haben wir Ihnen ein hervorragendes Angebot gemacht. Dieses gilt eine Woche, danach erhöht sich Ihre Beteiligungssumme auf 25333 Euro. Wir übernehmen für Ihr Buch die Vermarktung, den Onlineverkauf und den Eintrag bei der Deutschen Bibliothek. Dazu wird Ihr Roman in unsere Serie ›Die schönsten Kriminalromane unserer Heimat‹ aufgenommen. In Erwartung Ihrer Zusage, gez. Benno von Rotkirch zu Glaaden, Geschäftsführer. PS: Der beigefügte Besucherausweis ist auf Ihren Namen ausgestellt und berechtigt Sie zum Besuch der kommenden Frankfurter Buchmesse.«

Steinacker trank zuerst das Glas leer, danach die ganze Flasche. Dann las er den Brief noch einmal. Wütend und enttäuscht warf er das Blatt auf den Boden und holte sich eine neue Flasche Bier. Sein großer Traum war schnell ausgeträumt, der hellen Begeisterung folgte graue Betrübnis. Der Verlag, der auf Autorensuche war, entpuppte sich als betrügerische Firma. Die verlangte Kostenbeteiligung war unverschämt. Auf diese Weise wurden die Eitelkeit und die Träume der Literaten, die sich zu Großem berufen fühlten, ausgenutzt. In dem kleinen Verlagskatalog, der dem Brief beigelegt war, waren nur unbekannte Namen verzeichnet und zudem hatten die Bücher einen viel zu hohen Preis, um potenzielle Käufer anzulocken. Aufgebracht schwor sich der Kommissar, diese Räuberbande hochzunehmen, erkannte aber nach kurzem Überlegen, dass er nichts in der Hand hatte. Der Verlag unterbreitete lediglich ein Angebot, das anzunehmen allein dem Kunden oblag, der für die Verwirklichung seiner Einbildung zu Kasse gebeten wurde.

Von diesen Grübeleien über der dritten Flasche Bier erlöste ihn ein Anruf. Doppelmayer berichtete, Bems Geliebte Ivanka habe sich heimlich in einer Bar mit Marco Kosina getroffen. Sie hätten fast eine Stunde miteinander gesprochen und seien dann auseinander gegangen. Steinacker war sauer, dass sein Mitarbeiter ihn so spät am Abend noch anrief, schließlich hätte diese Information bis zum nächsten Morgen Zeit gehabt.

Unrasiert und schlecht gelaunt kam Steinacker tags darauf ins Büro und Doppelmayer vermied geflissentlich jegliche Diskussion mit seinem Chef. Auf seinem Schreibtisch fand der Kommissar einen Zettel, auf dem eine Ankunftszeit notiert war. Sein Assistent klärte ihn auf, dass um diese Uhrzeit das Flugzeug aus Sofia mit dem bulgarischen Ermittler an Bord erwartet wurde. Dieser Hinweis versetzte Steinacker in Unruhe.

»Sagen Sie, Doppelmayer, könnten Sie vielleicht zum Flughafen fahren, um diesen bulgarischen Kollegen abzuholen?«, fragte er seinen Assistenten.

»Tut mir leid, Chef, aber Herr Schneider hat ausdrücklich darum gebeten, dass Sie den Mann persönlich abholen sollen«, lehnte dieser bedauernd ab.

Steinacker überlegte leicht panisch, wann er das letzte Mal Englisch gesprochen hatte, und musste zugeben, dass dies schon sehr lange her war. Was soll's, so schlecht ist mein Englisch schon nicht, dann habe ich jetzt Gelegenheit, es zu verbessern, dachte er. Denn ob der Bulgare wirklich einigermaßen Deutsch konnte, würde sich noch zeigen. Er war da skeptisch, denn er erinnerte sich an einen Rumänen, mit dem er beruflich zu tun gehabt hatte, und der außer »Guten Tag« und »Wie geht es?« nichts konnte, obwohl er vorgegeben hatte, gut Deutsch zu sprechen.

Steinacker überlegte, an welchem Arbeitsplatz er den bulgarischen Kollegen unterbringen sollte. Er sah sich im Büro um, wo Doppelmayer am Computer saß und etwas recherchierte. Schon für sie beide war das Büro eigentlich zu klein. Es enthielt zwei zusammengestellte Schreibtische, zwei Computer, ein Faxgerät, zwei stationäre Telefone, einen Aktenschrank, einen normalen Schrank, einen kleinen Tisch mit zwei Stühlen für Besprechungen sowie einen elektrischen Wasserkocher und eine Kaffeemaschine, die nicht richtig funktionierte. Das war ihr Reich, der wichtigste Teil der Mordkommission. Zwar sollten er und seine Kollegen in einem anderen Stockwerk des Präsidiums fünf große Räume bekommen, aber dieses Vorhaben verharrte noch im Stadium der Planung.

»Ich fahre jetzt«, meldete sich der Hauptkommissar bald darauf von Doppelmayer ab, der nur mit dem Kopf nickte. Bevor er nach Hause fuhr, um sich zu rasieren und frisch zu machen, machte er einen Abstecher zum Adler-Verlag. Das Gebäude kam ihm jetzt noch schäbiger vor. Er klopfte. Es dauerte eine Weile, bis ihm die Dame mit der großen Brille die Tür öffnete und nach dem Grund seines Besuches fragte. Steinacker sagte, er wolle auf die Konditionen des Verlages eingehen und würde gerne den Chef sprechen.

Die Dame schaute ihn misstrauisch an und ließ ihn nach kurzem Zögern eintreten. In einem Empfangsraum, in dem ein Tisch und drei Stühle standen und ein Regal mit im Verlag publizierten Büchern die potenziellen Kunden zur Unterschrift animieren sollte, nahm der Kommissar Platz. Er musste einige Zeit warten, bis ein schmächtiger Mann mit Glatze und einem rötlichen Schnurrbart erschien. Er fragte seinen Besucher, was er wünsche, obwohl er sich das ja denken konnte. Steinacker erklärte dem dreisten Menschen, dass er ein Manuskript vorbeigebracht habe. Das Männchen konnte sich nicht daran erinnern und verwies auf die Menge von Manuskripten, die täglich mit der Post eintreffen würden.

Nun erhob sich der Kommissar von seinem Stuhl und trat dicht vor den angeblichen Verlagschef. »Ich wundere mich, wo die Mitarbeiter sind, die diese Unmengen lesen und auswerten. Außer Ihnen und der Dame am Empfang sehe ich kein Personal hier. Das ist sehr verwunderlich und lässt den Verdacht aufkommen, dass dieses Verlagshaus ein Haus ohne Verlag ist. Stimmt das?«, fragte er mit strengem Blick.

Der kleine Mann zeigte sich entsetzt und beleidigt über diese Unterstellung. »Das ist unerhört! Ich beschäftige selbstständige Mitarbeiter, die zu Hause arbeiten, wo sie zum Beispiel das Lektorat für uns erledigen. Das sind Fachkräfte. Wir sind zwar ein kleines Verlagshaus, aber wir arbeiten schnell und sehr professionell.«

»Das mag ja sein, aber Ihr Angebot einer Kostenbeteiligung ist Wucher. Das, was Sie hier veranstalten, ist unseriös und der reinste Betrug.«

Der kleine Mann regte sich auf. »Hören Sie, Sie haben da etwas missverstanden. Ich befriedige nur die Wunschvorstellungen der Menschen, das ist nicht verboten. Eitelkeit und Einbildung sind allzu menschliche Eigenschaften, das müssten Sie als Autor, der einen Verlag sucht, ja wissen. Ich publiziere schon seit fünf Jahren Bücher von sogenannten Autoren und niemand hat sich bisher bei mir beschwert. Die Firma ist legal und registriert und wir zahlen unsere Steuern. Wenn Ihnen etwas nicht passt, können Sie mich meinetwegen gerne anzeigen.«

Jetzt fühlte sich Steinacker berufen, dem Verleger seinen Polizeiausweis zu zeigen. Der kleine Mann schrumpfte ein wenig in sich zusammen, aber er beharrte weiterhin darauf, dass alles rechtens sei. »Ich habe mir nichts vorzuwerfen. Wissen Sie, früher war ich selbst Lektor bei einem großen Verlag in Frankfurt. Nach fünfundzwanzig Jahren Verlagsarbeit, nach Tausenden durchgesehenen Manuskripten kam das Aus. Der Verlag wurde verkauft, viele Mitarbeiter hat man entlassen, auch meine Sekretärin und mich. Da hatte ich die Idee mit dem etwas anderen Verlag. Wir suchen zahlungswillige Autoren, deren Werke wir dann für sie veröffentlichen.« Abfällig fügte er hinzu: »Ich gebe zu, dass ich Ihr Buch gar nicht gelesen habe. Die meisten Manuskripte sind sowieso das Papier nicht wert, auf dem sie geschrieben wurden.«

Er brachte dem Kommissar den Ausdruck seines Manuskripts zurück und warf ihm zum Abschied noch hin, dass er nur marginale Chancen hätte, sein Buch zu veröffentlichen. Man müsse gute Kontakte zu den Verlagen haben, um diese von der Güte und Einmaligkeit des Projektes zu überzeugen. Das sei aber nur Theorie, in der Praxis sehe es für einen unbekannten Aspiranten der Schreibkunst eher düster aus.

Zu Hause stellte sich der Ordnungshüter erst einmal unter die Dusche, rasierte sich und kämmte sich ordentlich die Haare. Als er mit seinem Aussehen zufrieden war, stieg er in seinen Wagen und machte sich auf den Weg zum Flughafen. Stockender Verkehr und Staus forderten ihm dabei allerdings eine Engelsgeduld ab.

Das Flugzeug aus Sofia landete mit zehnminütiger Verspätung. Steinacker nutzte die Zeit und öffnete ein kleines Büchlein mit den hundert wichtigsten englischen Wörtern und Redewendungen. Sein Englisch war nicht besonders gut und auch ein bisschen eingerostet. Als schließlich die Passagiere aus Sofia erschienen, konnte er keinen der Männer, die ihn passierten, als Polizisten identifizieren. Nachdem alle Reisenden an ihm vorbeidefiliert waren und die Halle sich leerte, fürchtete er, den Kommissar verpasst zu haben. Suchend blickte er sich um und entdeckte einen älteren Herrn mit Handgepäck, der etwas ratlos umherschaute. Der Ermittler fasste sich ein Herz und sprach ihn auf Englisch an, worauf der Mann ebenfalls in Englisch Auskunft gab, dass er auf seinen Enkel warte, der aus Darmstadt kommen und ihn abholen sollte. In diesem Augenblick berührte jemand von hinten seine Schulter. Als er sich hastig umdrehte, blickte er in das hübsche, jugendlich anmutende Gesicht einer schwarzhaarigen Dame, die ihn freundlich anlächelte.

Sie entschuldigte sich für diese etwas ungewöhnliche Annäherung und fragte, ob er Kommissar Steinacker sei. Als er in der englischen Sprache nach einer Antwort suchte, kam sie ihm zuvor mit der Mitteilung, sie sei des Deutschen mächtig. »Ich bin Major Jordanka Bonewa, die Ermittlerin aus Sofia, die Ihnen schon angekündigt wurde«, stellte sie sich vor.

Vollkommen perplex fiel dem Kommissar nichts ein, was er sagen konnte. Die Dame verzauberte ihn mit ihren schwarzen Augen, der seidenen Stimme und mit ihrem ganzen Wesen. »Ihr Deutsch ist aber sehr gut«, gab er schließlich stotternd von sich.

»Wissen Sie, ich habe vor Jahren in Frankfurt studiert und kenne daher die Sprache Goethes sehr gut.«

Der überraschte Steinacker suchte immer noch nach Worten, fand aber keine und begnügte sich mit dem Schlucken der eigenen Spucke. Endlich fasste er sich. »Man hat mich im Präsidium falsch informiert. Ich habe einen Mann erwartet, den Kommissar Jordan Bonew. Aber ich freue mich sehr, Sie zu sehen.«

»Danke«, lächelte die bulgarische Kriminalistin. »Das muss ein Übermittlungsfehler gewesen sein. So etwas geschieht öfter mal, wenn Leute die andere Sprache nicht beherrschen.«

Steinacker dachte einen Augenblick lang nach, was Ackerstein an seiner Stelle tun würde. Dieser Frauenheld würde die Dame mit seinem ganzen Charme verzaubern und sie dann zu sich nach Hause einladen. Wenn nur die Realität so einfach wäre wie die Fantasie …

So fuhr er mit ihr zu dem gebuchten Hotel im Zentrum von Frankfurt. Nach anfänglichem Smalltalk kamen sie schnell auf die Mordfälle zu sprechen. Er informierte die Kollegin über den Stand der Ermittlungen, erzählte ihr von dem Verdächtigen und dessen Schutz von höherer Stelle und von den Merkwürdigkeiten der beiden Morde.

Sie gab zu, dass eine Lösung der Fälle schwierig werden könnte. »Wenn sich die Kompetenzen mehrerer Dienste überschneiden, kommt es zwangsläufig zu Unstimmigkeiten. Eine normale Ermittlung ist da nicht möglich, man muss Rücksicht nehmen und sich abstimmen, was die Arbeit sehr behindert.«

Im Hotel wartete er im Foyer, bis sich seine bulgarische Kollegin frisch gemacht hatte, und fuhr dann mit ihr ins Präsidium. Hier stellte er sie seinem Chef und seinem Assistenten vor, der sich sogleich als Charmeur erster Klasse erwies und der Dame die Hand küsste. Während Frau Bonewa später beim Chef weilte, vermittelte er dem Kommissar einige Fakten, die er über den bulgarischen Besuch recherchiert hatte.

»Jordanka Bonewa hat in Frankfurt Jura studiert und ist danach nach Bulgarien zurückgekehrt. Ihr Vater war Staatssekretär im Innenministerium. Als Polizist mit einem abgeschlossenen Jurastudium hatte er zunächst bei der Polizei und dann in der Politik Karriere gemacht. Die Tochter scheint dem Papa zu folgen, sie besuchte eine Polizeischule in Sofia und blieb als Juristin bei den Sicherheitsorganen. Jetzt ist sie Leiterin eines Referates für internationale polizeiliche Beziehungen und Ansprechpartnerin für Interpol. Sie ist vierundvierzig Jahre alt, geschieden und Mutter einer zwanzigjährigen Tochter, die in den USA Jura studiert.«

Steinacker staunte über die ausführlichen Rechercheergebnisse seines Assistenten. Dann fragte er, ob es neue Ergebnisse in den beiden Mordfällen gebe.

»Wir wissen jetzt, dass der Sohn von Frau Vurbanova in der letzten Zeit vier Mal die Türkei besucht hat. Eigentlich nichts Außergewöhnliches, aber warum fährt ein arbeitsloser Bulgare so oft in die Türkei?«

Doppelmayer gab sich gleich selbst die Antwort: »Vielleicht trifft er sich mit dem Vater, oder vielleicht ist er ein radikaler Islamist und bereitet Anschläge vor.«

Steinacker hielt diese Überlegungen seines Assistenten für abwegig, aber er bat ihn, beim Staatschutz vorstellig zu werden und nach Christo Christov zu fragen. Jeder Spur musste nachgegangen werden, auch die merkwürdigsten Ideen konnten zum Erfolg beitragen.

Sein Chef hatte Frau Bonewa mit einem Glas edlen Kognak empfangen. Als Steinacker sich bei den beiden einfand, herrschte eine entspannte, fast schon familiäre Atmosphäre. Man offenbarte ihm, dass man sich von früher kannte, als die Besucherin noch ihren Mädchennamen hatte, denn Steinackers Vorgesetzter hatte ihren Vater während dessen Tätigkeit für die Handelsmission in Frankfurt kennengelernt. Nach weiteren Gläsern Kognak und lebhaftem Austausch von Erinnerungen zwischen der ehemaligen Studentin und dem früheren Polizeihauptmeister, der es bis zum Stellvertreter des Polizeipräsidenten gebracht hatte, begleitete Steinacker Frau Bonewa zu ihrem Hotel.

Da sie allerdings Hunger verspürte, überlegte Steinacker, wohin er sie zum Essen ausführen könnte. In Gedanken ging er alle ihm bekannten Restaurants durch, aber außer einer Imbissbude neben dem Kindermuseum an der Hauptwache fiel ihm nichts ein. Doch dann dämmerte es ihm: In der Fressgasse gab es ein gutbürgerliches Restaurant. Zuvor kaufte die Kommissarin in einem Kiosk am Rathenauplatz noch eine Schachtel Zigaretten. Auf den verwunderten Blick ihres Begleiters verteidigte sie ihre Sucht verlegen mit der tagtäglichen Anspannung und dem nervenaufreibenden Lebensstil.

Im Wirtshaus genossen sie eine typisch deutsche Mahlzeit und unterhielten sich dabei so angeregt, dass es schon fast Mitternacht war, als Steinacker seine Kollegin zum Hotel brachte. Sie bedankte sich für den netten Abend und verschwand in der Dunkelheit des Hauses. Der Kommissar blieb noch eine Weile stehen und dachte über sein bescheidenes Leben nach. Hätte er eine Frau wie diese Jordanka gehabt, vielleicht wäre alles etwas anders verlaufen. Die Einsamkeit, von der er sich im Alltag ganz gut ablenken konnte, hatte ihn fest im Griff und ließ sich nicht abschütteln. Aber in Herzensangelegenheiten war er nun mal ein echter Angsthase und Zauderer. Er sehnte sich nach der wahren Liebe, aber er hatte auch Angst vor einer Beziehung und scheute sogar vor einer kurzen

Affäre zurück. Er konnte sich nicht einmal mehr erinnern, wann er das letzte Mal eine Frau in den Armen gehalten hatte.

Am Tag darauf im Polizeipräsidium zeigte ihm Doppelmayer eine Mitteilung von der polnischen Polizeibehörde in Stettin, dass man in einem Hotel in Swinemünde Fingerabdrücke sowohl von Eva Bem als auch von Marco Kosina gefunden habe. Unterzeichnet war sie von der Polizeibeamtin Basia Koralewska mit schönen Grüßen an Kommissar Steinacker.

Steinacker lächelte. »Gut, dass ich den polnischen Behörden außer den Namen auch die Fingerabdrücke von den Personen unserer Ermittlungen gefaxt habe. Eva Bem ist also wirklich mit Marco Kosina in dem Seebad gewesen. Leider haben wir keine Fingerabdrücke von dem geheimnisvollen Isidor.«

»Ist dieser Isidor nicht nur ein Phantom und existiert womöglich gar nicht? Vielleicht wurde er nur erfunden?«, warf Doppelmayer ein, doch sein Chef gab zu bedenken, dass es ja die Aufzeichnung eines Anrufs dieses Isidors gebe.

»In diesem Telefonat nennt er seinen Namen und das zeigt, dass er mit dem Mordopfer bekannt ist. Er muss nicht der Mörder sein oder damit zu tun haben, aber er ist die letzte Person, mit der Eva Bem vor ihrem Tod Kontakt hatte.«

Der Assistent verbesserte: »Nein, der Letzte, der mit der Ermordeten geredet hat, war vermutlich der Mörder.«

Hier musste Steinacker ihm recht geben. In diesem Augenblick ging die Tür auf und die bulgarische Ermittlerin erschien in einem roten Kleid und roten Schuhen mit hohen Absätzen. Die Dame bevorzugte elegante Arbeitskleidung. Steinacker erzählte ihr in kurzen Sätzen von der Meldung aus Polen und fragte sie dann, was sie von Marco Kosina hielt.

Frau Bonewa setzte sich unaufgefordert an Steinackers Platz an dessen Schreibtisch und kreuzte ihre schönen Beine. »Er ist ein Phantom, ein Fantasiebild, mit der Einschränkung, dass er existiert und unter uns weilt.«

Der Kommissar war verblüfft: »Wie soll ich das verstehen?«

Doppelmayer brachte Kaffee für alle drei und Jordanka Bonewa setzte zu einer Erklärung für ihre rätselhafte Bemerkung an. »Bei dem Namen Kosina hatte ich ein komisches Gefühl. Ich habe in Sofia schon mal recherchiert und alle zugänglichen Archive, Meldelisten und sogar die Verzeichnisse der Uni, an der Kosina eingeschrieben war, durchsucht.

Alles war in bester Ordnung, einigen Dokumenten waren Fotos beigefügt, es fehlte nichts. Das alles weckte bei mir den Verdacht, dass hier etwas faul sein könnte, denn ein so astreines Dossier ist immer verdächtig. Zuerst dachte ich, der bulgarische Geheimdienst hätte seine Hände im Spiel. Über persönliche Kontakte habe ich aber erfahren, dass Kosina dort nicht bekannt ist. Wer verbirgt sich hinter diesem Namen? Für wen arbeitet er? Auf diese Frage will ich hier Antworten finden. Auch deswegen bin ich nach Frankfurt geschickt worden. Ich will Marco Kosina aber zurzeit nicht begegnen, könnte sein, dass er mich schon irgendwo gesehen hat. Eine Konfrontation zum jetzigen Zeitpunkt wäre für meine Ermittlungen kontraproduktiv.«

Steinacker musste diese Lawine von Informationen erst einmal verdauen. Das Ganze machte die Lage noch verwirrender, als sie schon war. Auch Doppelmayer machte einen desorientierten Eindruck. Nachdem die Bulgarin in den kleinen Raum verschwunden war, den ihr der Chef für die Zeit ihres Aufenthaltes als Büro angeboten hatte, bemerkte er sarkastisch: »Das gibt unseren Fällen ein ganz neues Gesicht und klingt eher nach einem billigen Spionageroman.«

»Ich gebe zu, dass ich genauso befremdet bin wie Sie, Doppelmayer. Ich habe zwar eine ausgeprägte Fantasie, aber das, was ich hier höre, übersteigt mein Denkvermögen. Sollte Marco Kosina an allen Morden und Intrigen beteiligt gewesen sein? Arbeitet er wirklich für eine geheime Organisation oder für irgendeinen Geheimdienst? Und warum begann er eine Affäre mit Helene Bem? Was wollte er damit erreichen? Jedenfalls bin ich mir sicher, dass Kosina nie im Leben der Mörder von Helene Bem ist. Er könnte einen Auftrag gegeben haben, das ja. Aber wenn er wirklich ein Spieler solchen Kalibers ist, wie unsere bulgarische Kollegin ihn einstuft, macht er keine Fehler und eine Beschattung würde nicht viel bringen. Als erfahrener Insider in diesem Milieu würde er solche Maßnahmen sofort erkennen und entsprechend reagieren.«

»Also, ich würde Kosina vorladen und mit Frau Bonewas Behauptungen konfrontieren«, riet Doppelmayer seinem Chef. »Dann muss er sich dazu äußern und seine Deckung verlassen.«

Steinacker widersprach. Kosina war viel zu gerissen, um sich darauf einzulassen. Er wusste noch nicht, welche Schritte er einleiten sollte, aber irgendeine brauchbare Idee würde ihm schon kommen. Der Gedanke an die Methoden, mit denen Inspektor Ackerstein diesem Gegner begegnen würde, war dabei keine Hilfe. Denn dieser hätte einen höchst intellektuellen Dialog mit dem Mann geführt, ihn mit seinen eigenen Aussagen konfrontiert, ihn langsam, aber gnadenlos an die Wand gedrückt. Er hätte Kosinas Wohnung durchkämmt, während dieser im Klub saß, und zwar so, dass der Betroffene nichts davon merken würde. Das alles konnte sein Erfinder nicht machen. Ohne Durchsuchungsbefehl durfte er keine Wohnung durchsuchen, er war schließlich Gesetzeshüter und kein Gesetzesbrecher. Und auch der Aufgabe, einen gelehrten Dialog mit Kosina zu führen, fühlte er sich nicht gewachsen.

»Was wissen wir über das Treffen von Kosina und Ivanka?«, fragte er seinen Assistenten, um seinen Überlegungen eine andere Richtung zu geben.

»Sie waren in einer Bar im Westend. Nach einer Stunde verabschiedeten sie sich und jeder ging in seine Richtung. Es geschah nichts Außergewöhnliches. Kann sein, dass sie sich aus dem Klub kennen.«

Aus Doppelmayers Computer ertönte der Laut einer eingehenden E-Mail und der Assistent begab sich an das Gerät. »Auf Evas Bems Laptop konnten einige E-Mails entziffert werden, obwohl alle Dateien gelöscht wurden«, informierte er seinen Chef. »Insgesamt vier Nachrichten konnten die Techniker zuordnen: Eine stammte von Evas Mutter, zwei von Ann Reichmann und eine« – Doppelmayer machte eine effektvolle Pause – »von Isidor. Der Text von dessen Mail lautet: *Liebe Eva, vergiss die Verabredung nicht. Das ist sehr wichtig. Alles andere wird sich von alleine klären. Wünsche dir alles Gute und ein gutes Gelingen. Bye, Isidor.*«

Steinacker konnte in dieser Mitteilung nicht Außergewöhnliches finden. Eva Bem hatte eine wichtige Verabredung und der Absender wünschte ihr dafür alles Gute. Aber was war das für eine Verabredung, was hatte Eva Bem dort erwartet? Und welches Problem sollte sich von alleine klären? Er trat an den Schreibtisch seines Kollegen, um auch die anderen Mails zu lesen, und schaute ihm über die Schulter, während dieser die Texte aufrief. Der erste stammte von Evas gleichfalls ermordeter Mutter: *Liebes, ich kehre nie zum Papa zurück. Ich habe die Liebe meines Lebens getroffen und will sie ausleben. Papa wird bestimmt nicht traurig sein, er hat ja seine bulgarische Gespielin. Du bist schon erwachsen und stark genug, das Leben in Eigeninitiative erfolgreich zu gestalten. Ich liebe dich. Deine Mama.* Die beiden anderen Mails stammten von ihrer Freundin Ann. Die erste lautete: *Hallo Eva, vergiss nicht, was wir besprochen haben. Bye, deine Ann.* Die zweite war ebenfalls nur kurz: *Hallo Eva, der morgige Tag wird sehr wichtig. Ich denke an dich. Bye, deine Ann.*

Steinacker stellte fest, dass in den Mails von Isidor und Ann das Wort »Bye« benutzt wurde. »Könnte das vielleicht derselbe Absender sein?«, fragte er.

Doppelmayer schmunzelte. »Dieses Wort hat inzwischen Einzug in die Welt deutscher User gehalten. Auch meine Freundin benutzt es ständig, es ist wirklich schrecklich.«

»Sie haben eine Freundin?«, fragte Steinacker überrascht.

Sein Mitarbeiter lachte laut auf und meinte, nicht jeder, der bei der Polizei arbeite, lebe asketisch.

Der Kommissar lächelte milde. Es reichte, wenn Ackerstein seine zahlreichen Eskapaden mit der Frauenwelt hatte. Heute eine Blondine, morgen eine Brünette. Seine Welt war das nicht. Er hatte sich an das Alleinsein gewöhnt, für ihn gab es nur seine Schriftstellerei. Die Frauen, mit denen er zusammen gewesen war, konnte er an einer Hand aufzählen. Aber dies waren echte Liebesbeziehungen gewesen, wenn auch von kurzer Dauer. Heute wurde das oft sportlicher gesehen. War Marco Kosina auch nur ein Mann für eine Nacht oder hatte er Helene Bem wirklich geliebt, obwohl er viel jünger war als sie? Aber dieser Umstand hatte in der modernen Zeit ja kaum noch Relevanz. Was sollte er also glauben?

10

Steinacker wachte verschwitzt auf. Trotz der Dunkelheit erkannte er verschwommen ihre Züge. Vorsichtig streckte er die Hand aus und berührte sanft ihren Körper. Tatsächlich, es war keine Täuschung, kein Traumbild und ganz bestimmt kein Trauma. Und doch war es fast ein Schock, sie neben sich zu wissen, ihren Geruch einzuatmen und ihre leisen Atemgeräusche zu hören. Er küsste ihren nackten Arm, sie regte sich, schlief aber weiter. Ihr Körper war stark und dennoch weich. Das rhythmische Heben und Senken ihrer Brust hatte etwas Beruhigendes. Er lag ganz still und genoss den Augenblick. Er fühlte einen inneren Frieden, fast so etwas wie Glück. Doch was bedeutete dieser Begriff? Freude? Ein emotionales Hochgefühl? Er sehnte sich danach, auch wenn er, im Gegensatz zu vielen anderen, kein Genießer war, sondern eher ein Arbeitstier, kompetent, ehrlich, ein Mann der Tat in seinem Wirkungskreis.

Ganz langsam begann die Finsternis der Nacht dem aufsteigenden Tag das Feld zu überlassen. Dadurch konnte er ihr Gesicht besser sehen und die entstandene Momentaufnahme noch besser genießen. Ihre Körperwärme hatte etwas Berauschendes, das ihn träumen ließ. Träume, die aus der Anregung der Sinne entsprangen, waren schon immer die süßesten. Er fühlte sich entschädigt für die Jahre der Einsamkeit und der Askese. Die verlorene Zeit, angereichert mit Bitterkeit, Selbstzweifeln und der schwindenden Hoffnung auf eine Kehrtwende, schien zu Ende.

Alles hatte ganz harmlos begonnen. Als er nach Dienstschluss schon den Weg nach Hause nehmen wollte, war sie im Zimmer erschienen und hatte ihn gefragt, ob er mit ihr essen gehen wolle. Das feine italienische Restaurant im Westend, das sie aufgesucht hatten, lag nicht weit von der Wohnung, in der man Eva Bem gefunden hatte. Das Essen war ausgezeichnet, der Rotwein exzellent und die Frau an seiner Seite war eine Attraktion. Die Blicke der im Restaurant anwesenden Männer sendeten eindeutige Botschaften. Er hatte sein Glück kaum fassen können, als sie bereit gewesen war, noch mit in seine Wohnung zu kommen, deren unordentlicher Zustand ihm sehr peinlich war. Im Nu hatte er ein wenig

Platz gemacht, die Klamotten in den Schrank geworfen, das Geschirr in die Küche getragen. Als sie im Bad verschwunden war, hatte er gewusst, dass er die Nacht nicht allein verbringen würde.

Er hatte eine lächerliche Angst gehabt. Er, ein Mann im besten Alter, erfahrener Haudegen, gewiefter Kriminalist und belesener Autor, hatte plötzlich eine Situation gefürchtet, die er seit geraumer Zeit herbeisehnte. Wie ein Schüler vor dem ersten Zusammensein mit der großen Liebe hatte er sich gefühlt. Er schloss die Augen und ließ sich wieder in das Land der Träume tragen.

Als er erneut aufwachte, war der Platz neben ihm leer. Von seiner Traumpartnerin fehlte jede Spur. Doch im Bad konnte er noch die Spuren ihres Parfums wahrnehmen. Er hatte sich die Nacht also nicht eingebildet. Eine kalte Dusche versetzte ihn in die Realität, wo für Träume nicht viel Zeit zur Verfügung stand.

Im Büro wurde er von der Nachricht überrascht, dass Thorsten Bodden in der vergangenen Nacht vor einem Lokal in Bockenheim überfallen worden war. Er befand sich im Krankenhaus und Steinacker machte sich sofort auf den Weg dorthin.

Bodden lag auf der gleichen Station wie die Reichmanns. Er hatte mehrere Schläge und Tritte abbekommen, die zum Glück aber nicht lebensgefährlich waren. Er sei mit zwei Männern über eine Belanglosigkeit in Streit geraten, diese seien sofort aggressiv geworden und hätten ihn zu Boden geschlagen, erzählte er dem Kommissar. »Ich hatte den Eindruck, die beiden wollten mich provozieren.«

»Wollten sie einen Streit losbrechen, um Sie zusammenschlagen zu können?«, fragte Steinacker.

»So könnte man es ausdrücken.« Bodden schloss für einen Moment die Augen.

»Haben Sie einen oder sogar beide Täter erkannt?«

»Nein, ich habe die zwei vorher noch nie gesehen. Einer schien Deutscher zu sein, der andere war ein Ausländer.«

»Könnte er Bulgare sein?«

»Theoretisch ja, aber er hat nicht gesprochen, sondern sofort zugeschlagen.«

Bevor er die Station verließ, erkundigte sich Steinacker nach Vater und Tochter Reichmann. Ann war schon entlassen worden, aber ihr Vater Alfred musste noch bleiben.

Im Präsidium ließ der Kommissar Dossiers über Reichmann, Bodden und Bem erstellen. Alle drei hatten mit dem Baukonzern Deubaco zu tun. Alfred Reichmann hatte von 1960 bis 1990 dort gearbeitet, also dreißig Jahre lang. 1965 war er in das kommunistische Bulgarien geschickt worden, um Baugeschäfte anzubahnen. Die Bulgaren brauchten Devisen und Know-how, das konnten die Deutschen liefern. Er knüpfte Beziehungen zu den Parteibonzen des sozialistischen Staates, die hier die Entscheidungsträger waren. Nach Jahren der fruchtbaren Zusammenarbeit wurde Reichmann plötzlich zurück in die Bundesrepublik beordert und arbeitete noch eine Zeitlang im Konzern, bis er diesen verließ und sich selbstständig machte. Er musste über großes Eigenkapital verfügen, denn er gründete in Offenbach eine Speditionsfirma, die im Logistikbereich schon bald eine führende Rolle einnahm. Sie fuhr auch für den Deubaco-Konzern und hatte gute Kontakte und geschäftliche Beziehungen ins Ausland, insbesondere nach Bulgarien. Reichmann wurde oft nach Bulgarien eingeladen, wo er an Veranstaltungen jeder Art teilnahm. Das Dossier enthielt zudem die Mitteilung, dass kein Verdacht einer geheimdienstlichen Tätigkeit gegen die Bundesrepublik Deutschland gegen ihn vorlag. Steinacker ergänzte in Gedanken, dass nicht erwähnt wurde, ob Reichmann für Deutschland spionierte, was ja durchaus hätte möglich sein können.

Thorsten Bodden hatte sich dem Baukonzern im Jahr 1971 angeschlossen. Fünf Jahre später wurde er nach Bulgarien, Polen und Rumänien geschickt. Ab 1990 bis vor drei Jahren war er der Repräsentant des Konzerns in Sofia gewesen. Bodden kannte Reichmann aus Frankfurt und aus Bulgarien, wo sie beide die Interessen des Konzerns wahrnahmen. Weder der BND noch der Verfassungsschutz hatten je gegen Bodden ermittelt. Seit drei Jahren war er zurück in Deutschland, in einem Jahr würde er in den Ruhestand gehen. Er war Mitbegründer des Klubs der deutsch-bulgarischen Freundschaft. Dieser Klub wurde offiziell von den Sicherheitsbehörden der Bundesrepublik Deutschland beobachtet, bis jetzt hatten die Beobachter aber nichts Auffälliges festgestellt.

Alois Bem hatte als sehr talentierter Bauingenieur sofort eine Anstellung in dem Baukonzern gefunden und war lange Zeit in Bulgarien eingesetzt gewesen. Der BND äußerte sich zu Bem nicht, was vieles heißen konnte. Es gab noch eine kurze Notiz über Frank Weinmann, der auch zu den Klubgründern zählte. Dieser war nach Südafrika ausgewandert, wo er eine Bulgarin geheiratet und eine Farm betrieben hatte. Nach einigen Jahren war die Familie zurück nach Frankfurt gekommen, wo Weinmann den Lebensunterhalt als Taxifahrer und als Importeur von Paprika aus Bulgarien verdiente. Auch über ihn gab es keine Eintragungen des Geheimdienstes, was, wie Steinacker wusste, nichts heißen musste.

Auffällig war nach Meinung des Kommissars, dass alle für den gleichen Konzern tätig waren, mit Ausnahme von Weinmann. War das Zufall oder hatte es eine Relevanz für die Lösung seiner Fälle?

Ann Reichmann war dabei beobachtet worden, wie sie nach dem Verlassen des Hospitals eine Nummer angerufen hatte, die dem Bauunternehmer Ivan Ivanovski gehörte. Sie hatte um ein Treffen gebeten und behauptet, er sei ihr noch etwas schuldig, als er abwiegeln wollte. Daher erhielt Doppelmayer den Auftrag, Ann zu beschatten und das Treffen möglichst aufzuzeichnen. Die Aufnahme, die er später seinem Chef zeigte, dokumentierte ein Gespräch, das den Ermittlern sehr interessant erschien. Ann Reichmann bat darin den Bauunternehmer Ivanovski, etwas gegen *diese Menschen* zu unternehmen. Um was für Menschen es sich dabei handelte, ging aus der Aufzeichnung allerdings nicht hervor. Ivanovski empfahl Ann, sich an Söhnchen Höhlenmensch zu wenden. Dieser verfüge über genug Erfahrung in solchen Angelegenheiten. Für die Aufklärung ihres Unfalls solle sie an professionelle Ermittler herantreten, denn Amateure seien der Sache nicht gewachsen. Sehr viel mehr wurde in diesem kurzen Dialog nicht besprochen, außer noch einem Auftrag an Ivanovski, bei Gelegenheit Anns Auto nach einem Elektronikfehler zu untersuchen. Diese Bitte erschien den Ermittlern merkwürdig, denn eigentlich waren doch nur Werkstätten in der Lage, elektronische Fehler zu korrigieren, besaßen sie doch die entsprechende Apparatur.

Nach Ansicht der beiden Ermittler sollte Ann weiter beschattet werden, um herauszufinden, wer dieser seltsame Söhnchen Höhlenmensch war und was er mit diesem Fall zu tun hatte. »Ob wir Ann weiter observieren dürfen, entscheidet alleine der Chef. Bei der herrschenden Personalknappheit wird es nicht einfach werden«, gab Steinacker zu bedenken.

Dessen Gedanken kreisten im Augenblick allerdings nicht mit voller Konzentration um die zwei Mordfälle. Vielmehr ging ihm die Frau, mit der er eine leidenschaftliche und für ihn ungewöhnliche Nacht verbracht hatte, nicht aus dem Kopf. Verzückt erinnerte er sich an jeden Augenblick dieses nächtlichen Traums. Jeder Kuss, jede Berührung, jede Bewegung war in seiner Erinnerung gespeichert. Er registrierte teils mit Freude, teils mit Furcht, dass sie alle seine Gedanken beherrschte. Ihm war klar, dass er sich verliebt hatte – in eine Frau, die er erst seit zwei Tagen kannte. Aber so war es mit der Liebe, wenn sie kam, dann war sie nicht aufzuhalten. Man hatte keine Möglichkeit, ihr zu entgehen, sie umwickelte ihr Opfer mit ihren Fangarmen und ließ ihm keine Wahl.

Steinacker hatte Angst vor den Gefühlen, die, einmal ausgebrochen, nicht mehr einzufangen waren. Er fürchtete Herzklopfen und kindische Träumerei, psychische und physische Schmerzen und am meisten den unvermeidlichen Liebeskummer. Er fühlte sich zu alt für solche Dinge, er war in einem Alter, in dem man mit Enkelkindern spielt und jugendlichen Leidenschaften abgeschworen hat. Eine solche Liebelei konnte kein gutes Ende nehmen, der Trennungsschmerz war unvermeidlich.

Er gab sich einen Ruck und zwang seine Gedanken wieder auf die Einleitung der notwendigen Ermittlungsschritte. Der Kommissar beschloss, sich direkt an Ivan Ivanovski, den Vertrauten von Ann Reichmann, zu wenden. Dieser bewohnte eine schön geschnittene Wohnung im Stadtteil Sachsenhausen und war über den Besuch nicht sonderlich überrascht. Er bat den Polizisten herein und wollte ihm ein Bier servieren, das der Ermittler schweren Herzens ablehnte. Steinacker nahm auf dem Sofa in dem mit allerlei Nippes überladenen Wohnzimmer Platz und fragte den Unternehmer nach dessen Verhältnis zu Ann Reichmann.

»Unsere Beziehung ist rein freundschaftlicher Natur«, erwiderte dieser, gab aber nach einigen weiteren Fragen des Kommissars zu, mit ihr früher auch mal intim gewesen zu sein.

»Können Sie mir sagen, wer sich hinter dem eigenartigen Namen Söhnchen Höhlenmensch versteckt?«

»Das ist leicht zu beantworten.« Ivanovski zündete sich umständlich einen Zigarillo an, dessen Gestank die ohnehin stickige Luft in der Wohnung noch zusätzlich verpestete. »Dies ist kein Name, sondern eine Bezeichnung der Klubmitglieder für Christo Christov, den Sohn von Polia Vurbanova. Sie beruht auf Christovs unkultiviertem Benehmen. Er ist das genaue Gegenteil von seiner Mutter, die es versäumt hat, ihrem Sprössling Anstand beizubringen.«

Steinacker wunderte sich, warum der Mann Christo Christov hieß, sein Erzeuger sei doch ein Moslem.

»Sie haben recht, Herr Kommissar. Söhnchen Höhlenmensch hieß laut Melderegister früher Süleyman Taifun Hamanci. Aber er ist wie seine Mutter christlichen Glaubens, daher beantragte er eine Namensänderung und darf sich jetzt Christo Christov nennen. Dies ist allen Klubmitgliedern bekannt.«

»Sagen Sie, was für Probleme hat Ann Reichmann, bei denen Sie ihr helfen sollen?«

Ivanovski war schlau genug, um zu konstatieren, dass entweder er oder Ann von den Sicherheitsbehörden observiert wurde und er nicht lügen konnte. »Ich habe keine Gesetze verletzt. Ann fühlt sich verfolgt und hat mich deswegen um Hilfe gebeten.«

»Und was sollten Sie für sie tun?«, wollte Steinacker wissen.

»Ihre Familie hat Schwierigkeiten mit irgendwelchen Leuten, die ihren Vater von früher kennen, und sucht nach einer schnellen und unorthodoxen Lösung«, behauptete Ivanovski. »Ich habe damit nichts zu tun und auch nicht die nötigen Verbindungen, deswegen kann ich ihr nicht helfen. Ich habe sie an Christov verwiesen, der über mehr Erfahrung in solchen prekären Angelegenheiten verfügt.«

Steinacker spürte, dass sein Gesprächspartner ein mit allen Wassern gewaschener Mitbürger war, dem nichts zu entlocken sein würde, falls er etwas zu verbergen hatte. Eigentlich schien fast jedes der Klubmitglieder, mit denen sie in der Mordsache zu tun hatten, irgendetwas zu verheimlichen. Jeder kannte hier jeden, entweder geschäftlich oder privat, jeder hatte eine dunkle Seite in seiner Lebensgeschichte, jeder von ihnen konnte ein potenzieller Mörder sein. Steinacker fragte sich, welchem Zweck die Gründung des Klubs der deutsch-bulgarischen Freundschaft tatsächlich diente.

II

Dass zwei Motorräder gefunden wurden, bereitete dem Regisseur einige Kopfschmerzen. Sein Plan wurde dadurch zwar nicht gefährdet, aber er zeigte kleine Risse. Diese nicht einberechneten Vorkommnisse waren Zeichen, die nicht unterschätzt werden durften. Bis jetzt war jedoch fast alles gelaufen wie vorgesehen. Das Geld war in Sicherheit gebracht und in Verwahrung genommen worden. Nur er und sein Eingeweihter wussten, wo es hinterlegt war. Der Zwischenfall mit der Zeugin war bedauernswert, aber sie hatten keinen Spielraum gehabt. Ihm war klar, dass die Polizei bei ihren Ermittlungen auch in seine Kreise vorstoßen würde. Diese Möglichkeit hatte er bei der Ausarbeitung des Plans in Betracht gezogen. Er war ein hervorragender Theoretiker und ein ebenso guter Praktiker, deswegen hatte er alle Eventualitäten kalkuliert, auch Gewaltanwendung, falls nötig, obwohl er ein gewaltfreies Handeln vorzog. Eigentlich war er ein Wissenschaftler, ein Künstler, ein Mensch der Tat. Das Organisieren lag ihm im Blut, er war ein geborener Anführer, ruhig, aber entschieden. Er beglückwünschte sich selbst zu der Idee, seine Mitstreiter mit Nummern zu benennen. Er war selbstverständlich die Nummer eins, sein Stellvertreter und einzige Mensch der Gruppe, der ihn kannte, die Nummer zwei. Von den anderen, den Statisten, wusste keiner, wie die jeweils anderen hießen, woher sie kamen und wohin sie gingen. Er allein dirigierte das ganze Orchester. Von dem großen Geld hatte er ganz zufällig erfahren. Diejenigen, die das Geld in dieser Bank hinterlegt hatten, waren sich ihrer Sache zu sicher und daher unvorsichtig gewesen. Er hatte gestaunt, als er die Hintermänner, sprich die Aktionäre der Bank, ermittelt hatte. So eine Zusammenballung von Geld und Macht hatte er nicht erwartet und es machte ihm gleich noch mehr Spaß, diesen Leuten das Geld zu stehlen.

Was er allerdings nicht gewusst und erst später bei der Durchsicht der gestohlenen Kassetten erfahren hatte, bereitete ihm nun große Sorge und auch Angst. Denn in den Kassetten war nicht nur Geld, sondern man hatte auch geheime Dokumente darin deponiert, die man in dem Tresor der Bank in Sicherheit wähnte. Der Regisseur hatte einkalkuliert, dass die Eigentümer nach dem Geld suchen würden, aber diese Suche würden sie nun intensivieren, um wieder in den Besitz der Papiere zu gelangen. Und zudem hatte er jetzt nicht nur das Raubdezernat am Hals, sondern auch die Mordkommission, denn man würde früher oder später herausfinden, dass Helene Bem von einem professionellen Mörder umgebracht worden war. Dazu gesellte sich noch dieses verdammte Syndikat, das viele Mittel besaß, um ihn zu eliminieren. Aber davor würden sie das Geld und vor allem die Dokumente zurückverlangen. Allerdings glaubte er, sich gut abgesichert zu haben.

Die Tote tat ihm leid, aber das war einfach Pech gewesen – für sie und auch für ihn. Helene Bem hatte etwas gesehen und gehört, was sie nicht sehen und hören durfte, und war dadurch zu einer großen Gefahr für das ganze Unternehmen geworden. Er hatte nicht anders handeln können, er musste auf Nummer sicher gehen. Er hatte in Österreich einen Freund, der gute Beziehungen zu der politischen Elite der Alpenrepublik hatte. Dieser Freund war zunächst nicht bereit gewesen, ihm weiterzuhelfen, aber der Regisseur war ein ausgezeichneter Bittsteller und Überredungskünstler und letztlich war es ihm gelungen, ihn zu überzeugen. Er stellte den Kontakt her zu einem Menschen, der für Geld unbequeme Gegner eliminierte. Eine E-Mail mit dem Auftrag an den Unbekannten war prompt mit der Forderung einer hohen Geldsumme für dessen Erledigung beantwortet worden. Nachdem sich der Regisseur mit der Summe einverstanden erklärt hatte, war der Auftrag professionell erledigt worden, die Angelegenheit Helene Bem war abgehakt.

Die Berichte, die er von seinen Statisten bekam, waren eher beruhigend, nur der Verlust der beiden Motorräder machte ihm ein wenig Sorgen. Die Ermittler konnten mit den Fund nicht viel verbinden, vorausgesetzt, sie fanden keine Fingerabdrücke. Er hatte peinlich genau darauf geachtet, dass die Motorräder nicht ohne Handschuhe angefasst worden waren und dass alles gereinigt wurde, aber es konnte immer eine Unaufmerksamkeit geben. Vor Fehlern war bei aller Perfektion niemand gefeit.

Seine Geldgeber, es waren nur zwei, hatte er mithilfe von Krediten ausgezahlt, die er von derselben Bank erhalten hatte, die er hinterher ausraubte. Die eingeweihten Helfer und die Statisten sollten großzügige Entschädigungen für das Geleistete erhalten, wenn eine gewisse Zeit vergangen war und man etwas freier handeln konnte. Die zwei Morde kamen dabei sehr ungelegen, denn die Polizei sollte sich eigentlich nicht mit ihrer geballten Kraft für das Geschehene interessieren. Aber sie tat es und darin bestand eine Gefahr. Doch vor Zufällen im Leben konnte man sich nun mal kaum schützen. In der Theorie konnte man zwar alles vorausplanen, in der Praxis geschah aber so manches ganz anders. Er baute jedoch auf die Professionalität der Mitwirkenden, schließlich besaßen sie genügend Erfahrung und sie hatten während der Erfüllung ihrer Aufgaben auch routiniert und fachkundig gewirkt.

Der Regisseur widmete sich weiterhin seiner Arbeit, um keinen Verdacht auf sich zu lenken. Wie jeden Morgen kaufte er Brötchen beim benachbarten Bäcker, joggte ein wenig im nahen Park und ab und zu unterhielt er sich mit dem Hausmeister über Gott und die Welt. Dann begann er mit seiner Arbeit, die ihn vollkommen ausfüllte. Nach Hause kam er immer erst kurz vor Mitternacht, wo er sich vor dem Schlafengehen meist noch einen Whisky gönnte. In der Küche ließ er sich nur selten blicken, nach den Vorfällen mit der Schneidemaschine hatte er keine Lust mehr, den Raum zu betreten. Donnerstags kam die Putzfrau und reinigte die Wohnung, wobei er versuchte, möglichst anwesend zu sein, denn er vertraute keinem Menschen, die Putzfrau eingeschlossen. Nach dem Coup gegen die Bank war er jetzt noch vorsichtiger und misstrauischer.

Im Polizeifunk, den er abhörte, wurde mitgeteilt, dass man in Syrien ein weiteres Motorrad gefunden hatte.

12

Die Ausführung des Auftrags hatte der Exekutor übernommen, den die österreichischen Medien nur »Phantom« nannten. Zuerst holte er Auskünfte über den Auftraggeber ein. Er hatte genügend Quellen, die ihn umgehend informierten. So erfuhr er, dass dieser Mitglied im deutsch-bulgarischen Freundschaftsklub und in Bulgarien nicht aktenkundig war. Ob er bulgarischer oder deutscher Staatsbürger war, konnte seine Informationsquelle nicht angeben, der Name konnte auch ein Pseudonym sein. Das gefiel dem »Phantom« nicht, es mochte keine Unklarheiten in seinem Tätigkeitsbereich.

Der Exekutor nahm also Urlaub von Wien und begab sich nach Frankfurt, wo er eine schöne, wenn auch ziemlich teure Wohnung besaß. Zuerst ging er in einen Supermarkt, um den Kühlschrank zu füllen, denn er hasste es, wenn er nichts zu Hause hatte. Dann begann er mit der Beschattung der Person, die er ausschalten sollte. Nach drei Tagen kannte er alle ihre Wege sowie ihren Gatten und ihren Liebhaber. Er fand den Ehemann langweilig und hochnäsig, er entsprach ganz und gar dem Klischee eines überheblichen Managers. Als er erfuhr, dass die Tochter gerade ermordet worden war, bedauerte er allerdings den armen Mann, der nicht nur sein Kind verloren hatte, sondern auch die untreue Ehefrau verlieren würde. Dass er nicht sein Auftraggeber war, konnte das Phantom schnell erkennen. Der Liebhaber des künftigen Opfers war dagegen ein echter Intellektueller, ein belesener Philosoph. Er war ein Akademiker aus Bulgarien und schien eine interessante Person zu sein. Die Suche im Internet brachte allerdings kaum Ergebnisse, es waren nur unbedeutende Informationen, mit denen er nicht viel anfangen konnte. Also bediente er sich seiner eigenen Quellen … und erfuhr auch nicht viel mehr. Das überraschte und beunruhigte ihn. Er misstraute solchen »weißen Flecken« in einer Biografie. Das war ihm Anlass genug, besonders vorsichtig vorzugehen.

Der in der Einsamkeit eines Einzelgängers agierende Vollstrecker wusste, dass insbesondere in der Alpenrepublik intensiv nach ihm gefahndet wurde. Zum Glück hatte er sehr einflussreiche Fürsprecher, denen er mit seinem Einsatz aus verzwickten Lagen geholfen hatte. Diese Menschen – ob aus eigenem Wunsch oder auch nur zähneknirschend – deckten ihn und behinderten erfolgreich die Ermittlungen der österreichischen Polizei. Ein ihm wohlgesonnener Regierungsrat hatte ihm gesteckt, dass der Geheimdienst nach ihm fahndete. Die Aussichten, ihn zu fassen, waren für die Sicherheitsorgane jedoch nicht besonders gut, denn seine Freunde leiteten einige dieser Dienste. Er wusste vieles, aber er wusste auch für manche der hochgestellten Persönlichkeiten zu viel, daher musste er immer auf der Hut sein. Obwohl er teils aus Berechnung, teils aus Leidenschaft zum Profikiller geworden war, war er eigentlich kein böser Mensch, er lachte und weinte wie alle anderen. So kalt und abgebrüht, wie man ihn darstellte, war er gar nicht, aber das wusste nur er. In seinem »normalen« Leben war er eine öffentliche Person, er galt als absoluter Kenner seiner Materie und keiner hätte jemals vermutet, dass dieser anerkannte Fachmann und Schöngeist ein berüchtigter Killer sein könnte.

Als die Zeit reif war, zur Tat zu schreiten, legte das Phantom den Ablauf und Zeitpunkt der Maßnahme fest. An dem bewussten Morgen saß der Exekutor in seinem Leihwagen vor dem Gebäude, in dem Helene Bem und Marco Kosina sich aufhielten. Etwa gegen neun Uhr verließen die beiden die Wohnung und fuhren mit Kosinas Wagen in Richtung Offenbach. Sie nahmen den Weg vorbei an der neuen Brücke und der sich im Bau befindenden Zentrale der Europäischen Zentralbank, erreichten den Kaiserleikreisel, ließen die Stadtmitte hinter sich und fuhren in Richtung Bieberer Berg. Fast direkt am Haupteingang zum Stadion, einige Meter vor der Bushaltestelle, blieb Kosina stehen und ließ Helene Bem aussteigen. Noch während sie in Richtung der Grünanlage ging, fuhr er von dannen. Der Killer fand einige Meter weiter eine Parklücke und stellte dort sein Auto ab. Schon nach wenigen Augenblicken hatte er sein Opfer eingeholt. Er sah sich aufmerksam um. Niemand war zu sehen. Schnell zog er sein Messer und einige Sekunden später entfernte er sich bereits wieder von der Stelle. Helene Bem presste die Hände auf die Brust und fiel leblos ins Gebüsch.

Der Killer bestieg seinen Wagen und fuhr zurück zu seiner Wohnung. Dort schickte er eine E-Mail an den Auftraggeber und beantragte die Auszahlung des Restes der vereinbarten Summe.

13

Kommissar Steinacker besuchte Ann Reichmann in ihrer Wohnung. Zuerst wollte sie ihn nicht einlassen, aber dann änderte sie ihre Meinung und nun saß der Ermittelnde ihr an einem runden Glastisch gegenüber, nachdem sie zwei Gläser und eine Flasche Sprudel geholt hatte. Sie sah blass und besorgt aus, aber das konnte ihrer Schönheit nichts anhaben.

Steinacker wollte von ihr die Wahrheit erfahren. Er sah, dass sie Angst hatte, dass die Furcht vor den Unbekannten ihr zu schaffen machte. Ohne weitere Einleitung fragte er, was sie bei ihrem Treffen mit Ivan Ivanovski besprochen habe. Sie wunderte sich über Steinackers Wissen und ihre großen blauen Augen wurden noch größer. »Sagen Sie, Herr Kommissar, bespitzeln Sie mich etwa?«

»Polizeiliche Observierung gehört zu den ermittlungstechnischen Mitteln unserer Arbeit und dient auch der Vorbeugung etwaiger Straftaten.«

»Bin ich denn so gefährdet, dass Sie mich beschatten lassen?«

»Wenn Gefahr im Verzug ist, erfordert das eine vorbeugende Beobachtung«, erklärte Steinacker. »Und weil Sie und Ihr Vater gefährdet sind, musste die Polizei handeln.«

Das überzeugte Ann, mit der Wahrheit herauszurücken. Sie berichtete, dass sie und ihr Vater sich schon seit einiger Zeit beobachtet fühlten und vor einigen Tagen erste Drohungen erhalten hatten. »Man riet uns, den Frankfurter Raum zu verlassen, irgendwo in der Welt eine neue Bleibe zu suchen und nie wieder zurückzukehren. Dann bedrohte jemand meinen Vater an einer Tankstelle. Nur durch das mutige Eingreifen des Tankwarts flüchteten die Täter mit einem blauen Mercedes. Zwei Tage später zerschnitt man alle Reifen an seinem Wagen, und vor dem Auffahrunfall wurde der Schäferhund vergiftet. Ich fragte Vater, ob er die Täter kennt, aber ich bekam nur eine nichtssagende Antwort.«

»Sie vermuten, Ihr Vater weiß, wer die Täter oder deren Auftraggeber sind?«

»Ich bin mir nicht sicher. Manchmal denke ich, er kennt sie, manchmal wieder nicht. Ich weiß nicht mehr, was ich glauben soll.«

»Hat Ihr Vater keine Hinweise gegeben? Hat er mit Ihnen über mögliche Probleme gesprochen? Es könnte mit seiner früheren Tätigkeit für den Baukonzern zu tun haben, vielleicht auch mit seinem Aufenthalt in Bulgarien.« Als Ann verneinend den Kopf schüttelte, erklärte er energisch: »Sie sind gefährdet, deshalb werden wir Sie und Ihren Vater ab sofort ganz offiziell bewachen. Wir wissen noch nicht, ob man Sie nur einschüchtern will oder ob mehr dahintersteckt.«

In diesem Augenblick klingelte jemand an der Tür. Ann schaute den Kommissar an, dieser nickte stumm. Sie stand auf und ging zur Tür. Durch den Spion konnte sie nichts erkennen. Als sie die Tür öffnete, hörte Steinacker Schreie und den Aufprall eines Körpers auf dem Boden. Er sprang zum Eingang, sah aber nur noch die Konturen einer männlichen Silhouette, die schnell die Treppe hinunterrannte.

Steinacker war nicht in der Lage, dem Mann zu folgen, er kümmerte sich lieber um Ann, die am Boden lag und erschrocken nach Luft schnappte. Zum Glück war ihr außer einem heftigen Schlag ins Gesicht nichts passiert. Trotzdem forderte der Kommissar außer seinen Kollegen auch einen Notarztwagen an, um sie zu versorgen. Kurz schoss ihm der Gedanke an Inspektor Ackerstein durch den Kopf, der sich erfolgreich auf die Jagd nach dem Unhold gemacht hätte, denn er war schneller als jeder Täter. Er selbst dagegen war ein Sportmuffel, der schon stolz war, wenn er sich einmal zu einer Runde um die Häuserzeile aufraffen konnte. Während Ackerstein ein sportlicher Typ mit Power war, bevorzugte sein Schöpfer die ruhige Variante. Dynamisch waren nur seine Gedankengänge und Assoziationen.

Seit dem neuesten Angriff auf Frau Reichmann wusste der Kommissar, dass er es mit zu allem entschlossenen Verbrechern zu tun hatte. Die Professionalität der Täter beunruhigte ihn. Ann und ihr Vater waren da in etwas hineingeraten, was diese Kreise sehr zu stören schien. Lagen die Ursachen vielleicht doch in Bulgarien? Was hatte Söhnchen Höhlenmensch alias Christo Christov mit dieser Angelegenheit zu tun?

Es war Zeit, diesem fragwürden Frankfurter Bürger einen Besuch abzustatten.

Während der Notarzt Ann versorgte und die Kriminaltechniker die wenigen Spuren an der Türschwelle und auf dem Flur sicherstellten, fuhr Steinacker also zu einem besonderen Interview. Als er bei dem Mann mit den vielen Namen klingelte, entging seinen Augen nicht der weiße

Volvo, der einsam in der Nähe parkte. Er notierte sich das Kennzeichen und klingelte erneut. Erst beim dritten Klingeln bewegte sich etwas und schließlich stand der Sohn von Polia Vurbanova in der Tür.

Der Kommissar fragte, ob er eintreten dürfe, er habe nur ein paar Fragen, es werde nicht lange dauern. Sein Gegenüber zögerte einen kurzen Augenblick, dann bat er seinen ungebetenen Gast herein. Die Wohnung bestand aus zwei Zimmern, einem Bad und einer kleinen Küche. Mit Genugtuung registrierte der Ermittler, dass es seine eigene Unordnung nicht mit der des Höhlenmenschen aufnehmen konnte. Hier war schon seit Monaten nicht geputzt worden. Überall lagen Kleidungsstücke verstreut, auf dem Boden stapelten sich alte Zeitungen, auf dem runden Holztisch standen leere Bier- und Weinflaschen. Der Aschenbecher war so voll, dass die Zigarettenkippen auch auf und unter den Tisch gefallen waren. Alle Fenster waren geschlossen und mit schweren Vorhängen verhängt, der Gestank von kalter Asche und Alkoholdämpfen verursachte dem Kommissar ein Würgen im Hals. Hier war wohl nach dem Dreißigjährigen Krieg zuletzt gelüftet worden, rettete er sich in Gedanken in Richtung Ironie.

Der Wohnungsinhaber bat den Kommissar, Platz zu nehmen. Steinacker suchte nach einer Stelle, wohin er sich setzen könnte, doch da er keine fand, blieb er stehen. Christov zündete sich eine Zigarette an und fragte, was er für den Kommissar tun könne. Dieser erzählte ihm von den Attentaten auf Ann und ihren Vater und erwähnte auch das Gespräch zwischen Ann und Ivanovski, der Christov als Retter empfohlen hatte.

»Ivanovski ist ein Schwätzer, Herr Kommissar, er hat nur wenig Bezug zur Realität. Ich habe keine Ahnung, wie er bei dieser Sache ausgerechnet auf mich kommt, ich kann mir das nicht erklären.« Dann schien ihm die Erleuchtung zu kommen. »Ich habe früher eine Zeitlang für die Polizei und die Staatsanwaltschaft als Dolmetscher gearbeitet und hatte dabei automatisch mit Verbrechern zu tun. Vielleicht hat Ivanovski deshalb an mich gedacht, als er mich Ann als Helfer empfohlen hat.«

Der Polizeibeamte wollte hören, ob Christov etwas über die Leute wusste, die Ann und ihren Vater verfolgten, doch wie erwartet verneinte Christo Christov jegliche Kenntnis über die Hintergründe dieser Attentate. »Ich habe mit Verbrechern nur durch die damalige Arbeit Kontakte gehabt, außerhalb meiner Tätigkeit unterhielt und unterhalte ich keine Verbindungen zu solchen Kreisen.«

Steinacker fragte nach dem weißen Volvo, aber auch auf diese Frage erhielt er eine negative Antwort. Der Ermittler spürte, dass dieser junge Mann, der von Ordnung nicht viel hielt und ein sehr kommunikativer Mensch zu sein schien, viel mehr wusste, als er bereit war zuzugeben. Diesen Zeitgenossen würde er sich in seinem Notizbuch in Großbuchstaben notieren und dick unterstreichen. Nachdem er die stinkende Wohnung verlassen hatte, sog er mit tiefen Atemzügen die frische Luft in seine gequälten Lungen.

Im Präsidium überprüfte Steinacker das Kennzeichen des weißen Volvos. Er war auf Frank Weinmann zugelassen. Nun hatte der Kommissar schon wieder einen neuen Verdächtigen.

Doppelmayer kam herein und präsentierte seinem Chef eine Nachricht von Sattler, dass man in Syrien eine weitere Maschine gefunden hatte, die an dem Überfall auf die Frankfurter Bank beteiligt gewesen war. Sein Assistent hatte sich die Mühe gemacht und Informationen über die überfallene Privatbank gesammelt. »Diese wurde im Jahr 1982 in der Mainmetropole gegründet«, referierte er. »Die Aktionäre sind die Gesellschaften Alpha Plus und Omega Standard. An Alpha Plus ist die Finanzreform GmbH beteiligt, die ihren Sitz auf den Kaiman-Inseln hat. Omega Standard gehört der Financial Research mit Sitz ebenfalls auf den Kaiman-Inseln. Die Geschäftsführer der Finanzreform heißen Dimitri Kovalov und Robert Smith. Die Geschäftsführer der Financial Research heißen … Dimitri Kovalov und Robert Smith. Der Vorstandsvorsitzende der überfallenen Bank heißt Wolfgang Robert Schmidt und ist bis vor fünfzehn Jahren im Auftrag eines Baukonzerns in Polen, Rumänien und Bulgarien unterwegs gewesen. Ich lasse mir die linke Hand abhacken, wenn der Robert Smith von den Kaiman-Inseln nicht der Bankvorstand Wolfgang Robert Schmidt ist«, beendete er seinen Vortrag fast triumphierend.

Steinacker gratulierte ihm zu den ausgezeichneten Informationen. Nun mussten sie weiter recherchieren, um zu ermitteln, ob der Banküberfall, der Baukonzern, die beiden Morde und die Spionagetätigkeit des Herrn Bem wie von ihnen vermutet einen Zusammenhang aufwiesen. Dazu musste Kommissar Sattler die Bankräuber ausfindig machen. Aber auch in dieser Sache tippte Steinacker auf die deutsch-bulgarischen Kameraden. Welche Rolle der von Jordanka Bonewa verdächtigte Marco Kosina spielte, musste ebenfalls noch beleuchtet werden. Es gab viel zu tun! Die

Ergebnisse waren zurzeit zwar noch mickrig, aber der Kommissar war guten Mutes, dass es bald viel schneller gehen würde. Auch sein Chef schloss sich dieser Ansicht an, denn er beließ es bei kleinen Ermahnungen nach Ergebnissen und ließ Steinacker ungestört seine Arbeit verrichten.

Als Jordanka Bonewa sein Büro aufsuchte, schienen die Strahlen der Sonne gleich heller ins Zimmer zu leuchten. Sie lächelte dem Kommissar zu und fragte nach Fortschritten. Doch dieser schaute sie nur verträumt an und reagierte nicht. Daher wiederholte sie ihre Frage und notgedrungen kehrten seine Gedanken, die kurz auf Abwege geraten waren, zu seinen Fällen zurück. Er erzählte ihr von seinen Ermittlungen, worauf sie ihm mit einem zufriedenen Lächeln zu den ausgezeichneten Recherchen gratulierte. Dann wollte sie wissen, wann er Marco Kosina vernehmen werde.

»Bald«, antwortete der Kommissar, stand auf und wollte sie an sich ziehen, aber sie glitt schnell aus seinen Armen.

Nachdem Doppelmayer gleich darauf den Raum betreten hatte, hörte dieses Spielchen sowieso auf. Der Assistent informierte sie, dass Weinmann mit seinem weißen Volvo nicht auffindbar sei.

Steinacker seufzte. »Nach meiner Ansicht sind die verdächtigen Personen allesamt sehr gut geschult und deswegen sind unsere Ermittlungen so zäh. Und wenn sie, wie ich fest glaube, Verbindungen in verschiedene Dienste und Organisationen haben, wird einem auch noch von Amts wegen die Arbeit schwer gemacht.«

Frau Bonewa stimmte ihm zu und meinte, auch Kosina könne durchaus einem Geheimdienst angehören, vielleicht sogar dem amerikanischen, während Doppelmayer zu bedenken gab, dass vielleicht Einzelpersonen unter Mithilfe der bulgarischen Behörden ihre Rechnungen auf diese Art und Weise beglichen. Jordanka war hierzu naturgemäß anderer Meinung, und Steinacker hätte sie gern darin unterstützt, aber er hielt den Einwand seines Assistenten für durchaus plausibel. Seine bulgarische Kollegin versprach, Beweise gegen Kosina zu liefern, und verschwand in ihr eigenes Zimmer. Doppelmayer eilte nach Hause, er hatte seiner Freundin versprochen, heute pünktlich zu sein.

Der Kommissar blieb noch im Büro und erledigte die Papierarbeit. Danach fuhr er zu seiner Wohnung und rief von dort Jordanka an, aber diese antwortete nicht. Da hatte er eine Idee. Er würde ein neues Buch beginnen, Inspektor Ackerstein sollte in einem ähnlichen Fall ermitteln.

Statt Bulgarien würde er Polen nehmen, aus einem Klub der deutsch-bulgarischen Freundschaft würde ein Klub der deutsch-polnischen Freundschaft werden. Die Adresse müsste er ändern, die Stiftstraße könnte beispielsweise ausgezeichnet passen. Inspektor Ackerstein hätte dort den Mordfall einer Diana Schneiderlein zu klären. Nur wäre Ackerstein im Gegensatz zu ihm ein von allen Zwängen und juristischen Vorgaben befreiter Ermittler, der unorthodox und eigenwillig vorgehen würde. Er könnte eine Beziehung mit einem Mitglied des Klubs anfangen, ein Zusatzbonus für den Genießer Ackerstein. Clever und mit Bedacht würde er die Ermittlungen führen, die Zeugen mit Pietät vernehmen, die Verdächtigen mit psychologischen Tricks zermalmen, die Herren Manager sehr schnell gesprächig machen. Im Nu würde er die Geheimnisse der Beteiligten aufdecken.

Voller Elan setzte sich Steinacker an den Computer und begann zu schreiben. Es war schon lange nach Mitternacht, als er sich ins Bett legte. Bevor er einschlief, dachte er an die vergangene Nacht, an die Liebkosungen und Zärtlichkeiten, nach denen er sich so lange gesehnt hatte. Erst jetzt wurde ihm bewusst, dass er nicht mehr alleine einschlafen und nicht mehr alleine aufwachen wollte. Es war die schönste Nacht seit Jahren gewesen, eine Traumnacht eines unglücklichen Träumers.

Am nächsten Morgen stürmte Sattler in sein Büro. »Armin, es gibt Neuigkeiten«, rief er fast strahlend. »In der nordirischen Stadt Londonderry hat die Polizei einen stockbetrunkenen Autofahrer festgenommen, der nachts ohne Führerschein unterwegs war. Auf dem Revier erzählte er viele komische Dinge und sprach dabei auch von einem Banküberfall in Frankfurt am Main. Der wegen verschiedener Delikte vorbestrafte Nordire wollte später, als er seinen Rausch in einer Ausnüchterungszelle ausgeschlafen hatte, nichts mehr davon wissen. Er behauptete, er habe das in seinem Alkoholnebel alles erfunden. Die irischen Kollegen aber interessierten sich für diese Aussage. Sie riefen in Frankfurt an und sprachen mit mir. Ich konnte den verdutzten irischen Kollegen alle Details, die der Trunkenbold ausgeplaudert hatte, bestätigen. Dieser Mensch war vermutlich an dem Banküberfall beteiligt. Zurzeit wird ein Ersuchen an die nordirische Polizei gestellt, um den vermeintlichen Bankräuber auszuliefern. Dieser Patrick McCulham ist kein unbeschriebenes Blatt. Er hat an mehreren Überfällen teilgenommen und gilt als gewaltbereit.«

Am Mittag erfuhr Sattler, dass die Nordiren ihren Häftling nicht nach

Deutschland ausliefern würden, der Kommissar solle nach Londonderry kommen und ihn dort vernehmen. Sattler versprach seinem Kollegen, dass er ihn über das Ergebnis informieren werde.

Steinacker war nicht sicher, ob ihre Vermutungen, dass die Mordfälle und der Bankraub zusammengehörten, wirklich stimmten. Aber es war klar, dass der Überfall von einer professionell agierenden und fachmännisch organisierten Gruppe verübt worden war, ebenso wie der Mord an Helene Bem die Handschrift eines Profis trug. Ob jedoch dieselben Verbrecher dahintersteckten, musste erst noch bewiesen werden. Die Rollen von Kosina, Christov und Weinmann waren genauso unklar wie die der deutschen Konzernmitarbeiter Bem, Reichmann und Bodden. Sogar der Filmemacher Dr. Ackerstein konnte mit den Morden zu tun haben. Doppelmayer hatte ein Schema angefertigt, das zeigte, dass der Filmemacher von Argentinien zurück nach Europa und sofort nach der Tat von einem europäischen Flughafen aus wieder nach Südamerika hätte fliegen können. Allerdings wäre dies unter falscher Identität geschehen, denn ein Namensabgleich der infrage kommenden Buchungen hatte kein Ergebnis erbracht.

Am Abend besuchte Jordanka Bonewa den Kommissar in seiner Wohnung. Sie verhielt sich jedoch distanziert und vermied jegliche Berührung. Nach wie vor zeigte sie sich nett und ihm zugeneigt, aber Steinacker merkte, dass die gemeinsam verbrachte Nacht ihr Gewissensbisse bereitete. Er wollte ihr daher nicht zu nahe treten und unternahm keinen Versuch, zärtlich zu werden. Sie sprachen über Belanglosigkeiten und vor allem über den Stand der Ermittlungen. Sie fragte ständig nach Kosina, was den Kommissar verblüffte. Dieser schien eine Obsession zu sein, ihre verbissenen Schuldzuweisungen ohne jegliche Beweise begannen ihm auf die Nerven zu gehen. Er vermutete eine private Angelegenheit zwischen den beiden, aber von privaten Dingen wollte er nichts wissen. Er hatte zu ermitteln, er suchte die Mörder von Eva und Helene Bem, das hatte Priorität. Er verschwieg der Bulgarin, dass Alois Bem für den BND arbeitete, aber er war fast sicher, dass die bulgarischen Behörden darüber informiert waren. Er erzählte Jordanka, dass sich die Suche schwierig gestaltete und er viele Verdächtige, aber kaum Beweise habe. Es passe vieles nicht zusammen und man könne nur spekulieren. Jordanka nickte zustimmend. Sie verabschiedete sich schon bald und ging in ihr Hotel.

14

Die Suche nach Marco Kosina brachte keine Resultate, er schien wie vom Erdboden verschwunden zu sein. Schließlich fand Doppelmayer heraus, dass der Bulgare ganz offiziell in die USA gereist war, wo er einen Freund auf Coney Island besuchte. Laut den Einreisepapieren wollte Kosina zwei Wochen im Land der unbegrenzten Möglichkeiten bleiben. Doppelmayer fragte, ob er die Amerikaner um Hilfe bitten solle, doch sein Chef wiegelte ab. Der Reisende würde zurückkommen, da hatte der Ermittler keine Bedenken.

Am Tag der Beerdigung von Eva und Helene Bem versammelte sich auf dem Frankfurter Hauptfriedhof eine große Trauergesellschaft. Alois Bem, der einen schwarzen Mantel und eine dunkle Sonnenbrille trug, wirkte gefasst. Alle Mitglieder aus dem Klub der deutsch-bulgarischen Freundschaft waren erschienen, sogar der soeben aus dem Krankenhaus entlassene Alfred Reichmann. Ann Reichmann fehlte jedoch.

Der Regisseur Ackerstein stand zusammen mit einer dunkelhaarigen Dame etwas abseits. In seiner Nähe entdeckte der Kommissar zu seiner Überraschung auch Jordanka Bonewa, die an eine Mauer gelehnt die Abschiedszeremonie beobachtete. Der Pfarrer sprach über das menschliche Schicksal, über die Unwägbarkeiten des Lebens, das brutale aus dem Dasein Gerissenwerden. Er zitierte aus der Bibel und gab der Hoffnung Ausdruck, dass die beiden Verschiedenen bei Gott im Himmel ihre letzte Ruhe finden würden. Steinacker dachte bei sich, dass die beiden Damen ihre letzte Ruhestätte wohl eher im Sarg und im Grab fanden. Nach der Zeremonie kondolierten die Versammelten dem Witwer. Alois Bem nahm die Beileidsbezeugungen erstaunlich ruhig entgegen, was von seiner starken Willenskraft zeugte. Für einen Agenten war das nicht ungewöhnlich, dieser musste starke Nerven, Gelassenheit und Schnelligkeit im Denken aufweisen und zudem über eine meisterhafte Selbstbeherrschung verfügen. Und diese Attribute schien der Mann im schwarzen Mantel zu besitzen. Mit versteinertem Gesicht, die Augen hinter der dunklen Brille versteckt, stand der Mann vor dem Grab seiner Gattin und seiner Tochter und weinte trockene Tränen. In der Kindheit hatte man dem Kommissar beigebracht, dass ein richtiger Mann nicht weint, und nun konnte er sehen, dass ein Agent nicht einmal dann weinte, wenn seine Frau und Tochter zu Grabe getragen wurden.

Der Vorsitzende des deutsch-bulgarischen Klubs legte einen Kranz nieder, und auch Thorsten Bodden legte einen Kranz im Namen des Baukonzerns am Grab ab. Seitens des BND gab es keinen Kranz, sicherlich kondolierte man seinem Mitarbeiter auf geheimem Wege, wie es sich für einen Geheimdienst gehörte. Polizisten in Zivil hielten Ausschau nach einem Fremden, der sich vielleicht hinter dem Gebüsch versteckte, doch außer einem Obdachlosen, der unter einem Baum seine Notdurft verrichtete, entdeckten sie keinen Unbekannten. Jordanka Bonewa war so plötzlich verschwunden, wie sie gekommen war.

Nach der Beerdigung begab sich die Trauergesellschaft zu einem Totenmahl in das benachbarte Café, das der vom Schicksal geschlagene Manager für diesen Zweck gebucht hatte. Die Polizisten zogen von dannen. Als er sich in sein Auto setzte, beobachtete der Kommissar einen Mann, der als Letzter den Friedhof verließ und zu einem in der Nähe geparkten Luxuswagen ging. Er war um die dreißig Jahre alt, trug einen modischen Mantel und einen Hut auf dem Kopf. Steinacker stieg kurz entschlossen wieder aus und bevor der Unbekannte sein Auto erreicht hatte, war der Kommissar schon bei ihm. Er zeigte seine Polizeimarke und fragte nach Namen und Ausweis. Der Mann lächelte verschmitzt, zog seine Brieftasche aus der Brusttasche seines Mantels und präsentierte dem verdutzten Gesetzeshüter einen Ausweis des BND. Der Agent hieß Olaf Stein und wünschte dem Kommissar freundlich noch einen schönen Tag und viel Erfolg bei seinen Ermittlungen. Dann stieg er in die Limousine und fuhr gemächlich davon. Steinacker beschloss, sich über nichts mehr zu wundern. Er hatte den Eindruck, dass seine Ermittlungen von allen möglichen Seiten beobachtet wurden. Wie sollte er unter diesen Bedingungen die Mörder ausfindig machen? Unter ständiger Beobachtung zu stehen, macht nicht nur nervös, sondern es zermürbt auch. Ein Detektiv liebt das Verborgene, gerne ermittelt er aus der sicheren Deckung. Er war Polizist und kein Selbstdarsteller, kein Schauspieler im Theater der Befindlichkeiten.

Am Abend klingelte es an seiner Tür. Als er aufmachte, sah er ein lachendes Gesicht, das er sehr vermisst hatte. Jordanka hatte einfach so beschlossen, bei ihm ein bulgarisches Gericht zu kochen. Die benötigten Lebensmittel brachte sie gleich mit. Obwohl er über so viel Dreistigkeit normalerweise erzürnt gewesen wäre, freute er sich, sie wieder bei sich in der Wohnung zu haben. Die Küche musste zuerst aufgeräumt werden, bevor sie mit der Zubereitung der Mahlzeit beginnen konnte. Aber der Aufwand hatte sich gelohnt: Das Lammfleisch schmeckte famos und der Rotwein versprach einen angenehmen Abend. Aus dem Abend wurde eine wunderschöne Nacht. Jordanka zeigte alle ihre Künste und Steinacker war verblüfft über ihre große Palette an außergewöhnlichen Fähigkeiten. Wenn sie als Ermittlerin ebenso gut war, musste sie ein Hauptgewinn sein für die bulgarische Polizei. Er schlief glücklich ein und als er am Morgen aufwachte, stand schon der Kaffee bereit und auch frische Brötchen lagen in dem geflochtenen Korb. Der Kommissar dachte, wie angenehm es doch war, mit einer anderen Person die Wohnung zu teilen, und wenn diese auch noch weiblichen Geschlechts war, schien das Glück grenzenlos.

Sie fuhren zusammen ins Präsidium, wo Doppelmayer mit neuen Nachrichten wartete. »Eva Bem hatte ein Konto bei einer bulgarischen Bank in Sofia, das ein Guthaben von dreiundneunzigtausend Euro ausweist. Woher das Geld kommt, ist nicht bekannt.« Außerdem berichtete er, dass Ann Reichmann eine starke Migräne gehabt hatte und deshalb der Beerdigung ferngeblieben war. Man habe sie krank zu Hause angetroffen. Es habe sich niemand bei ihr gemeldet und es seien auch keine verdächtigen Personen in der Nähe ihres Domizils beobachtet worden. Und Todor Todorov habe einen Lkw mit verschiedenen Gütern nach Bulgarien geschickt, ergänzte er noch.

Steinacker und die bulgarische Kommissarin fuhren in die Wohnung von Eva Bem, um nach Quellen und Belegen für die große Summe auf dem Bankkonto zu forschen. Die Wohnung befand sich im zweiten Stock eines Dreifamilienhauses im Stadtteil Bornheim. Sie war gut geschnitten und mit Geschmack eingerichtet. An den Wänden hingen Reproduktionen großer Meister, das Mobiliar war modern und mit Bedacht gewählt, was auf die Hilfe eines Innenarchitekten schließen ließ – eine Vermutung, die Jordanka sofort bejahte.

Ein niedriger ovaler Glastisch und drei filigrane Sessel warteten auf Gäste. Im Schlafzimmer herrschte eine fast schon sterile Ordnung. Alle Kleidungsstücke lagerten im Kleiderschrank, das Bett war frisch bezogen, der Läufer am Bett sah aus wie neu. Steinacker interessierte sich für den kleinen Sekretär, der an der Wand seinen Platz gefunden hatte. Er durchsuchte ihn akribisch, während sich Jordanka der Küche und des kleinen Badezimmers annahm. Plötzlich fiel dem Kommissar wieder ein, dass Doppelmayer die Wohnung schon einmal durchsucht und in seinem Bericht vermerkt hatte, nichts von Bedeutung gefunden zu haben. Allerdings war damals auch noch nicht klar gewesen, wonach er im Einzelnen hätte suchen sollen.

In der linken Schublade des Sekretärs stieß Steinacker auf Papiere, die für die Ermittlungen jedoch nicht relevant waren. Rechnungen der Stadtwerke, des Stromanbieters, des Kabelfernsehens, der Telefongesellschaft und eine Spendenquittung des Deutschen Roten Kreuzes. In der rechten Schublade lagen Kugelschreiber, Bleistifte, Radiergummis und ein vergoldeter Füller der Marke Montblanc. Er untersuchte das Schreibgerät von allen Seiten und entdeckte eine klitzekleine Gravur. Seine Sehkraft reichte leider nicht, um die Inschrift zu lesen, aber zum Glück enthielt die Schublade auch eine Lupe, die sogar mit einer eingebauten Lampe versehen war, und als er das Schreibutensil nochmals wortwörtlich unter die Lupe nahm, entdeckte er Erstaunliches. Das eingravierte Wort lautete »Isidor«.

Steinacker zog ein Taschentuch aus seiner Hosentasche und wickelte den Füller hinein. Die Spurensicherung sollte sich das Schreibgerät näher anschauen. Er war seinem Assistenten nicht böse, dass er diese Kleinigkeit übersehen hatte. Doppelmayer war ein fleißiger Ermittler ohne stark ausgeprägte Eigeninitiative. Er bemühte sich, ehrliche Arbeit zu leisten, was ihm auch meistens gelang. Der Kommissar ließ das Taschentuch mit der überraschenden Trophäe in der Hosentasche verschwinden.

In diesem Augenblick erschien Jordanka im Zimmer und präsentierte einige Haarpartikel, die sie im Bad gefunden hatte. »Sie könnten von Marco Kosina stammen, ein DNA-Test sollte hier Klarheit schaffen«, meinte sie.

Steinacker gab zu bedenken, dass Eva Bem eine Beziehung mit Kosina gehabt hatte, deswegen seien Spuren von ihm in der Wohnung nicht überraschend. Er wusste nicht, warum er seiner bulgarischen Kollegin den Füller mit dem eingravierten Namen verschwieg. Er fand, sie musste nicht alles wissen. Nachdem eine weitere akribische Suche nichts Verwertbares zutage förderte, verließen die beiden die Wohnung des Mordopfers und aßen in einem chinesischen Restaurant zu Mittag, bevor sie wieder ins Präsidium fuhren. Dort übergab Steinacker seinen Fund an die Kriminaltechniker.

Inzwischen war Kommissar Sattler aus Londonderry zurück und der Leiter der Mordkommission suchte ihn in seinem Büro auf, denn die Erkenntnisse, die Sattler aus Nordirland mitbrachte, konnten auch für ihn relevant sein. Doch sein Kollege musste ihn enttäuschen. Der Bankräuber Patrick McCulham hatte zwar alles erzählt, was er wusste, aber leider brachte das die Fahndung noch nicht viel weiter. An diesem Überfall hatten nur Menschen teilgenommen, die sich nicht kannten und die auch selbst nicht zu erkennen waren. Schon die Augenzeugen hatten beobachtet, dass alle Täter Masken trugen. Laut dem nordirischen Kriminellen wurden die Gesichter davon vollständig verdeckt, außerdem durften sie nicht miteinander reden. Der Coup sei generalstabsmäßig vorbereitet gewesen und der Organisator sei nicht persönlich in Erscheinung getreten, sondern eine Frau und ein Mann hätten Zettel mit Befehlen verteilt. Diese seien sogar in verschiedenen Sprachen verfasst worden. Ein Teil des Geldes sei schon auf die Konten der Bankräuber eingezahlt worden, allerdings nur kleine Summen, das ganz große Geld solle nach einigen Monaten auf den Konten erscheinen.

Sattler seufzte. »Irgendwelche Bulgaren oder andere Osteuropäer sind ihm nicht aufgefallen, denn er konnte niemanden erkennen oder sprechen hören. Die Planer der ganzen Aktion wollten auf Nummer sicher gehen und keine Fehler machen. Sie sind sogar so gerissenen, dass sie fast seherische Fähigkeiten entwickelten, indem sie für solche Begebenheiten wie das betrunkene Verhalten eines Teilnehmers Vorsorge trugen. Interessant ist auch die Art und Weise, wie diese angeworben wurden. Der Nordire ist von einem Kumpel aus Südengland angesprochen worden, der selbst wiederum von einem Kroaten für diese Unternehmung gewonnen wurde. Leider konnten bisher weder der englische Bankräuber noch sein kroatischer Kollege ermittelt werden. Ein subtiler Plan und eine professionelle Ausführung. Und da die ausgeraubte Bank selber Dreck am Stecken hat, ist man auch dort nicht besonders auskunftsfreudig. Hier haben Gangster andere Gangster überfallen.«

Um ihn ein bisschen aufzumuntern, erzählte Steinacker seinem Kollegen von Eva Bems Konto mit der beträchtlichen Geldsumme. Man hatte inzwischen herausgefunden, dass das Geld in verschiedenen deutschen Städten eingezahlt worden war, und immer nur kleine Summen. Die Kassierer konnte sich an die einzahlende Person kaum erinnern. So wurden beispielsweise in Botendorf im hessischen Kreis Waldeck-Frankenberg von einer unbekannten älteren Dame fünftausend Euro auf das Konto des Mordopfers eingezahlt – einen Tag nach dessen Ableben. Auch in Saarbrücken, Dortmund und Reit im Winkl wurde nach ihrem Tod noch Geld eingezahlt, immer in bar. Zurzeit wurde überprüft, ob die eingezahlten Scheine aus den Beständen der ausgeraubten Bank stammten. Ob Eva Bem womöglich in diesen Bankraub involviert gewesen war? War sie die weibliche Person gewesen, von der der Verbrecher gesprochen hatte? »Nach meiner Meinung wohl eher nicht«, schloss Steinacker, »denn solch einen dummen Fehler würden die Gangster nicht machen. Das passt nicht zu ihrem Stil.«

Doch Sattler widersprach und gab zu bedenken, dass auch der perfekteste Täter Fehler machte, sonst würde die Polizei kaum je einen Fall lösen. Schon die Art der Einzahlung zeuge von verbrecherischen Absichten.

»Nun stellt sich die Frage«, überlegte der Leiter der Mordkommission, »ob Eva Bem wegen der Beteiligung an diesem Bankraub umgebracht worden ist. Auch Alfred Reichmann und seine Tochter Ann kommen infrage, denn sie wurden von Unbekannten bedroht. Aber da wissen wir noch nicht viel und wir sollten uns nicht mit Spekulationen beschäftigen.«

Die beiden Kommissare schlussfolgerten, dass ihre Abteilungen in diesen beiden verschiedenen, aber vermutlich zusammenhängenden Straftaten eng zusammenarbeiten mussten.

Als Steinacker in sein Büro zurückkehrte, waren Jordanka Bonewa und sein Assistent Doppelmayer in ein Streitgespräch verwickelt. Die Dame aus dem Balkan beschuldigte Kosina weiterhin der Mittäterschaft an den Morden, während Doppelmayer ihn verteidigte und versuchte, seine Unschuld zu beweisen. Steinacker hörte diesem Disput konzentriert zu. Beide Seiten brachten Argumente und Gegenargumente ins Spiel. Kosina hätte schon persönliche Motive haben können, nicht nur Helene Bem, sondern auch ihre Tochter umzubringen. Er war auch unmittelbar am Tatort in Offenbach gewesen. Steinacker konnte sich Kosina jedoch nicht als Mörder vorstellen. Er hatte so ein Gefühl.

15

Für den Regisseur des räuberischen Spektakels begann die Lage problematisch zu werden. Er hatte mit auftretenden Schwierigkeiten gerechnet, und diese kamen auch zuhauf. Nein, in Panik war er nicht geraten, aber die gewaltsame Ausschaltung eines unliebsamen Zeugen bereitete ihm Kopfschmerzen. Er wollte keine Leichen, alles sollte glatt verlaufen. Das war sein Plan A gewesen. Plan B legte die Theorie ad acta. Bis jetzt war alles gut gegangen, den Tod des Zeugen ausgenommen. Aber auch diese knifflige Situation war zu seiner vollen Zufriedenheit bewältigt worden. Alle möglichen und unmöglichen Konstellationen hatte er durchgespielt, alle Eventualitäten eingeplant. Der mächtige Gegner wurde durch Spione auskundschaftet. Die Probleme, die tröpfchenweise zum Vorschein kamen, sollten für die Regie keine unlösbare Aufgabe sein.

Und doch spürte der Spielleiter in der Tiefe seines Herzens ein klitzekleines Aufkeimen von Unruhe. Der Zufall konnte sein größter Feind sein und diese alte Wahrheit hatte sich schon offenbart. Bis jetzt waren es nur kleine Pannen, fast unbedeutende Vorkommnisse gewesen. Die Motorräder – es war ihm klar, dass diese eines Tages gefunden werden würden. Nur geschah dies viel zu früh. Die Statisten hatten die Aufgabe, diese verschwinden zu lassen, nur stümperhaft bewerkstelligt. Ein Motorrad konnte man doch sehr gut und sicher verstecken, wenn man etwas Grips im Kopf hatte. Die weiträumige Verteilung der Auffindeorte gab der Polizei unnötige Hinweise auf die Größe und Personalstärke der Unternehmung.

Dem Initiator war klar, dass die Sicherheitsorgane die ausgeraubte Bank durchleuchten und ihre eigenen Schlüsse ziehen würden. Dabei würden sie erkennen, dass es sich um ein bulgarisch-deutsches Konglomerat mit mafiaähnlichen Zügen handelte. Und diese Kameraden würden bestimmt nicht untätig bleiben. Sie konnten Szenarien entwickeln, um die Polizei irrezuführen und auch ihm das Leben schwerzumachen. Da sie mit vielen Ämtern zusammenarbeiteten und überall ihre Leute hatten, konnten sie sehr unangenehm für alle werden. Sie waren zu außergewöhnlichen Maßnahmen imstande, um ihr Besitztum zu verteidigen und unliebsame Konkurrenten fernzuhalten. Zu dieser illustren Gesellschaft gehörten Politiker, Wirtschaftsbosse, Angehörige spezieller Dienste und einfache Verbrecher, die die Drecksarbeit für die Saubermänner aus den Chefetagen machten. Diese mächtigen Leute waren die wirklichen Gauner und Mörder, gefährliche Mafiosi, die ohne Gewissenbisse stehlen und morden ließen. Aber wenn jemand ihnen etwas wegnahm, was sie anderen weggenommen hatten, dann kannten sie kein Pardon, verlangten humorlos nach ihrem gestohlenen Eigentum und schreckten auch vor Mord und Entführung nicht zurück, um es wiederzubekommen. Der Regisseur hatte gewusst, mit wem er es zu tun hatte und worauf er sich einließ, als er in seiner Wohnung die Pläne entwarf und nach der Machbarkeit des Vorhabens forschte. Sehr hilfreich waren da die guten, fast freundschaftlichen Beziehungen, die er zu einigen der Gegenspieler pflegte, ohne seine Tarnung preiszugeben. Sie waren seine Geschäftspartner, tranken und aßen mit ihm, er liebte ihre Frauen und diese liebten außer dem Geld ihrer Männer eigentlich nur sich selbst.

Es war nicht leicht gewesen, die Mittäter für sein Projekt zu finden. Das Vorhaben war am Anfang ziemlich schleppend vorangegangen, eine Tatsache, die ihn ziemlich demoralisiert hatte. Bis er die Personen fand, mit denen er sich eine enge Zusammenarbeit vorstellen konnte, verging viel Zeit. Um die restliche Mannschaft kümmerte sich ein alter Bekannter, der früher als Fremdenlegionär die Welt erkundet und später eine Kneipe irgendwo in Europa eröffnet hatte, die zu einer Anlaufstation für gestrandete Abenteurer und arbeitswillige Verbrecher wurde. Durch ihn gelangte er an Kriminelle verschiedener Nationen, die er für sein Vorhaben engagierte. Jeder der Statisten hatte seine eigene kleine Rolle, die er lernen und vorspielen musste. Manche waren nicht in der Lage gewesen, einfache Tätigkeiten nach Plan auszuüben, was vom häufig begrenzten Intellekt der Angeheuerten zeugte. Diese wurden aussortiert und nach Hause geschickt. Von Anfang an arbeitete er mit Tiermasken, die ein französischer Händler für ihn in einer Fabrik in den Pyrenäen erworben hatte. Sie wurden an eine Firma in Polen weiterverkauft, die die Ware später an eine fingierte deutsche Händleradresse veräußerte, sodass auch diese Spur ins Nirgendwo führte.

Inzwischen wurde der Druck seitens der gerupften Gegner immer stärker, ihre Wut wuchs. Am Anfang hatten sie vollkommen in Dunklen getappt und keine Ahnung gehabt, wem sie dieses Desaster zu verdanken hatten. Allmählich, unter Zuhilfenahme ihrer Verbindungen in verschiedene Dienste, hatten sie sich ein Bild von der ganzen Angelegenheit gemacht. Sie gingen bei ihrem Feldzug nicht zimperlich vor. Zuerst versuchten sie es mit Einschüchterung, dann mit roher Gewalt. Dass diese Typen die arme Ann und ihren Vater bedroht und sogar verletzt hatten, zeigte dem Regisseur, dass seine Gegner etwas mutmaßten, aber nichts Genaues wussten. Aber es würde vermutlich nicht mehr lange dauern, bis sie erfahren würden, wer an dem Raubüberfall beteiligt war. Die Helfer der mittleren Ebene waren alle nach Südamerika und Australien ausgereist, doch der Führungsstab war in Deutschland geblieben. Deren Namen würden die Mafiosi allerdings nie erfahren, diese Option existierte nicht. Aber sie mussten alle wachsam sein, denn auch die Polizei schlief nicht.

16

Jakob Ackstein und Benno Apfelbaum hatten schon seit einigen Jahren ihr Rentenalter erreicht. Sie hatten lange genug gearbeitet, beide in einer Trikotagefabrik am Rand von Frankfurt. Als die Firma Konkurs anmeldete, waren sie schon Rentner, hockten zu Hause und gingen ihren Gattinnen auf die Nerven. Die Damen waren gewohnt, die Vormittagszeit ohne ihre Männer zu verbringen. Nun saßen diese in der Wohnung und störten den Ablauf. An Putzen und Aufräumen war nicht zu denken. Da hatte die energische Frau Apfelbaum eine glänzende Idee, die auch bei Frau Ackstein Anklang fand. Sie schickten ihre Männer für zwei Stunden in den Ostpark, wo sie in Ruhe spazieren gehen konnten. Die Männer nahmen dieses Angebot zur Freizeitgestaltung nur unter Protest an und fühlten sich gekränkt und unverstanden. Aber mit der Zeit gewöhnten sie sich an die Parkspaziergänge, besuchten den Rosengarten und weiteten ihre Runden immer mehr aus. Als sie wieder einmal den Ostpark verließen, um sich über die Fortschritte auf der Baustelle der Europäischen Zentralbank zu informieren, setzten sie sich anschließend an einen der vielen langen Tische im Frankfurter Garten und genossen das schöne Wetter.

Der Frankfurter Garten war eine grüne Oase inmitten des Neubaugebiets, eine Gartenanlage, in der auch Hobbygärtner ihre Kräuter einpflanzen durften. Es war ein Ort der Erholung und des Genießens, wo man bei einem Glas Apfelwein oder Bier seinen Gedanken nachhängen oder sich unterhalten konnte. Also bestellten sich die beiden Herren am Kiosk zwei Gläschen Bier und ließen sich die Sonne ins Gesicht scheinen. Da Bier eine treibende Wirkung besitzt, musste Herr Apfelbaum schon bald die Toilette aufsuchen, die hier ein Häuschen war, das ohne Wasser oder chemische Reinigung arbeitete. Statt Spülwasser benutzte man hier Sägespäne. Doch alsbald kam er aufgeregt zurückgelaufen und erzählte, er habe im Klo ein Gesicht aus den Sägespänen ragen sehen.

Da Herr Ackstein die Fantasie und den Sinn für Übertreibungen seines Freundes zur Genüge kannte, wollte er sich lieber selbst ein Urteil bilden. Er erhob sich umständlich und kündigte an: »Weißt du was, Apfelbaum, ich werde mich selbst von diesem Gesicht im Pissoir überzeugen.« Hier darf man anmerken, dass sich die beiden Herren, obwohl sie sich seit nunmehr fünfzig Jahren kannten, immer nur mit ihren Nachnamen ansprachen.

Als Herr Ackstein das Gesicht erblickte, das ihn aus den durchnässten Sägespänen heraus ansah, musste er sich schnell auf den Toilettensitz sinken lassen und tief ein- und ausatmen, um sein erschrocken jagendes Herz zu beruhigen. Es war ein Affengesicht, das ihm entgegenstarrte. Nach genauerem Hinsehen erkannte Ackstein jedoch, dass es sich bei dem Affen um eine Maske handelte. Dies erzählte er seinem Freund Apfelbaum, und nachdem beide die tierische Nachbildung noch einmal kritisch in Augenschein genommen hatten, beschlossen sie, den Leiter des Gartens von dem Fund zu benachrichtigen. Der Leiter war eine Dame namens Ilona, die daraufhin zusammen mit einem Mitarbeiter den nicht besonders angenehm duftenden Tatort inspizierte. Da dieser Mitarbeiter von dem dreisten Banküberfall durch maskierte Täter gehört hatte, schlug er vor, die Polizei zu benachrichtigen. Vielleicht hatte ja jemand diese Maske nach dem Bankraub hier entsorgt?

Nach etwa zehn Minuten kam ein ziviler Polizeiwagen angefahren, aus dem drei Herren ausstiegen. Das Trio begab sich umgehend zu der Toilette und sah sich den Fund an. Der jüngste der drei, ein gut aussehender Mann mit Hornbrille, zog lange Gummihandschuhe an und mit einem Mundschutz versehen barg er den geheimnisvollen Gegenstand aus den feuchten Sägespänen. Die Affenmaske wanderte zur Weitergabe an die kriminaltechnische Untersuchung in einen großen Plastikbeutel.

Während Kommissar Steinacker und sein Kollege Sattler mit den beiden Rentnern sprachen, widmete sich der smarte Kommissar Doppelmayer der etwas aufgeregten Garten-Chefin. Es entwickelten sich schnell eine angenehme Unterhaltung und ein spontaner Austausch von Nettigkeiten. Der charmante Polizist machte Ilona Komplimente für ihre Arbeit in der Gartenanlage, denn er schätzte diese friedliche und erholsame Oase sehr. Ilona Vondembaum freute sich über die Anerkennung und drückte ihrerseits ihren Respekt für die schwierige und verantwortungsvolle Arbeit der Polizei aus. Unterdessen versuchten Sattler und Steinacker, von den alten Herren mehr über den Maskenfund zu erfahren, doch viel konnten die beiden nicht sagen. Sie hatten selbst keine Ahnung, wie die Maske an diesen Ort gelangt war. Aber als Herr Apfelbaum erwähnte, er habe den Eindruck gehabt, es befinde sich eine weitere Maske, eventuell die eines Alligators, in den Sägespänen, musste der nette Assistent erneut die langen Gummihandschuhe anziehen, den Mundschutz aufsetzen und mit seiner rechten Hand in den übel stinkenden Sägespänen wühlen. Auch nach langem Suchen fand er jedoch außer einem völlig durchweichten Pornoheft nichts Verwertbares.

»Kann sein, dass ich mich verguckt habe. Ich bedauere zutiefst mein Versehen«, meinte Herr Apfelbaum treuherzig und leicht verlegen. »Wenn ich sachdienliche Hinweise habe, melde ich mich bei Ihnen. Haben Sie vielleicht ein Kärtchen für mich?« Die Kommissare schauten sich perplex an. »Im Fernsehen geben die Kriminalpolizisten einem Zeugen immer ihre Visitenkarte, damit diese sie später anrufen können, wenn ihnen etwas Wichtiges einfallen sollte.« Apfelbaum streckte auffordernd seine Hand aus und die überrumpelten Polizisten überreichten brav ihre jeweilige Karte.

Als die beiden Rentner den Frankfurter Garten verließen, gestand Herr Apfelbaum seinem Freund, dass er gar keine Krokodilmaske gesehen habe.

»Aber warum dann das ganze Buhei?«

Apfelbaums Antwort fand bei seinem Kameraden Gefallen. »Für unsere Steuergelder sollten die Fahnder ruhig mal suchen, und wenn sie nichts gefunden haben, weil sie auch nichts finden konnten, dann haben sie wenigstens gesucht.«

Sehr zufrieden mit den Ereignissen des Vormittags machten sich die beiden schnurstracks auf den Weg nach Hause, denn ihre Gattinnen konnten sehr ungehalten werden, wenn sie unpünktlich zum Mittagessen kamen.

Auf der Rückfahrt ins Präsidium spekulierten die Kommissare darüber, inwiefern der Maskenfund ihre Ermittlungen weiterbringen könnte. Sie hatten keine Zweifel, dass die Maske von einem der Bankräuber stammte. Es war fast unmöglich, jemanden zu finden, der den Täter bei seinem Toilettengang beobachtet hatte. Nachdem das Beweisstück im Herrenklo gefunden wurde, musste man wohl nach einem Mann suchen. Oder hatte sich eine Frau vorsätzlich in das Häuschen verirrt, um das Corpus Delicti den Männern unterzuschieben und die Polizei auszutricksen?

Steinacker überlegte, ob das eventuell Eva Bem gewesen sein könnte, aber diese Gedankengänge führten ins Abseits und brachten nur Verwirrung in seine Ermittlungen. Die Mordsache Eva Bem war immer noch meilenweit von ihrer Aufklärung entfernt und auch die Suche nach dem Mörder von Evas Mutter erwies sich als äußerst schwierig. Er war fest davon überzeugt, schon nahe an den Tätern dran zu sein, aber die entscheidenden Schritte bis zur Aufklärung der Fälle standen immer noch aus. Den Kommissar beschäftigte die Frage, warum Eva Bem getötet wurde. Motive gab es genug, nur musste der Ermittler aus diesem Puzzle ein vollständiges Bild zusammensetzen. Es gab mehrere Aspekte, die noch nicht einzuordnen waren. Dazu gehörte nicht zuletzt die Frage, welche Geheimnisse eigentlich Alois Bem verbarg. Er wurde von dem Geheimdienst seines Heimatlandes geschützt. War er ein Spion? In welche Heimlichkeiten waren Mutter und Tochter eingeweiht?

Auch die Rolle des Philosophen Kosina war weiterhin unklar. Er wurde von der bulgarischen Ermittlerin beschuldigt, eines der unsichtbaren Mitglieder einer Organisation zu sein, die wie eine Spinne ihr Netz von Intrigen, Affären und Morden über Sofia webte. Oder war dieser Kosina vielleicht ein verdeckter Ermittler des Staates, der über diese mafiöse Organisation Nachforschungen anstellte? Und wie sollte man die anderen Angehörigen des deutsch-bulgarischen Klubs einschätzen, zum Beispiel Frank Weinmann und Thorsten Bodden? Als Mitarbeiter des Baukonzerns hatten sie beste Verbindungen nach Bulgarien und konnten diese durchaus auch für dunkle Geschäfte nutzen. Slavko Kamschikow, der Mitbegründer des Klubs, wirkte unscheinbar, er war nie unangenehm aufgefallen, nie mit dem Gesetz in Konflikt gekommen, weder hier noch in Bulgarien. Christo Chrisov dagegen war alles zuzutrauen, auch ein Banküberfall oder sogar ein Mord. Außerdem durfte man Ann Reichmann und ihren Vater nicht aus dem Spiel lassen. Falls sie mit dem Banküberfall zu tun hatten, könnte dies der Grund für die gegen sie gerichteten Drohungen sein. Doch das war alles reine Spekulation.

Im Büro fanden sie Jordanka Bonewa, die an Steinackers Computer saß und irgendetwas eintippte. Der Kommissar schaute sie mit solch verliebten Augen an, dass selbst ein mit Blindheit geschlagener Mensch sich einen Reim darauf machen konnte. Doppelmayer aber, obwohl ein guter Ermittler, bemerkte weder die verliebten Augen seines Chefs noch die delikate Röte in Jordankas Gesicht. Sie löschte kurzerhand das Getippte und gab den Platz vor dem PC frei. Bevor der Kommissar brav wie ein Schulbub über ihren Fund referierte, bat er seinen Assistenten, für alle einen Kaffee zu holen, was dieser kommentarlos ausführte.

Alleine geblieben berichtete Jordanka: »Maßgebliche Kräfte in den bulgarischen Gremien halten Kosina für einen amerikanischen Spion, was meiner Meinung nach aber noch nicht bewiesen ist.«

»Um dich zu beruhigen: Kosina steht genauso auf meiner Liste der potenziellen Täter wie sehr viele andere Klubmitglieder auch«, teilte ihr Steinacker mit. Frustriert fuhr er fort: »Ich kann niemanden ausklammern, ich verdächtige sie alle, das ist mein Dilemma. Fast alle haben ein Motiv, fast alle halte ich für fähig, eine grobe Straftat zu begehen. Alle machen sich verdächtig, indem sie lügen und den Ermittlungsablauf blockieren, die Erkenntnisse sind mager. Doch die Presse ruft nach Ergebnissen, und mein Chef auch!«

Die Ermittlerin aus Sofia lächelte und gab ihrem Frankfurter Kollegen einen tröstenden Kuss, der ihn seinen Verdruss sofort vergessen ließ. Und als er sich revanchierte und ihren Kuss leidenschaftlich erwiderte, war die Welt wieder in Ordnung. Bis Doppelmayer mit dem Kaffee auftauchte, hatte er sich so weit beruhigt, dass er seinen Humor wiederfand und einige Witze aus seinem nicht unerheblichen Repertoire erzählte.

Am Nachmittag besuchten der Kommissar und seine Kollegin den deutsch-bulgarischen Klub in der Schillerstraße. Jordanka war überrascht über dessen gemütliche Einrichtung. Man saß bequem und konnte entspannt die Tagespresse oder auch Bücher aus einer kleinen Bibliothek lesen. Alle Räume waren sauber, auch die Küche war vom Gesundheitsamt wieder freigegeben. Man hatte sich in der Vergangenheit mit der Reinlichkeit nicht richtig anfreunden können, erst als das Lokal geschlossen werden sollte, schienen die Verantwortlichen ihre Lektion zu lernen und sich um die Hygiene zu kümmern.

Polia Vurbanova, die die beiden Gäste persönlich begrüßte, erschien trotzdem in einer schmutzigen Schürze, ihr Haar war ungekämmt und fettig. Sie fragte auf Deutsch, was die Ankömmlinge zu essen wünschten, doch da die beiden in der Präsidiumskantine schon zu Mittag gegessen hatten, lehnten sie eine Verköstigung ab. Steinacker fragte die Betreiberin nach den Räumlichkeiten im Keller und erfuhr, dass ihr Sohn dort eine Diskothek organisierte. Polia gab ihm die Erlaubnis, sich dort umzuschauen, und zeigte ihm den Treppenabgang, während seine Begleiterin die Gelegenheit nutzte, sich in bulgarische Zeitungen zu vertiefen.

Unten war in zwei Räumen eine Tanzfläche entstanden. In einer Ecke gleich beim Eingang stand ein Tresen mit der Stereoanlage und einer großen Anzahl CDs. Auch einige Vinylplatten lagerten in einem extra dafür aufgestellten Regal. Die Diskothek musste dem Betreiber sehr wichtig sein, denn es war kein Stäubchen zu sehen, man erkannte sofort, dass hier jemand sein Handwerk mit Ehrfurcht ausübte. Hinter einigen ordentlich gestapelten Kartons und Getränkekisten entdeckte Steinacker eine durch Riegel und Schloss gesicherte Tür. Kurz entschlossen holte er einen Dietrich aus seiner Jackentasche. Der Riegel war kein großes Hindernis, mit dem Schloss hatte er schon mehr Mühe, aber auch dieses gab irgendwann nach. Der Kommissar öffnete die Tür und sah sich einem Berg von Büchern gegenüber. In wackeligen Stapeln und Haufen nahmen sie die ganze Breite des kleinen Kellerraums ein. Er bückte sich und nahm ein Buch in die Hand. Es war eine Vorkriegsausgabe von Franz Werfels »Der Abituriententag«. Steinacker erinnerte sich, wie fasziniert er von dem Roman gewesen war, als er ihn das erste Mal gelesen hatte. Er legte das alte Exemplar zurück und nahm sich ein anderes Buch aus dem Bücherberg. Es hieß »Berlin, Alexanderplatz« und der Verfasser war Alfred Döblin. Ein drittes Buch fand seine Aufmerksamkeit, Erzählungen von Stefan Zweig aus dem Jahr 1935. Fasziniert stand er vor diesem unerwarteten Antiquariat im Klubkeller und zog ein interessantes altes Buch nach dem anderen aus der Halde. Er konnte es kaum glauben und grub sich immer tiefer vor. Und deshalb entdeckte er auf einmal ganz hinten zwischen Thomas Mann und Lion Feuchtwanger ein gänzlich anderes Objekt. Nein, das war kein Buch!

Er kämpfte sich zu der Stelle durch und hielt plötzlich eine Tiermaske in der Hand. Diese stellte den Kopf eines Löwen dar, eine in der Halbdunkelheit gefährlich wirkende Fratze, Teil einer Maskerade, die dem Verbrechen diente. Der Ermittler rief mit seinem mobilen Telefon die Spurensicherung an und bestellte diese in den Keller des Klubs. Dann stieg er die Treppe hinauf und fragte Frau Vurbanova, wer über die Schlüssel zu den Kellerräumen verfügte. Sie deutete auf einen zum Haken gebogenen Nagel, an dem ein Schlüssel hing.

»Das heißt also, dass jedes Mitglied und auch sonstige Besucher freien Zugang zum Keller hatten«, stellte Steinacker fest.

Seine Begleiterin hatte zwischenzeitlich eine bulgarische Bekannte getroffen und tauschte mit ihr Neuigkeiten aus. Die Unterhaltung wurde in bulgarischer Sprache geführt und war für den Kommissar daher nicht zu verfolgen. So setzte er sich auf eines der Sofas und wartete auf die

Kollegen von der Spurensicherung, die sich nach ihrer Ankunft auch sogleich der Kellerräume bemächtigten.

Polia Vurbanova hatte die Maske angeblich noch nie gesehen und selbstverständlich wusste sie auch nicht, wo sich ihr Sohn gerade aufhielt. Der Kommissar war sicher, dass es Christo Christov war, der die Maske inmitten der Bücher versteckt hatte. Auf seine Frage, woher die vielen Bücher im Keller stammten, gab sie Auskunft, dass eine alte Dame, Frau Wüstrow, die sie bis zum Tode gepflegt habe, ihr ihre ganze umfassende Bibliothek hinterlassen habe. Auch das Mobiliar des Klubs stamme zum Teil von der Verstorbenen.

Doppelmayer, der zusammen mit der Spurensicherung gekommen war, fragte seinen Chef, ob er eine Fahndung nach Christo Christov einleiten solle. Zu seiner und Jordankas Überraschung verweigerte Steinacker diesem Ansinnen die Zustimmung. Früher oder später würden die Sicherheitsorgane seiner sowieso habhaft, meinte er, denn er habe schon davor die bulgarischen und auch die türkischen Behörden informiert und die Polizei in NRW habe ein Auge auf das Haus von Christos Vater.

Jordanka Bonewa sagte die ganze Zeit kein Wort. Sie schaute sich nur um, wie ein Spürhund beschnüffelte sie jede Ecke der Klubräume. Sie suchte irgendetwas, was sie hier wohl vermutete, konnte aber nichts entdecken. »Es ist fast aussichtslos, hier noch etwas zu finden. Anscheinend hat hier jemand gründlich geputzt«, gab sie schließlich ihre Suche auf.

»Dann haben wir hier nichts mehr zu tun. Ich fahre zurück ins Büro, hier stören wir nur die Spurensicherung.«

»Die keine Spuren finden wird«, ergänzte die Bulgarin. Sie wollte aber noch bleiben, um das Wiedersehen mit ihrer Bekannten zu feiern.

Der Chef wartete bereits auf Steinacker und bat ihn zu einem Gespräch in sein Zimmer. Es ging um die Zusammenarbeit mit den Bulgaren. Steinacker konnte nur Gutes über die bulgarische Gesandte Jordanka Bonewa sagen. Sie sei kompetent, in der Ermittlungsarbeit erfahren und mit allen Wassern gewaschen. Er halte sie für eine gute Polizistin. Der Chef berichtete, dass die Dame eine hohe Stellung in der bulgarischen Ermittlungsbehörde habe und mit einflussreichen Politikern und Beamten paktiere. Sie bilde Bündnisse mit ihr nützlichen Menschen, lasse sie aber fallen, wenn ihr andere, noch nützlichere, begegneten. Nach Ansicht des Kommissars war das sehr menschlich und man dürfe ihr nichts Böses unterstellen.

Der Chef schaute Steinacker durchdringend an, dann schmunzelte er und nahm aus dem Schränkchen neben seinem Schreibtisch eine Flasche Kognak und zwei Gläser heraus. Und als sein Untergebener wissen wollte, worauf sie anstoßen würden, antwortete er: »Am liebsten auf einen baldigen Schluss dieses Marionettentheaters. Diese Sache zieht sich schon gefährlich lange hin, aber der Geheimdienst der Bundesrepublik scheint keinerlei Eile zu haben, dieses Spektakel rasch zu beenden. Das heißt, entweder haben dessen Mitarbeiter in dieser Angelegenheit Dreck am Stecken, oder es gibt andere wichtige Gründe, warum man dem Ganzen kein Ende macht. Das alles, mein lieber Armin, ist ein perfides Possenspiel, mit den Polizeiermittlern als den Narren.« Er reichte seinem Hauptkommissar ein gut gefülltes Glas. »Prosit, Armin.«

»Zum Wohl!« Sie hoben ihre Gläser und leerten sie schweigend und mit genießerisch geschlossenen Augen. »Ich vermute«, sagte Steinacker dann, »dass man die Polizei für Nachforschungen braucht, an einer Lösung der Fälle aber nicht wirklich interessiert ist. Das ist zwar reine Spekulation, doch ich bin schon so lange im Ermittlungsdienst, dass mich nichts mehr überrascht und ich auf alles vorbereitet bin.«

17

Aus der Dunkelheit des Raums blinkte etwas Helles. Der Ermittler zog seine Pistole aus der Halterung und entsicherte sie. Im Inneren des Kellers sah er zwei kleine Lichter, die auf ihn zuzukommen schienen. Die Spannung stieg. Die Lichter bewegten sich nicht mehr, sondern blieben auf der rechten Kellerseite stehen. Worauf warteten sie? Beängstigende Stille herrschte in dem unterirdischen Raum. Inspektor Ackerstein konnte nur auf sich selbst zählen, Hilfe von außen war in diesem Fall nicht zu erwarten. Plotzlich bewegten sich die Lichter wieder. Zwei phosphoreszierende Illuminationen schlichen ihm langsam entgegen. Der Ermittler überlegte, wann er angreifen sollte, hatte aber wegen des Zeitpunktes einige Bedenken. Seine rechte Hand wanderte an der Wand entlang und stieß unvermittelt auf ein Hindernis. Das war bestimmt ein Schalter. Ein Lichtschalter. Jetzt wusste er, was er zu tun hatte. Er wartete nur noch, bis die zwei Flammen noch näher kamen, dann drehte er plötzlich das Licht an.

Eine schmerzende Helligkeit füllte den Keller. Er musste die Augen schließen, um sie sofort wieder zu öffnen. Jetzt konnte er seinen Gegner sehen … und musste laut lachen. Vor ihm, auf einem Berg überall im Keller herumliegender Bücher, stand eine schwarze Katze und schaute ihn interessiert an. Dann miaute sie leise und verzog sich auf leisen Sohlen hinter den Bücherhaufen.

Inspektor Ackerstein atmete tief durch, steckte seine Pistole zurück ins Halfter und begann, in den Büchern zu blättern. Alle stammten aus dem letzten Jahrhundert. Er hätte gerne gewusst, woher die Polen diese Bücher hatten. Er stieg wieder nach oben, um die Betreiberin dieses Klubs, der eine Brücke zwischen Deutschen und Polen sein sollte, zu befragen. Aber das erledigte bereits die hübsche polnische Kommissarin, die man ihm aus Warschau zu Hilfe geschickt hatte. Einerseits war diese Dame eine angenehme Begleiterin, andererseits brauchte der smarte Inspektor keine Hilfe bei seinen Fällen, die er gewöhnlich alleine zu lösen vermochte.

Der polnische Ingenieur, der Sicherheitssysteme für die Industrie entwickelte, sprang der Betreiberin zur Seite. Er schien ein begnadeter Rhetoriker zu sein. Ackerstein entwickelte im Nu einen Plan, wie er den Schönredner bremsen und ausspähen könnte …

Steinacker beendete das Kapitel seines Romans und schloss den Computer. Sein neues Buch wurde fast zu einer Kopie seines aktuellen Falles, und das Schreiben half ihm dabei, dessen einzelne Puzzleteile zu sortieren und zu bewerten.

In diesem Augenblick klopfte jemand an seine Tür. Erschrocken schaute er sich erst einmal in der Wohnung um. Sie sah ordentlich aus, obwohl ein normaler Mensch unter dem Begriff Ordnung etwas ganz anderes verstanden hätte. Er war sicher, Jordanka hätte sich doch noch entschlossen, zu ihm zu kommen, und öffnete mit erfreuter Miene. Doch vor ihm stand zu seiner großen Überraschung Marco Kosina und fragte, ob er eintreten dürfe. Der verdutzte Kommissar schaute auf die Uhr, es war fast dreiundzwanzig Uhr. Erstaunt bat er seinen späten Gast herein und fragte nach dem Grund seines nächtlichen Besuches.

Kosina setzte sich auf den ihm angebotenen Stuhl und öffnete die Knöpfe seiner Jacke. Nachdem er ein Glas Wasser ausgetrunken hatte, das Steinacker im auf seine Bitte hin eingeschenkt hatte, erläuterte er den Grund für sein Kommen. »Ich erfuhr in den Staaten, dass die deutsche Polizei nach mir sucht. Zuerst konnte ich es gar nicht glauben, aber dann dachte ich nach und mir wurde klar, dass ich einiges erklären muss. Ich wusste nicht, dass man mich verdächtigt, und bin deswegen ohne Bedenken in die USA gereist. Nun will ich klarstellen, dass ich nicht nach Übersee geflohen bin, sondern einen schon lange geplanten Termin wahrgenommen habe. Erst als mich die amerikanische Polizei bei meinem Freund auf Coney Island, wo ich zu Besuch war, aufsuchte, wurde mir klar, dass es wohl allerlei Missverständnisse und Fehlinterpretationen gegeben hat, die ich unbedingt korrigieren muss. Deshalb beschloss ich, Sie sofort aufzusuchen, sobald ich zurück in Deutschland bin, und Sie ins rechte Bild zu setzen. Und hier bin ich nun.«

Steinacker schaute seinen Besucher prüfend an und glaubte in seinen Augen so etwas wie kalte Entschlossenheit zu erkennen. »Ich habe für Ihre Lage Verständnis, aber konnten Sie nicht bis morgen warten?«, fragte er den späten Gast irritiert. »Sie hätten in mein Büro im Polizeipräsidium kommen können, wo wir mehr Zeit hätten und das Gespräch auch protokollieren könnten. Und woher haben Sie überhaupt meine Privatadresse?«

»Wissen Sie, Herr Kommissar, ich bin so aufgeregt, dass ich nicht bis morgen warten kann. Ich bitte um Entschuldigung. Was Ihre Adresse angeht, so kann man sie leicht über das Internet herausbekommen.«

»Ich weiß nicht, ob Ihnen bekannt ist, dass von verschiedenen bulgarischen Behörden Vorwürfe gegen Sie erhoben werden. Es gibt sogar massive Bezichtigungen und die unterschiedlichsten Vermutungen, zum Beispiel, dass Sie zur sogenannten Sofia-Mafia gehören oder Mitglied einer geheimen Loge sind. Ich nehme solche Beschuldigungen ernst, insbesondere dann, wenn diese von amtlichen Stellen geäußert werden.«

Kosina wirkte entsetzt. »Lieber Herr Steinacker, ich weiß nicht, wer solche Lügen über mich verbreitet, und ich kann mir auch keinen Grund dafür vorstellen. Seit drei Jahren bin ich nicht mehr in Bulgarien gewesen. Aber ich weiß, dass es in meinem Land Seilschaften gibt, welche die Macht an sich reißen wollen und keine Möglichkeit auslassen, einen Gegner zu diffamieren. Nun bin ich kein Gegner solcher Klüngel, denn ich war schon immer apolitisch und nur an Literatur und Philosophie interessiert. Warum man mich zum Verdächtigen in diesem Intrigenspiel machen will, kann ich nicht nachvollziehen. Ich verwahre mich vehement gegen solche Verleumdungen und Beschuldigungen. Wenn ich wüsste, von wem diese Diffamierungen kommen, könnte ich mich vielleicht erfolgreicher wehren.«

Er blickte den Kommissar, der sich die Ausführungen ruhig angehört hatte, auffordernd an. Doch Steinacker war noch nicht von seiner Unschuld überzeugt. Er hielt sein Gegenüber für genauso verdächtig wie alle anderen Klubmitglieder, und so würde er ihn auch behandeln. Daher fragte er nach den Masken, die man im Frankfurter Garten und im Klubkeller gefunden hatte, aber Kosina wusste mit der Frage nichts anzufangen, er verstand ganz offensichtlich nicht, was gemeint war.

Steinacker konnte Kosina nicht richtig durchschauen, weshalb er ihm ein wenig unheimlich war. Er wollte ihm glauben, aber irgendwie konnte er es nicht. Kosina war intelligent und ein idealer Typ für geheimdienstliche Tätigkeiten. Aber genauso gut konnte er wirklich nur ein gelehrter Philosoph sein, wie er von sich behauptete. Warum Jordanka Bonewa so erpicht darauf war, ihn schuldig zu sehen, konnte er nur schwer verstehen. Was warf sie ihm eigentlich vor? Hatte sie belastendes Material oder hatte sie ohne Grund die Mutmaßung aufgebracht, er arbeite für die USA? Seine Reise nach Amerika schien diese Theorie zu bestätigen. Er würde Doppelmayer anweisen, die amerikanischen Kollegen um eine Überprüfung von Kosinas Freund auf Coney Island zu bitten. Man konnte ja nie wissen.

Nachdem der späte Gast die Wohnung wieder verlassen hatte, setzte sich Steinacker erneut an seinen Schreibtisch und schrieb noch eine Stunde an seinem Roman, denn er war viel zu aufgewühlt, um sofort schlafen zu gehen.

18

Gleich am Vormittag kam Doppelmayer der Bitte seines Chefs nach und bat die amerikanischen Kollegen in einer E-Mail um Informationen über Kosinas Freund auf Coney Island. Die dortige Behörde reagierte sehr schnell, denn schon am Spätnachmittag erhielten sie eine Antwort. Der Mann hieß Stanko Dudov und war Restaurator. Er arbeitete für die Stadt New York und setzte alte, geschichtsträchtige Gebäude instand. Seit fünf Jahren war er amerikanischer Staatsbürger, gegen ihn lag nichts vor.

Sattler hatte einen Durchsuchungsbefehl für Polia Vurbanovas Wohnung beantragt mit der Begründung, sie oder ihr Sohn hätten bei dem Banküberfall mitgemacht. Steinacker schien das weit hergeholt, zumindest in Bezug auf die Mutter. Der Sohn war weiterhin unauffindbar, nach ihm wurde gefahndet. Zwei Stunden später wurden die Ermittler fündig. Als Steinacker, der von einem Kollegen benachrichtigt worden war, die Wohnung betrat, präsentierte ihm dieser eine weitere Maske. Man hatte sie zwischen der Unterwäsche von Frau Vurbanova entdeckt. Es handelte sich um einen Wolfsschädel. Steinacker war skeptisch, ob er wirklich Polia Vurbanova gehörte. Realistischer erschien ihm, dass ihr die Maske extra in die Unterwäsche gelegt worden war, um sie zu diskreditieren. Ihr Sohn kam eher als der Übeltäter infrage, denn dieser schien keine Hemmungen zu haben, wenn es um die Rettung seiner Person ging. Sattler dachte wohl das Gleiche, denn er verzichtete darauf, Frau Vurbanova festzunehmen. Dafür aber ließ er ihre Wohnung beobachten, was eine logische Folge seiner Denkweise war. Leider konnte das Labor auf keiner der Masken Fingerabdrücke oder andere, der Aufklärung dienende Spuren finden.

Während der Kommissar mit seinen Kollegen in der Polizeikantine zu Mittag aß, erreichte sie die Kunde von einem Anschlag. In der Firma von Alfred Reichmann war eine unter einem Lkw angebrachte Bombe detoniert. Zum Glück gab es keine Verletzten, aber großen Sachschaden. Der Kommissar verstand den Anschlag als letzte Warnung an Reichmann, das geraubte Geld zurückzugeben.

Als die Kommissare Sattler und Steinacker ihn aufsuchten, saß Reichmann in seinem Büro, auf dem Schreibtisch stand ein großes Glas Kognak. Er wirkte sehr mitgenommen. Hartnäckig beteuerte er, mit dem Raubüberfall nichts zu tun zu haben, und sprach von einer ungeheuerlichen Verwechslung mit fatalen Folgen für ihn und seine Tochter. »Früher, als ich noch jung und ehrgeizig war, hatte ich Verbindungen zu vielen Organisationen, auch illegalen. Aber das alles ist schon lange her und jetzt bin ich nur ein alter, müder Mann, der langsam aus dem Geschäft aussteigen möchte, um seinen Ruhestand zu genießen. Der Verkehrsunfall, der Anschlag auf meine Tochter und nun diese Bombe – das alles kann nur ein Irrtum sein. Nur habe ich leider keine Möglichkeit, dies meinen Peinigern plausibel zu machen. Und die Polizei ist nicht in der Lage, mich und meine Tochter zu schützen, was mich sehr nachdenklich macht.«

Die Kommissare wollten seinen Argumenten jedoch nicht folgen. Ohne Grund würden seine heutigen Verfolger ihn nicht belästigen, sie wollten etwas, was sie bei ihm oder seiner Tochter vermuteten. Steinacker schaute Reichmann in die Augen. »Die Ermittlungen sind schon weit fortgeschritten, die Polizei hat einige Erfolge zu verzeichnen. Es wäre besser, wenn Sie uns jetzt die ganze Wahrheit sagen«, versuchte er Reichmann aus der Reserve zu locken.

Der senkte die Augen und schaute stumm auf den Fußboden. Dann leerte er sein Glas und goss sich einen weiteren Kognak ein. Er bot den Kommissaren ebenfalls ein Glas an, aber diese lehnten dankend ab.

»Wissen Sie, Herr Reichmann«, insistierte der Hauptkommissar, »wir rechnen mit baldigen Verhaftungen.« Er bluffte, wollte die Reaktion seines Gegenübers abwarten.

Reichmann schaute den Kommissar verwundert an. »Ehrlich gesagt habe ich nicht geglaubt, dass die Polizei viel herausfindet. Mit dieser Erfolgsmeldung habe ich nicht gerechnet. Ich freue mich aufrichtig, jetzt werden ich und meine Tochter wieder viel ruhiger schlafen können.«

Steinacker dachte, dass Reichmann in dieser Affäre entweder wirklich unschuldig oder ein äußerst raffinierter Schauspieler sein musste, der nur schwer zu überführen sein würde. Auf jeden Fall hatte er es bei diesen Fällen mit routinierten, mit allen Wassern gewaschenen Verbrechern zu tun, die ihr Handwerk ausgezeichnet beherrschten und unangenehme Gegner darstellten.

Doppelmayer hatte mithilfe von Interpol Christo Christov in Polen ausfindig gemacht, wo er in Stettin einen dort lebenden Bulgaren besuchte. Er hieß Jan Stetzki und besaß einen Nachtclub namens »Das Paradies«. Nach Informationen von Basia Koralewska handelte es sich um ein Freudenhaus der gehobenen Klasse, in dessen Keller vermutlich eine illegale Spielhölle betrieben wurde. Jan Stetzki war der Polizei als lokaler Mafioso mit guten Kontakten zu bulgarischen und russischen Verbrecherkreisen bekannt. Söhnchen Höhlenmensch wurde festgenommen und den deutschen Behörden ausgeliefert. Nun saß er in Untersuchungshaft.

Natürlich wurde Frau Vurbanova bei den Ermittlungsbehörden vorstellig, welche Mutter würde nicht für ihren Sohn kämpfen. Aber sie stieß auf eine Mauer des Schweigens. Der Staatsanwalt lehnte Haftverschonung ab und stufte den Burschen als gefährlich ein. Bei seiner Vernehmung schwieg Christov beharrlich und verlangte nach einem Anwalt. Die Polizisten wussten, dass sie ihm nichts beweisen konnten, sogar seine Reise nach Stettin war im Rahmen der Legalität erfolgt. Auf dem Kellerschlüssel konnten keine Fingerabdrücke gefunden werden, er war gründlich abgewischt worden. Insgesamt war die Beweislage dürftig, jeder der Klubbesucher konnte sich des Schlüssels bedient und den Keller aufgesucht haben. Der Anwalt von Christo Christov war kein Geringerer als Johannes T. Bäcker, ein bekannter, versierter Strafverteidiger. Dieser Umstand verdeutlichte den Ermittlern, dass der junge Mann Dreck am Stecken haben musste, denn einen so teuren Anwalt konnte sich ein normaler Bürger kaum leisten. Vermutlich hatte er noch etwas Geld von dem Banküberfall übrig. Aber hatte das Muttersöhnchen auch Eva und Helene Bem umgebracht? Das mochte der Kommissar nicht glauben. Eine Sache konnte er allerdings nicht begreifen: Wenn es tatsächlich seine Maske war, warum hatte er diese ausgerechnet im Keller des Klubs versteckt? Er konnte sie doch überall verbergen und nicht dort, wo die Gefahr bestand, dass sie entdeckt wurde. Vielleicht hatte er unter Zeitdruck gehandelt, vielleicht hatte aber auch jemand anderes die Maske dort deponiert, um den Verdacht auf den Bulgaren zu richten. Trotzdem waren Steinacker wie auch Sattler davon überzeugt, dass Christov an dem Überfall beteiligt war, zu viele Indizien sprachen dafür. Schließlich war da ja noch der Maskenfund in der Wäsche seiner Mutter und auch der teure Anwalt passte zu dieser Vermutung. Dieser hatte seine Kanzlei in der Schillerstraße, nur einige Schritte von den Klubräumen entfernt.

Jordanka Bonewa kam zu Steinacker und berichtete, sie habe Informationen, dass Kosina nach Deutschland zurückgekehrt sei und man ihn nun vernehmen könne. Zu ihrer großen Verwunderung bekam sie von ihm zu hören, er habe diesen schon befragt. Sie bedauerte, dass man sie zu dieser Vernehmung nicht hinzugezogen hatte.

»Die Ermittlungsarbeit obliegt der deutschen Polizei«, gab ihr der Kommissar etwas barsch zu verstehen. »Wir können mit dir Informationen austauschen, aber die Vernehmungen führen allein mein Assistent und ich.«

Diese Aussage brüskierte Jordanka, konsterniert drehte sie sich um und verließ das Büro ohne ein Wort.

Abends in seiner Wohnung sehnte sich der Kommissar plötzlich nach der Bulgarin und bedauerte seine harten Worte. Er wollte etwas schreiben, aber im Augenblick ging ihm Inspektor Ackerstein gewaltig auf die Nerven. Auch seine Ermittlungen im polnischen Milieu interessierten ihn nicht mehr. Nur die Sehnsucht nach Jordanka wuchs von Minute zu Minute und wurde mit der Zeit unerträglich. Schließlich hielt er es nicht mehr aus und beschloss, zu ihr zu fahren und sich zu entschuldigen.

Er duschte, zog ein frisches Hemd an, putzte seine Schuhe und besprühte sich großzügig mit dem Parfum einer bekannten Marke. Dann lief er schnell die Treppe hinunter zu seinem Auto. Der Anlasser machte wie schon öfter Probleme, aber auch diesmal gelang es ihm schließlich, den Wagen zu starten. Steinacker parkte gegenüber dem Eingang des Hotels, in dem seine bulgarische Kollegin Quartier bezogen hatte, und fragte den Portier nach Frau Bonewa. Der antwortete, die Frau sei nicht da, doch diese Auskunft genügte Steinacker nicht. Mehr wollte der Angestellte jedoch nicht preisgeben. Erst als der Kommissar ihm seinen Polizeiausweis präsentierte, wurde er gesprächiger.

»Die Dame ist vor etwa zwei Stunden von einem älteren Mann abgeholt worden. Beide waren in schicke Abendgarderobe gekleidet. Und überhaupt, diese Dame: Fast jeden Tag hat sie Besuch, kommt immer spät ins Hotel. Aber das ist nicht meine Angelegenheit, ich spioniere niemandem nach.« Er wolle nur dem Polizeikommissar behilflich sein.

Steinacker wollte wissen, ob die Besucher Ausländer oder Deutsche seien, woraufhin der Portier erklärte, die meisten hätten eine slawische Sprache gesprochen, der heutige Besucher sei aber Deutscher gewesen.

»Wie kommen Sie auf Slawisch?«

»Es ist ganz einfach, Herr Kommissar. Ich bin in Böhmen geboren und dort spricht man außer Deutsch auch noch Tschechisch und Slowakisch. Die von den Gästen der Dame gesprochene Sprache war aber trotz der ähnlichen Klangfarbe auch kein Polnisch oder Russisch, denn diese Sprachen kann ich unterscheiden. Daher tippe ich auf Serbokroatisch oder Bulgarisch.«

Der Kommissar bedankte sich und fuhr unverrichteter Dinge wieder nach Hause. Die ganze Zeit grübelte er darüber nach, wer Jordankas Galan sein könnte. Von ihm zu hören hatte ihn mitten ins Herz getroffen. Er war sich selbst böse, dass er so viele Gefühle in die Sache investiert hatte. Schon wieder verliebte er sich unglücklich, dabei war wohl alles nur gespielt, nur vorgetäuscht. Aber hatte sie überhaupt jemals gesagt, dass sie ihn liebte? Er wusste es nicht mehr.

Aus dem Küchenschrank nahm er eine Flasche mit sehr gutem Kognak. Den hätte sogar der anspruchsvolle Ackerstein mit Genuss getrunken. Als die Flasche leer war, schlief Steinacker friedlich auf dem Sofa ein, den Weg ins Bett schaffte er nicht mehr. Als er wieder wach wurde, nahm er sich vor, erneut zum Hotel zu fahren und Jordanka dort zur Rede zu stellen. Doch nach einer kalten Dusche erschien ihm diese Absicht lächerlich und seiner unwürdig. Er war schließlich kein kleiner Junge mehr, sondern ein erwachsener Mann. Also fuhr er ins Büro, wo er Jordanka in einem Gespräch mit Doppelmayer antraf. Sie sendete ihm ihr schönstes Lächeln, er antwortete distanziert. Gleichwohl beschloss er, das Spiel mitzuspielen. Nur musste er aufpassen, nicht selbst in die Falle zu geraten, die er ihr zu stellen gedachte.

Doppelmayer berichtete, dass auch in Tunesien ein Motorrad gefunden worden sei, mit dem mutmaßlich an dem Banküberfall teilgenommen worden war. Die tunesischen Behörden hatten das Vehikel schon freigegeben, es befand sich bereits auf dem Weg nach Deutschland. Dann fuhr er fort: »Christov verweigert weiterhin das Gespräch mit uns. Sein ›Rechtsverdreher‹ behauptet, sein Mandant hätte weder mit den Morden noch mit dem Bankraub zu tun, man habe ihm eine Falle gestellt und es sei Aufgabe der Polizei, ihn von dem Verdacht zu befreien.«

»Der Anwalt ist wohl nicht ganz bei Trost«, regte sich Steinacker auf. »Die Aufgabe der Polizei ist nicht, einem verdächtigen Mandanten die Unschuld nachzuweisen, sondern ihm die von ihm geleugnete Tat zu beweisen!«

»Wenn ihr mich fragt, auch mir erscheint dieser Söhnchen Höhlenmensch höchst verdächtig. Er war sicher an dem Überfall beteiligt«, warf Jordanka ein. »Doch am meisten würde mich interessieren, wer den Bankraub geplant und organisiert hat.«

Steinacker brachte Kosina ins Spiel, von dem er etwas sarkastisch meinte, er gäbe einen hervorragenden Mörder, Bankräuber und auch Liebhaber ab. »Ein Philosoph besitzt genug Fantasie, die mit krimineller Energie und Intelligenz gepaart durchaus eine so schlau geplante Sache wie diesen Bankraub hervorbringen kann.«

Jordanka wusste plötzlich nicht, ob ihr Bettpartner sie lächerlich machen wollte oder ob er wirklich an die kriminellen Machenschaften Kosinas glaubte. Sie bemerkte den höhnischen Unterton in seiner Stimme und dachte, er hätte heute keinen guten Tag. Er sollte lieber zeitig schlafen gehen und nicht dauernd seine unbrauchbaren Geschichten um den imaginären Inspektor Ackerstein zu Papier bringen.

Dieser hätte allerdings versucht, seine Gespielin zum Reden zu bringen. Er hätte sich Gedanken über sie gemacht und bei den Bulgaren Auskünfte eingeholt. Seine Gefühle für sie hätte er erst einmal eingefroren und sie nur wieder aufgetaut, sollte die Zeit dafür noch einmal kommen. Gefühlsduselei kannte er nicht, ein kalt denkender und fühlender Zeitgenosse war er aber auch nicht. Sein Erfinder Steinacker war da aus anderem Holz geschnitzt. Durch Einsamkeit und partnerschaftliche Inkompetenz war er nicht in der Lage, kühl zu handeln. Im Gegenteil, jede weibliche Person, die ihm ein paar nette und freundliche Worte gönnte, wurde sofort Teil seiner Gefühlswelt und als mögliches Objekt der Begierde in Betracht gezogen. Diese emotionale Unsicherheit verursachte unnötige Komplikationen in seinem ohnehin nicht rund laufenden Leben. Mit Jordanka schien sich die Geschichte exakt zu wiederholen. Aus Missverständnissen, irregeleiteten Vorstellungen und sprachlichen Verwirrungen war eine Beziehung entstanden, die zum Scheitern verurteilt war, bevor sie noch richtig in Fahrt kam. Plötzlich erschien ihm diese Person, die er noch vor Stunden in den Himmel gelobt und sein größtes Glück genannt hatte, fremd und nicht mehr begehrenswert. Ihm kam der Gedanke, dass der gestrige Herrenbesuch nicht automatisch ein Bewunderer gewesen sein musste, es konnte auch ein ehemaliger Studienfreund oder ein Bekannter gewesen sein. Aber er spürte, dass er nur dabei war, eine gescheiterte Beziehung schönzureden.

Steinacker ging zu Sattler in dessen Büro. Er wollte mehr über die Sache mit dem Motorrad wissen. Sattler zeigte ihm ein Foto von der Maschine, schon wieder eine Yamaha. »Es ist zum Verrücktwerden, wir sind immer noch nicht wirklich weitergekommen. Wir wissen weder, wer der oder die Mörder sind, noch wer den Raub organisiert hat«, sagte er ernüchtert. »Die polnischen Kollegen haben zwar interessante Hinweise gegeben, aber bei genauer Betrachtung helfen sie uns auch nicht weiter. Die Vernehmung von Stetzki hat nicht viel gebracht. Er kannte weder Kosina noch einen Isidor. Christo Christov hat er in Recklinghausen kennengelernt. Dort wohnt seine Schwester und deren türkischer Nachbar ist ein Verwandter von Christovs Vater. Stetzkis Ausführungen beruhen auf der Wahrheit, nur diente das Treffen in Stettin nicht einer Vertiefung der Freundschaft, es ging hierbei wohl eher um kriminelle Machenschaften, über welche die polnischen Kollegen aber leider keine genauere Aufklärung leisten konnten. Dagegen ist der türkische Angehörige ein guter Bekannter der Recklinghausener Polizei. Er hat mit großer Regelmäßigkeit in verschiedenen Gefängnissen gesessen. Man überprüft jetzt eine mögliche Beteiligung an unserem Bankraub.« Sattler seufzte. »Dieser Überfall wurde mit großem Aufwand und einem außerordentlichen Equipment ausgeführt. Die Bankräuber müssen im Vorfeld viel Geld ausgegeben haben, um die anfallenden Kosten zu decken.«

Das brachte Steinacker auf eine Idee. Er riet seinem Kollegen, nach kleineren erfolgreichen Überfällen zu suchen, die als eine Art Geldbeschaffungs- und Trainingsmöglichkeit in einem gedient haben könnten.

»Das ist ein sehr guter Einfall, lieber Armin. Ich werde meine Mitarbeiter gleich anweisen, nach solchen Raubzügen zu suchen«, sagte Sattler ein wenig aufgemuntert.

Im Korridor traf der Kommissar seinen Chef, der blass und müde aussah. Er ist auch nicht mehr der Jüngste, dachte er. Aber er wusste, dass dieser sich immer für die Belange seiner Abteilungen einsetzte und seinen Mitarbeitern den Rücken stärkte. Dabei musste er sich laufend mit den Presseleuten herumschlagen und zudem viel Druck von oben aushalten. Ein harter Job! Er würde nie mit seinem Chef tauschen wollen. Dessen Gattin drohte ständig, sie werde ihn verlassen, aber diese Drohung sprach sie schon seit der Hochzeit aus, und die war inzwischen über fünfunddreißig Jahre her. So lange waren die beiden schon ehelich verbunden.

Und er? Zu einer Heirat hatte es nie gereicht, nur zu einigen kürzeren Beziehungen. Dann hatte entweder er es mit seiner Angebeteten nicht mehr ausgehalten oder sie nicht mit ihm. Besonders traurig war er darüber nicht. Frauen kamen und gingen. Meistens war er alleine mit seinen Kakteen. Für die Polizeiarbeit war das nur von Vorteil. Ungebunden wie er war, konnte man immer auf ihn zählen. Seinen Urlaub verbrachte er zu Hause oder auf Mallorca. Einmal war er allerdings auch nach Ostpommern, in die Heimat seiner Mutter, gefahren. Sie war in der Nähe von Stettin aufgewachsen, nach dem Krieg hatte sie mit den Eltern die Stadt in Richtung Westen verlassen müssen. Sie hatte ihm immer eine Reise dorthin ans Herz gelegt. Sie selbst wollte jedoch nicht zurück in die Vergangenheit. Also fuhr er eines Tages hin und sah sich die Hakenterrasse an der Oder und das Schloss der Herzöge von Pommern an. Dort hatte er das erste Mal die Kommissarin Basia Koralewska getroffen, die ihn später dienstlich in Frankfurt besucht hatte.

Auch jetzt telefonierte er mit ihr, um mehr über den Herrn Stetzki zu erfahren. Er freute sich, die warme Stimme der Ermittlerin aus Stettin zu hören. Was sie dem Frankfurter Kommissar zu sagen hatte, war höchst interessant. Sie berichtete, dass vor etwa vier Monaten ein Überfall auf den Geldtransporter einer Sicherheitsfirma aus Stettin erfolgt sei. Damals hatten unbekannte Diebe das Geld eines deutschen Reeders entwendet, das zur Auszahlung der Löhne von Besatzungsmitgliedern einiger in Stettin und Swinemünde wartenden Schiffe bestimmt war. Man vermutete die Beteiligung der Stetzki-Bande an dem Überfall, aber nachweisen konnte man ihm nichts. Stetzki spiele den netten, sozial engagierten Bürger. Er spende für Hilfsorganisationen, unterstütze Kinderheime und Tierschutzvereine, außerdem lokale Politiker, die sich für seine Belange einsetzten. Er bewohnte mit seiner vierten Frau eine Villa in der Nähe von Stettin. Basia Koralewska und Stetzki kannten sich, sie waren früher fast Nachbarn gewesen und in der Schule in dieselbe Klasse gegangen. Das waren sehr hilfreiche Informationen und Steinacker bedankte sich herzlich bei seiner polnischen Kollegin. Sie scherzten und flirteten noch ein bisschen über die weite Entfernung hinweg, bevor beide auflegten.

Man konnte mit einiger Sicherheit davon ausgehen, dass mit dem geraubten Matrosenlohn und ähnlichen Überfällen der Frankfurter Bankraub finanziert worden war. Dieses große Unternehmen hatte internationale Dimensionen, die Teilnehmer gehörten den verschiedensten Nationalitäten an. Der Bankraub war eine Aktion weit außerhalb des üblichen Rahmens gewesen und Steinacker musste zugeben, dass die Präzision der Planung und die Ausführung der ganzen Sache außergewöhnlich waren. Aber auch bei einem fantastisch organisierten Unterfangen gab es immer einige Schwachpunkte und unvorhersehbare Vorkommnisse. Diese nannte der Volksmund höchst treffend »Kommissar Zufall«. Die Schlinge um den Bulgaren Christo Christov, genannt Söhnchen Höhlenmensch, zog sich zu.

Steinacker ging davon aus, dass Christov nicht der Rädelsführer war, aber er hoffte, durch ihn an den Kopf der Verbrecherbande heranzukommen. Nach wie vor war er davon überzeugt, durch die Aufklärung des Banküberfalls auch den oder die Mörder von Eva und Helene Bem ermitteln zu können. In diesem Ermittlungsansatz wurde das Phantom Isidor allmählich belanglos, er glaubte nicht mehr, dass diese Person mit den Morden oder den Überfällen zu tun hatte. Er suchte nach einer umfassenderen Lösung. Denn wo Geheimdienste im Spiel waren, war meist auch die Politik beteiligt.

An diesem Abend, als der Kommissar am Computer saß und Inspektor Ackerstein ermitteln ließ, kam Jordanka Bonewa zu Besuch. Steinacker wusste nicht, wie er ihr begegnen sollte. Er wollte sie kühl empfangen und nur einige Worte mit ihr wechseln, aber sobald er sie sah, war sein Vorsatz vergessen. Statt sie über den unbekannten Mann, mit dem sie ausgegangen war, zu befragen, schaute er sie mit verliebten Augen an und bearbeitete sie mit zärtlichen Küssen. Der Abend endete im Bett, wo Jordanka ihre ganze Raffinesse zeigte und auch der Kommissar zu Hochform auflief. Beide hatten sich viel zu sagen, aber nicht immer genießen Worte Priorität.

Am improvisierten Frühstückstisch konnten sie sich endlich aussprechen. Jordanka fragte nach dem Stand der Ermittlungen. Ihr Liebhaber musste zugeben, dass diese schleppend verliefen, kleine Fortschritte seien jedoch sichtbar. »Aus ermittlungstechnischen Gründen bin ich zwar zum Geheimhalten verpflichtet, aber ich kann dir sagen, dass die Mauer des Schweigens zu bröckeln beginnt und es nur eine Frage der Zeit ist, wann sie einstürzen wird.«

Seine Gespielin wollte mehr erfahren, doch der Kommissar verwies sie auf die Oberkommissarin »Geduld«, die ohne Eile und mit Bedacht ihre Fälle löst, und bat sie, noch etwas zu warten, bis er ihr Genaueres sagen könne.

Jordanka war etwas verstimmt ob seiner Sturheit, lächelte aber aus taktischen Gründen und küsste den Bettpartner, der sich im Zustand der heftigen Verliebtheit befand, auf die rechte Wange. Er wunderte sich, dass sie ihn nicht nach Kosina fragte, und verstand den Verzicht auf diese Frage als den Beginn einer neuen Ära in ihrer Beziehung. Keine begrenzte Romanze und kein Flirt mehr, sondern echte Liebe. Steinacker vergaß in ihren Armen den Unbekannten und die slawischen Besucher, er verzieh ihr alles.

Nach dem Frühstück war vor dem Frühstück und Steinacker wunderte sich selbst über die vitalen Kräfte, die er noch besaß. Normalerweise gehörte dieses Terrain dem Sonnyboy Ackerstein, der auf diesem Gebiet wahre Wunderdinge vollbrachte. Steinacker war da nur Zuschauer und genoss des Inspektors Abenteuer, als wären sie seine eigenen. Nun musste Ackerstein zuschauen, wie sein Schöpfer in die Rolle des Liebhabers schlüpfte und sie mit Bravour ausfüllte, wie er Augenblicke des reinen Glücks erlebte.

Als die beiden Liebenden Steinackers Büro erreichten, war es schon Nachmittag und Doppelmayer begrüßte seinen Dienstherrn und die bulgarische Kommissarin mit einiger Überraschung. Dann bereitete er den beiden seinerseits eine Überraschung: Man hatte Christov, der in Untersuchungshaft saß, versucht umzubringen. Wie das Gift in sein Essen gelangt war, wurde bereits untersucht. Der Häftling lag jetzt bewusstlos in einem Krankenhaus und die Ärzte kämpften um sein Leben. Er war in einem kritischen Zustand und seine Überlebenschancen sanken von Stunde zu Stunde. Nach Ansicht Doppelmayers wurde Christov von seinen kriminellen Kompagnons als unsicherer Kantonist eingeschätzt und sollte deshalb eliminiert werden. Steinacker warf noch eine zweite Theorie ins Spiel. Er meinte, es wäre auch möglich, dass der Giftanschlag eine Warnung an die anderen Beteiligten sein sollte. Nur sei die Dosis etwas größer ausgefallen und Christov kämpfe jetzt um sein Leben. Solche Pannen könnten aus Versehen oder mit Bedacht eintreten, aber das wäre für das Opfer ohne Belang.

19

Der Regisseur geriet nicht in Panik. Auch eine solche Möglichkeit hatte er in seinen Plänen vorausgesehen. Christov war der falsche Mann, das war klar. Er konnte nichts sagen, weil er gar nichts wusste. Ein Mitläufer, ein willkommener Narr. Die in dem Klubkeller gefundene Maske machte ihn für die Polizei interessant. Man hatte ihn vernommen und schließlich auch verhaftet. Das war sein Plan gewesen. Christov sollte als Statist an der von dem Regisseur gewünschten Stelle erscheinen und so war es auch geschehen. Er gehörte nicht zur Truppe, aber er erfüllte unbeabsichtigt seine Aufgabe. Die Maske im Keller war sein Schuldspruch. Er saß in der Falle und wusste nicht einmal warum. Und so wurde er zum Ziel eines Attentats, mit dem die Gegenseite die Chance witterte, den Lauf der Dinge zu beeinflussen. Aber sie hatten in ihren Reihen keinen Regisseur seines Kalibers. Ihnen fehlten seine Genialität und seine herausragenden Planungsfähigkeiten.

Nicht erst seit heute fühlte er sich den anderen überlegen. Er war zu Großem geboren, auch wenn es nicht unbedingt eine kriminelle Sache hätte sein müssen. Er wollte es allen zeigen, die ihn unterschätzten, die ihn als biederen Arbeiter einstuften, als einen unter Millionen. Dabei tat er alles, um aus der grauen Masse herauszuragen. Jetzt schien ihm das zu gelingen, wenn auch im Verborgenen. Er musste aber höllisch aufpassen und durfte sich keine gravierenden Vergehen erlauben. Ein Fehlgriff in seiner Lage könnte eine grausame Niederlage verursachen, ja sogar seinen Tod bedeuten.

Die Sache mit Christov war ein Geniestreich gewesen. Dieser war nach Stettin gefahren, um sich mit dem Bandenanführer Stetzki zu treffen. Dieses Treffen war überall registriert worden. Stetzki leistete, ohne es zu wissen, eine prima Arbeit für den Spielleiter. Und Christov sowieso, seinem Vater sei Dank. Kein übler Kerl, dieser türkische Bulgare oder bulgarische Türke. Mit allen machte er Geschäfte, mit Türken, Bulgaren, Deutschen, auch mit Stetzki und mit Terroristen. Für Geld machte er fast alles, er würde auch mit dem Teufel Handel treiben, wenn sich dabei ein Profit ergab.

Die deutsche Polizei hat er ganz leger ausgetrickst, obwohl Kommissar Steinacker ein kluger und erfahrener Ermittler war. Ob Christov überlebte, interessierte den Regisseur nicht. Er hatte die ihm zugedachte Aufgabe erfüllt und wurde nicht mehr gebraucht. Sollte er sterben, würde ihn das nicht kümmern. Er würde Polia Vurbanova kondolieren und dem Türken sein Beileid zum Tod seines Sohnes aussprechen.

Er hatte inzwischen gelernt, Stärke zu zeigen, und wurde immer kaltblütiger, immer gefühlsärmer. Er kannte die Gegenseite, ihr mafiöses Netzwerk, ihre Macht- und Geldgier. Alle waren sie dabei: Politiker, hohe Beamte, Geheimdienstler, Industriemanager, Banker, Polizeibeamte ... Sie alle arbeiteten mit gewöhnlichen Kriminellen zusammen, feierten verbotene Partys, herrschten über das Leben ungezählter Menschen. Anfangs wollte der Regisseur auch einer von ihnen sein, ein Monster mit menschlichem Gesicht, was selbstverständlich eine Utopie war. Sehr schnell erkannte er, dass sein Ansinnen unmöglich war. Bald verachtete er diese Parallelgesellschaft, die die Geschicke der Menschen so raffiniert beeinflusste. Eines Tages entschloss er sich, diese ehrenwerte Clique zu verlassen. Dieser Schritt wurde ihm jedoch von den anderen Eingeweihten übel genommen. Man sorgte dafür, dass er wie ein Paria behandelt wurde. Man sah in ihm einen Verräter, der zur Gefahr für das verbohrte Establishment wurde, und verbaute ihm jede Möglichkeit für ein ruhiges, geordnetes Leben. Diese Ablehnungsfront wirkte auf ihn stärker, als er befürchtet hatte. Er emigrierte in die USA, dann nach Kanada, schließlich nach Argentinien. Schon damals hatte er sich nach Rache gesehnt. Er wollte ihnen nehmen, was ihnen am heiligsten war – ihr Geld. Das Geld, das durch undurchsichtige und illegale Deals und zwielichtige Transaktionen ihre Konten wachsen ließ und die ehrenwerte Gesellschaft zusammenhielt. Das war die Stärke und die Schwäche dieser Leute zugleich.

Als er in Frankfurt Halt machte, war sein Plan schon geboren. Jetzt konnte er allen, aber insbesondere sich selbst zeigen, was für ein hervorragender Planer, Organisator und Regisseur er war. Das, was sich in seinem Kopf herauskristallisierte, musste er aber noch umsetzen. Die Theorie in die Praxis umzuwandeln war sehr mühsam und erforderte viele Begabungen, die erst den Meister ausmachten. Aber der Regisseur war von sich und seinen Fähigkeiten überzeugt, was er auch zu beweisen bereit war. Er arbeitete an einem akribischen Plan, der alle Möglichkeiten, alle Auswege und Alternativlösungen beinhaltete. Um für alle Eventualitäten gerüstet zu sein, musste er sich in die anderen Personen hineinversetzen, ihre Denkweisen und Gedankengänge begreifen. Er studierte psychologische und philosophische Abhandlungen, um seine

Feinde besser zu verstehen. Nur so hatte er eine Chance, den geplanten Coup zu verwirklichen und sich erfolgreich der Rache des angegriffenen und tief verletzten Imperiums zu entziehen. Schon in Kanada hatte er seinen Namen gewechselt, seine Spuren wusste er erfolgreich zu verwischen. Der allen bekannte junge Wissenschaftler und Kulturschaffende verschwand in der grenzenlosen Weite des riesigen Kontinents. Mit der Zeit vergaß man den aufmüpfigen Dissidenten, der dem Netzwerk so viele Unannehmlichkeiten bereitet hatte.

Der Regisseur lernte schnell, die Menschen wie Bauern auf dem Schachbrett des Lebens aufzustellen, sie auszutauschen oder zu opfern. Er studierte Wirtschaftsberichte und Bankmitteilungen und verfolgte wie ein Detektiv die Geldströme, die von allen Flecken der Welt in zwielichtige Finanzoasen flossen. Er schmiedete viele Pläne und dazu ein großes, übergreifendes Konzept. Tausende Male spielte er alle Möglichkeiten durch, um auf alles vorbereitet zu sein und keine böse Überraschung zu erleben. Es dauerte Jahre, bis die Ausführung in Betracht gezogen werden konnte. Immer wieder musste etwas verbessert, geändert oder aufgegeben werden, kam etwas Neues dazu. Am schwersten war die Einsamkeit, die gewollte Isolation von den anderen Menschen, doch nur sie garantierte, dass es keine Mitwisser seines Rachefeldzuges gab. Sollte sein Plan A scheitern, hatte er noch einen Plan B parat. Sollte auch dieser nicht ausreichen, gab es überdies einen Plan C und sogar D. An fehlenden Plänen sollte sein Unterfangen nicht scheitern. Nur die menschliche Komponente konnte sein Vorhaben gefährden. Je weniger Mitwisser, desto sicherer schien die ganze Sache. Aber das war nicht zu bewerkstelligen, er konnte seinen Plan nicht alleine ausführen. Also entschied er sich für eine entgegengesetzte Lösung: je mehr Teilnehmer, desto sicherer der Vorgang. Die Teilnehmer selbst wussten aber fast nichts über den Regisseur und das Drehbuch. Auf dem Spielplan waren sie zu Statisten degradiert, austauschbar und ohne genauere Kenntnisse über das Geschehen. Sie waren unwissende Mitwisser. Niemand würde ihn erkennen.

Die alte Fabrik, die seit Jahren als Ruine vor sich hin bröckelte, diente ihnen als Treffpunkt. Seine Stabmitarbeiter, es waren nur zwei, würden den Meister ebenfalls nicht erkennen. Genauso wenig wie Christo Christov, der alles ausplaudern würde, was er wusste, sobald man Druck auf ihn ausübte, der aber eigentlich keine Ahnung hatte. Auch die an dem Unternehmen beteiligte Frau, an die er schon lange sein Herz verloren hatte, würde nie erraten, wer sich hinter der Maske des Löwen versteckte.

Seine Stimme hatte er in den Jahren der Planung so zu verändern gelernt, dass sie, obwohl sie ihn gut kannte, nichts merkte, was ihm manchmal selbst unheimlich vorkam.

20

Die Ermittler nahmen sich noch einmal die Wohnung von Helena Bem vor. Nachdem sie aus der gemeinsamen Villa ausgezogen war, hatte sie eine Zweizimmerwohnung im Stadtteil Bornheim gemietet. Die Spurensicherung arbeitete sehr gründlich, konnte aber nichts Brauchbares finden. Man fand Fingerabdrücke von ihrer Tochter Eva, von Marco Kosina und von Alois Bem, der seine Gattin zwei Mal in ihrem neuen Domizil besucht hatte, wie er angab. Die Wohnung war nur spärlich möbliert. Ein runder Tisch aus Buchenholz und drei Stühle sowie ein Büfett füllten das Wohnzimmer fast allein. Auf dem Parkettboden lag ein billiger Ikeateppich, was eigentlich gar nicht zum Stil der Getöteten passte.

Die Ermittler durchsuchten akribisch alle Schränke und Schubladen, ohne auf etwas Außergewöhnliches zu stoßen. In der obersten Schublade des Küchenschranks befand sich ein Schuhkarton voller Papiere. Steinacker blätterte sie aufmerksam durch. Eine Stromrechnung, einige Briefe, die Kopie des Sozialversicherungsausweises. Aus einem kleinen roten Notizblock mit kariertem Papier ging hervor, dass die Ermordete Spross eines deutsch-spanischen Adelsgeschlechtes war, das in Mallorca zu voller Blüte gekommen war. Diesem Adel übrigens entstammte einer der berühmten Söhne Mallorcas, der spätere Jesuit und Ordensgründer Ignacio de Loyola. Größere Aufmerksamkeit des Kommissars erfuhr die vorletzte Seite des Notizblocks. Hier konnte Steinacker ein paar Worte entziffern, die ihm zu denken gaben. Hastig und deswegen fast unleserlich hatte vermutlich Helene Bem den Satz geschrieben: »Habe sie unter der Maske erkannt. Mein Gott! Ich habe Angst um sie, und um mich auch!«

Steinacker und Doppelmayer schauten sich ungläubig an. Hatte etwa Eva an diesem Bankraub teilgenommen? Das würde die Geldeingänge auf ihrem Konto erklären. Aber war auch wirklich Eva Bem gemeint oder vielleicht Ann Reichmann oder Ivanka, die Geliebte von Helenas Mann? Sie hatten eine Spur, aber sie war genauso verworren und undurchsichtig wie bisher alle Spuren in diesem Fall.

Bevor sie die Wohnung verließen, fiel Doppelmayer ein Fotoalbum auf, das in der Küche auf einem Regal mit Kochbüchern stand. Vorsichtig, um etwaige Spuren nicht zu verwischen, nahm der Assistent das Album aus dem Regal und legte es auf den Küchentisch. Es war eine rote Kladde mit Bildern, die fast alle die kleine Eva zeigten. Auf Seite vier oben rechts fehlte ein Foto, eine weiße Stelle zeugte davon. Warum das Foto entnommen worden war, war nicht klar. Vielleicht hatte der Mörder nach der Tat die Wohnung durchsucht, das Fotoalbum unter Zeitdruck in das Küchenregal gestellt und nicht darauf geachtet, dass sich hier nur Kochbücher befanden. Steinacker ging zurück ins Wohnzimmer und durchsuchte das kleine Büchergestell, das unter dem Fenster seinen Platz hatte. Er schaute sich die Titel der Publikationen an. Zwischen Büchern von Donna Leon, Stefan Zweig, Utta Danella, Rilke, Tolstoi und weiteren Klassikern standen noch zwei Fotoalben, wobei eine Lücke den Platz für ein weiteres Album anzeigte. Das musste dasjenige aus der Küche sein. Die Ermittler nahmen alle drei Alben mit. Sie hofften, die Kriminaltechniker könnten dort etwas Interessantes entdecken.

Sie wussten nun, dass Helene Bem eine Beteiligte an dem Banküberfall erkannt hatte und darüber entsetzt war. Es war nicht gesagt, dass die enttarnte Person ihr Mörder war, aber sie musste aus ihrem Umkreis kommen und Helene Bem war auf jeden Fall in die ganze Sache involviert. War sie zur falschen Zeit an der falschen Stelle gewesen und hatte deshalb etwas gesehen, was sie nie hätte sehen dürfen? Und wen hatte sie gesehen? Es gab so viele Fragen und so wenige Antworten.

Vor dem Tagesausklang beschloss der Kommissar, noch Christo Christov im Krankenhaus zu besuchen. Als er dort eintraf, war der Patient nicht mehr auf der Station. Ein Arzt erklärte, der Kranke habe sich überraschend schnell von der Vergiftung erholt. Vor etwa einer Viertelstunde sei er von Justizangestellten wieder abgeholt worden. Der Doktor wunderte sich über die Eile, mit der die Gefängnisbeamten den Mann mitnehmen wollten, aber sie hätten seinem Kollegen irgendein Papier gezeigt und er habe sie gewähren lassen. Steinacker verstand im Nu, dass da etwas nicht stimmte. Er rief die Gefängnisleitung an. Niemand wusste etwas davon, dass Christov abgeholt werden sollte. Man ging davon aus, dass er den Anschlag nicht überleben würde. Steinacker fragte nach dem Arzt, der die Abholgenehmigung erteilt hatte. Ein iranischer Mediziner, Dr. Reza Inavi, hatte das Papier unterschrieben. Dieser war angeblich ganz neu im Dienst, keiner kannte ihn. Der Kommissar diagnostizierte Umstände wie in einer Bananenrepublik. Man entführte einen mutmaßlichen Bankräuber am helllichten Tag aus einer deutschen Gefangenenkrankenstation und keinen kümmerte es. Ein falscher Arzt, falsche Gefängnismitarbeiter – Steinacker verstand die Welt nicht mehr.

Er fuhr zu der Wohnung des Höhlenmenschen. Er musste irgendetwas tun, er wollte und konnte nicht einfach alles hinnehmen. Zu seiner Verwunderung war das Polizeisiegel an der Eingangstür aufgerissen, irgendjemand schien in der Wohnung zu sein. Steinacker zog seine Pistole und entsicherte sie. Wer immer in den Räumen war, war mit großer Wahrscheinlichkeit ein Profi, der sich verteidigen würde. Langsam ging er hinein. Die Wohnung war durchwühlt worden, wie an den herausgerissenen Schubladen und auf dem Fußboden herumliegenden Papieren gleich zu erkennen war. Als der Kommissar in die Küche schaute, erblickte er einen Mann, der dort die Küchenschränke durchsuchte. In diesem Augenblick fühlte er kaltes Metall an seiner rechten Schläfe. Eine Stimme, die aus dieser Richtung kam, erklärte ihm, er solle langsam seine Pistole auf den Küchentisch legen. Die Stimme war ihm bekannt, nur hatte er Schwierigkeiten, sie einer bestimmten Person zuzuordnen. Dann zeigte sich der Mann und Steinacker staunte über die Zufälle im Leben. Vor ihm stand der Mann ohne Namen – derselbe, den er bei dem Treffen bei seinem Chef kennengelernt hatte. Damals war er mit den Herren Hansen vom Staatsschutz und Priebke vom BKA da gewesen. Alle drei hatten sich schützend vor Alois Bem gestellt.

Als sich der Mann am Küchenschrank zu Steinacker drehte, erkannte der Kommissar in ihm den Paprikaimporteur Frank Weinmann. Die beiden wollten von Steinacker wissen, warum er Christovs Wohnung aufsuchte.

»Dieselbe Frage könnte ich euch stellen«, antwortete Steinacker.

»Wir wissen von Christovs Entführung oder Befreiung und wollen hier nach Hinweisen suchen. So wie Sie anscheinend auch.« Der Mann ohne Namen lächelte etwas gequält. »Sie, Herr Kommissar, kommen uns sehr ungelegen. Aber gut, wir sitzen alle in einem Boot. Unser Arbeitgeber ist besorgt über den Einfluss und die Machenschaften der Levski-Gruppe. Dies ist eine gefährliche, mafiaähnliche Organisation, die nicht nur in Bulgarien tätig ist, sondern auch in Deutschland immer stärker ihre Fangarme ausbreitet und sich dabei der ehemaligen bulgarischen Geheimdienstleute bedient. Noch während der Schiwkow-Diktatur haben in den Katakomben des Levski-Stadions in Sofia einige Damen und Herren mit krimineller Energie die sogenannte Levski-Verbindung gegründet. Neben Ganoven aus dem Milieu gehörten lokale Politiker, Fabrikdirektoren, kleine Parteikader und Patrioten zu dem Kader. Nach dem Sturz Schiwkows wurde die Organisation nicht etwa aufgelöst, sondern ihre Mitglieder besetzten wichtige Posten im Land.«

Frank Weinmann gab zu erkennen, dass er eigentlich ein Beamter des BND und hierbei insbesondere für Bulgarien zuständig sei. Auch Alois Bem sei für den deutschen Geheimdienst tätig, aber als freier Mitarbeiter.

Steinacker fragte sich, warum die Geheimdienstler plötzlich so gesprächig waren, und ihm war schnell klar, dass sie seine Hilfe brauchten. Auf die Bestätigung dieses Gedankens musste der Polizist nicht lange warten. Der Mann ohne Namen nahm ihn zur Seite und bot ihm die Zusammenarbeit an.

»An welche Art der Zusammenarbeit hat der BND denn gedacht?«, wollte Steinacker wissen, woraufhin der Mann ohne Namen erklärte, dass Steinacker bestimmte Informationen besitze, die dem BND nützlich wären, und dass umgekehrt der Geheimdienst Hinweise habe, die der Polizei bei der Aufklärung der Morde weiterhelfen könnten. Ihrem Dienst sei sehr an der Ausschaltung dieser Organisation gelegen, aber die Mordermittlungen oblägen der Hoheit der Polizei. Er schlug einen Tausch vor: Informationen über die zwei Morde gegen Auskünfte über die geheime Organisation.

Steinacker hatte den Eindruck, dass die beiden Herren ihn hier erwartet hatten. Sie mussten von jemandem aus dem Polizeipräsidium die Information bekommen haben, dass er Christovs Wohnung aufsuchen wollte. Aber von wem? Der Mann ohne Namen, der hier wohl die Rolle des Chefs innehatte, warnte Steinacker in leisem Ton, er könne in dieser Ermittlung selbst den besten Freunden nicht trauen. Mehr wollte er dazu jedoch nicht sagen. Der Kommissar erzählte ihm von Ann und Alfred Reichmann, aber man wusste über die beiden schon Bescheid und erklärte, sie seien eher aus Versehen in das Zielfernrohr der Mafia geraten. Reichmann sei schon lange nicht mehr im Geschäft. Diese Aussage war für den Kommissar der Beweis, dass die Geheimen immer geheim bleiben und ihre Geheimnisse mit niemandem teilen würden. Reichmann konnte schließlich sehr wohl wenn nicht für den BND, dann für die Gegenseite arbeiten.

Auf dem Weg nach Hause dachte der Kommissar über die Worte des Mannes ohne Namen nach. Irgendjemand aus dem Präsidium berichtete den Geheimen von der Polizeiarbeit. Das war zwar unerhört, aber nicht unüblich. Der Geheimdienst war eine geheime Staatsorganisation, die verbotene Dinge für den Staat verrichtete, Dinge, die der Staat offiziell nicht tun durfte. Er musste alles wissen, um den Staat vor feindlichen Spionen oder Verbrecherorganisationen zu schützen. Aber dafür hatte der Staat doch das Bundeskriminalamt, die Bundespolizei, den Verfassungsschutz, und feindliche Spione wurden zudem vom Militärischen Abschirmdienst (MAD) gejagt, während der BND seine eigenen Agenten in die Welt schickte. Wieso also war der BND in der Sache der bulgarischen Geheimorganisation tätig? Oder ging es da um mehr, als die Herren ihm zu erzählen bereit waren?

Wo endeten die Bösen und begannen die Guten? Alles war verschwommen und trügerisch, hier wurde gelogen und betrogen und manchmal auch gemordet. Intensiv dachte er auch an die zugeflüsterte Warnung, er solle sogar den besten Freunden nicht trauen. Wer war damit gemeint? So viele Freunde hatte Steinacker nicht, er konnte sie an den Fingern einer Hand abzählen und es blieb immer noch Platz übrig.

Die Nachricht erreichte ihn beim morgendlichen Rasieren. Das Telefon klingelte und eine Frauenstimme informierte ihn, dass er am Mainufer erwartet werde. An der Anlegestelle einer Schiffsausflugsgesellschaft sei eine Männerleiche entdeckt worden. Steinacker hatte sofort eine Vermutung, um wen es sich dabei handeln könnte. Als er am Tatort ankam, war sein Assistent schon da. Die Leiche war aus dem Main gefischt und unweit des Eisernen Stegs abgelegt worden. Er hob die Plane und schaute dem Toten ins Gesicht. Wie befürchtet waren es Christo Christovs schwarze Augen, die ausdruckslos ins Leere starrten. Der Rechtsmediziner erläuterte, dass der Mann vor seinem Tod gefoltert worden war, und zwar auf ziemlich professionelle Weise. Allerdings konnte der Arzt nicht sagen, ob das Opfer überhaupt noch in der Lage gewesen war, irgendwelche Informationen zu verraten. Als die Leiche freigegeben wurde, nahmen ihn zwei Stadtbedienstete in ihre Obhut und fuhren Christo Christov auf seinem vorletzten Weg in die Pathologie. Söhnchen Höhlenmensch war als verbrecherisches Opfer durch die Hände noch größerer Verbrecher gestorben. Es sollte eine Mahnung sein für jeden, der dem Syndikat etwas wegnehmen wollte.

»Zwei Radfahrer sahen die Leiche im Wasser treiben und haben die Polizei benachrichtigt«, berichtete Doppelmayer.

»Er ist ein weiteres Opfer im Kampf der Organisationen beziehungsweise in deren Rachefeldzug«, bedauerte sein Chef.

Im Büro traf Steinacker seinen Vorgesetzten und auch den BKA-Mann Priebke. Dieser überraschte sie mit der Mitteilung, dass bei der ausgeraubten Bank neues Unheil vor der Tür stand. »Jemand hat durch waghalsige, aber geniale Transaktionen die Geldströme der Bank erst nach Panama und dann zu einer Bank in Kolumbien umgeleitet. Von dort überwies man die Millionen an Konten bei vierundsiebzig kleinen Banken und Sparkassen weltweit. Innerhalb einer Stunde wurden diese Konten geleert und das Geld mitgenommen. Weder die geplünderte noch die kolumbianische Bank erstatteten Anzeige, denn wo es offiziell nichts gibt, kann offiziell auch nichts gestohlen werden«, erzählte der BKA-Mann. Der moderne Robin Hood hatte schon wieder gnadenlos und perfekt zugeschlagen. Dieses Mal ohne Tote und Verletzte. »Diese Aktion wird die von den deutschen Behörden beobachtete bulgarische Organisation mit ihren kriminellen Ambitionen noch mehr in Rage bringen und ihren Rachefeldzug befeuern«, prophezeite der BKA-Mitarbeiter.

Steinacker war insgeheim voller Bewunderung für den Gauner, der diese mafiöse Bande so gnadenlos ausplünderte. Allerdings mussten nun deutsche und europäische Behörden mit einem verstärkten Aufbäumen der angeschossenen Bestie rechnen, denn verletzte Raubtiere sind am gefährlichsten.

Zurück in seinem Zimmer schloss Steinacker die Tür ab und machte sich auf die Suche nach Wanzen. Nach eingehender und gründlicher Untersuchung fand er vier dieser unerfreulichen Tierchen und deponierte sie in der untersten Schublade seines Schreibtisches. Er dachte an die Worte des Mannes ohne Namen, dass man den besten Freunden nicht trauen sollte, auch dem BND und BKA nicht. Ob sein Chef von dieser Aktion wusste oder ob man in seinem Zimmer auch Wanzen installiert hatte? Wen genau meinte man mit »den besten Freunden«? Er hatte keine besten Freunde, höchstens so etwas wie gute Bekannte, zu denen er seinen Chef und seinen Assistenten zählte. Jordanka dagegen war zwar Geliebte und Sexualpartnerin, aber keinesfalls beste Freundin. Denn Freundschaft bedeutete für ihn mehr als Bettszenen oder berufliche Zusammenarbeit mit anschließendem Besuch einer Kneipe, wo man einige Biere zu sich nahm. Freundschaft bedeutete für ihn grenzenloses Vertrauen, eine Nähe, die nicht missbraucht wurde, er assoziierte damit einen Bund aus

Sympathie und gegenseitigem Respekt. Nach diesen Kriterien hatte er keine Freunde.

Während diesen Betrachtungen hatte er plötzlich einen Einfall. Er schaute nach, ob sein Chef in seinem Zimmer war, und als dessen Abwesenheit feststand, durchsuchte Steinacker den Raum nach gefährlicher Fauna. Und prompt fand er ebenfalls vier Tierchen, versteckt unter dem Schreibtisch, im Telefon und angeschlossen an den Computer. Er ließ die Wanzen an ihren Plätzen und verließ nachdenklich das Zimmer. Was wussten die Geheimen durch ihre Abhöraktionen? Auf einmal verstand Steinacker den Satz, er solle seinen besten Freunden nicht trauen. Er schlug sich mit der Hand gegen seine Stirn, dass er dessen Sinn erst jetzt verstand. Aber die Geheimen konnten halt nur Zweideutigkeiten von sich geben, das Rätsel musste man schon selbst lösen.

Doppelmayer kam herein und meldete, Sattler habe Informationen erhalten, dass ein tunesischer Motorradfahrer sich der Polizei gestellt und von dem Frankfurter Bankraub erzählt habe. Steinacker unterbrach seinen Assistenten und wies ihn darauf hin, dass dieser Tunesier nicht viel gesehen und daher wenig zu erzählen haben konnte. »Die Aktion ist so geplant worden, dass die Motorradfahrer nur den Auftrag hatten, mit den Yamaha-Motorrädern an und um den Tatort zu fahren, um Verwirrung und Chaos zu stiften, was ihnen auch glänzend gelungen ist. Sie wussten so gut wie nichts über die eigentliche Aktion und waren nur Statisten in dem ganzen Spiel. Mehr als vor der Polizei müssen sie sich vor der Organisation, der das Geld geraubt wurde, in Acht nehmen. Der zweite Coup ist nach meiner Meinung noch meisterlicher.« Steinacker erzählte von den banktechnischen Manipulationen, durch die die Konteninhaber noch mehr Geld als bei dem Bankraub verloren hatten.

Doppelmayer staunte nicht schlecht. Nach seiner Ansicht war das ein Geniestreich und er hätte den Initiator gerne kennengelernt, woraufhin der Kommissar trocken erwiderte, dass viele Menschen ihn gerne treffen würden, manche um jeden Preis.

21

Der Mörder war dem Ermittler bekannt. Er kam nicht aus den Kreisen des Klubs und er war mit dem Opfer auch nicht verwandt oder befreundet. Ein Serienkiller, den man schon seit längerer Zeit suchte. Alle verdächtigten Personen hatten Dreck am Stecken, aber sie waren keine Mörder. Sie waren Schmuggler, Drogenkuriere, Betrüger, Diebe und Schläger, sie organisierten Menschenhandel und zwangen ahnungslose Landsmänninnen zur Prostitution. Sie betätigten sich als Schlepper und Fluchthelfer. Sie missachteten das Gesetz, ihr Gebot war der eigene Nutzen und Profit. Sie wuschen ihr schmutziges Geld und kauften damit Aktien, Immobilien, Goldminen, Grundstücke, Ölanlagen, Bordelle und glamouröse Restaurants. Doch sie alle waren in den Mord nicht involviert, dafür aber dieser psychisch gestörte kleine Angestellte eines Versicherungsbüros.

Inspektor Ackerstein war mit sich zufrieden und unzufrieden zugleich. Er hatte schnell, unbürokratisch und wie immer erfolgreich ermittelt, doch in diesem Fall hätte er gerne jemanden von der verbrecherischen Organisation als Mörder hinter Gitter gebracht. Dort saß dafür jetzt ein irrer Psychopath.

Der Fahnder setzte sich in seinen roten Ferrari und fuhr nach Hause. Der Himmel war azurblau und keine einzige Wolke zeigte sich am Firmament. Der Bolide bewegte sich langsam Richtung Taunus. Es schien ein besonders heißer Tag zu werden und der smarte Ermittler freute sich auf ein Bad in seinem Swimmingpool. Später am Tag hatte er ein Treffen bei einem bekannten Italiener im Westend, wo er einen Tisch bestellt hatte. Trotz manch finsterer Momente war das Leben wunderbar!

Steinacker schaltete den Computer aus. Sein nächster Kriminalroman war fertig. Jetzt musste er noch einen Verlag finden und das war viel schwieriger, als diesen Roman zu schreiben. Doch er war ein unerschütterlicher Optimist, er würde nicht so schnell aufgeben.

An diesem Abend schlief er alleine ein, ohne die Gegenwart seiner bulgarischen Gespielin. Er dachte oft an sie und malte sich aus, wie es wäre, mit ihr eine Partnerschaft einzugehen. Dann hätte er einen Gesprächspartner, jemanden, mit dem er alles erörtern könnte. Er würde nie mehr alleine schlafen gehen und alleine aufwachen. Er würde mit ihr zusammen frühstücken, einkaufen, ins Kino und ins Theater gehen, ein Restaurant aufsuchen. Doch ob das alles so reibungslos wäre? Wenn man lange allein lebte, hatte man seine festen Gewohnheiten und änderte sich nicht so leicht. Aber träumen war nicht verboten und träumen konnte er gut.

Aus seinem Fantasiereich weckte ihn ein Telefonanruf. Steinacker schaute auf die Uhr: eine Stunde vor Mitternacht. Am anderen Ende der Leitung erkannte er die Stimme von Doppelmayer. Man hatte einen Anschlag auf Polia Vurbanova verübt. Wie durch ein Wunder war sie noch am Leben, aber sie hatte den Täter gesehen. Sie befand sich im Polizeipräsidium, nachdem sie ärztlich untersucht worden war. Der Kommissar kleidete sich rasch an und ging hinunter zu seinem Auto. Allerdings versagte diesmal der Anlasser, sodass er ein Taxi rufen musste.

Polia Vurbanova saß blass auf einem Sessel im Zimmer seines Chefs und rauchte eine Zigarette. Der Chef persönlich überreichte ihr ein Glas mit Kognak, das sie sofort leerte. Ihre Erzählung war kurz und brachte die Ermittler einen großen Schritt weiter, denn sie konnte den Angreifer genau beschreiben. Sie meinte sogar, ihn schon einmal gesehen zu haben, als sie noch bei der bulgarischen Botschaft beschäftigt war. Dort hatte in der Sicherheitsabteilung ein groß gewachsener, schwarzhaariger und schlanker Mann gearbeitet, der zwar nie lachte, aber fast allen Kolleginnen sehr gefiel. Sie war sich sicher, dass dieser Mann ihr Angreifer war. Sie konnte sich nur noch an seinen Vornamen, Robert, erinnern. Dieser Robert war in ihre Wohnung eingedrungen und hatte sie bedroht. Auch er hatte seine ehemalige Kollegin von der Botschaft erkannt und deshalb gezögert, das Messer einzusetzen. In diesem Augenblick hatte es an der Haustür geklingelt. Unten stand Margarita Todorova, die Gattin von Todor Todorov. Mit ihrem späten Besuch hatte sie Polia Vurbanova vermutlich das Leben gerettet. Der Täter verschwand schnell aus der Wohnung, Polia erlitt einen Schock.

Bereits nach ein paar Minuten wusste Steinacker, dass der Mann Robert Konstantinow hieß und in Sofia wohnte. Schon seit einigen Jahren arbeitete er nicht mehr für den bulgarischen Geheimdienst, sondern war bei einer Sicherheitsfirma angestellt und hatte sich schon öfter in Deutschland aufgehalten. Die Fahndung nach ihm wurde sofort eingeleitet.

Diese Informationen kamen unaufgefordert via Internet und Steinacker freute sich, dass er die Wanzen im Chefzimmer nicht entfernt hatte. Er war davon überzeugt, dass Konstantinow den Auftrag hatte, Polia

Vurbanova Angst einzujagen und Informationen von ihr zu bekommen. An eine Tötungsabsicht glaubte er nicht.

Die Beerdigung von Christo Christov alias Süleyman Taifun Hamanci oder auch Söhnchen Höhlenmensch erfolgte im Frankfurter Hauptfriedhof. Polia Vurbanova hatte eine kleine, private Feier geplant, doch dieser Wunsch ging nicht in Erfüllung. Ihr ehemaliger Gatte, Christos Vater, machte aus einer familiären eine öffentliche Zeremonie. Zuerst wollte er seinen Sohn nach islamischen Ritualen beerdigen lassen, aber hier setzte sich Polia durch, sodass die Beisetzung nach ostkirchlicher Zeremonie erfolgte. Viele Personen hatten sich am Grab des gefolterten und vergifteten Lebenskünstlers versammelt. Steinacker, der zusammen mit Doppelmayer der Bestattung beiwohnte, erkannte den Vater und dessen Sippschaft. Die Klubmitglieder waren fast vollständig erschienen, auch Frank Weinmann befand sich unter ihnen. Der Mann ohne Namen lehnte ein gutes Stück entfernt an einem Baum und fotografierte fleißig. Auch der BKA-Mann Priebke sowie Marco Kosina standen etwas abseits. Dagegen fehlte Jordanka Bonewa. Der Kommissar erinnerte sich an ihre frühere Erklärung, sie hasse Beerdigungen. Sehr viele Teilnehmer waren ihm allerdings unbekannt. Zum Glück nahm der BND alle und alles auf, sodass er sich bei Bedarf an die Geheimen wenden konnte.

Nach der Beerdigung fuhr der Kommissar zu dem Hotel in der Stadtmitte, denn ihm war ein erhellender Gedanke gekommen, dem er nachgehen wollte. Am Empfang zog er ein Foto aus der Tasche und zeigte es dem Portier, der darauf schnell den Mann erkannte, der einige Male mit Frau Bonewa ausgegangen war. Für Steinacker war das ein heilsamer Schock. Er setzte sich an die Hotelbar und kippte einige Kurze, die ihm halfen, sich wieder zurechtzufinden und die Angelegenheit mit klarerem Blick zu betrachten.

Dann fuhr er nach Bornheim, wo er eine andere Person in ihrer Wohnung anzutreffen hoffte. Zu seinem Pech war Kosina nicht zu Hause, doch als er sich enttäuscht entfernte, kam er ihm auf der Straße plötzlich entgegen. Fast wäre er in den Kommissar hineingelaufen, so sehr war er in seine Gedanken vertieft. Völlig überrascht, Steinacker hier zu treffen, entsprach er sofort dessen Wunsch und nahm ihn mit in seine Wohnung, um ein paar Fragen zu beantworten.

Das Appartement befand sich im Dachgeschoss eines mehrstöckigen Gebäudes, was Steinacker beim Treppensteigen einige Anstrengung abforderte. Seine schlechte Kondition machte sich peinlich bemerkbar. Das Wohnzimmer der kleinen Unterkunft verfügte über einen alten Schrank und einen großen Schreibtisch, darauf standen ein Computer sowie ein Radioapparat von anno dazumal. Ein Fernsehgerät war in diesem Raum nicht vorhanden, dafür aber Bücher. Wohin man schaute, überall stapelten sich Bücher! Ein Meer aus großen und kleinen, dicken und dünnen, gebundenen und Taschenbüchern. Sie standen nicht nur in Regalen, sondern lagerten auch auf dem Fußboden und auf dem Schreibtisch, jedes freie Fleckchen war belegt. Steinacker schaute sich einige an und ihm wurde fast schwindelig von den großen Namen. Sämtliche Philosophen waren hier anwesend und außerdem natürlich alle Werke von Canetti. Er setzte sich auf einen der zwei Stühle an einem kleinen runden Holztischlein. Dieses war, oh Wunder, leer.

Marco Kosina fragte, ob er seinem Gast einen Tee zubereiten dürfe, ein Angebot, das dieser gerne annahm. Nach einer fast rituellen Zeremonie, die sieben lange Minuten dauerte, stand das aromatische Getränk auf dem Tisch. Der Bulgare hatte nicht zu viel versprochen: Sein Tee war ein wirklicher Genuss und Steinacker trank ihn mit Wonne. Dabei stellte er dem Philosophen einige Fragen. Die erste betraf seine Beziehung zum Heimatland.

»Ich würde lügen, wenn ich behauptete, ich hätte nicht manchmal Heimweh. Aber ich lebe schon so lange fern meiner Heimat, ich habe hier meine Freunde, mein berufliches Umfeld und ich will Frankfurt nicht missen. In Bulgarien habe ich niemanden mehr, nur die Sprache und die Kultur.«

Die nächste Frage zielte auf Kosinas Arbeit. »Was machen Sie eigentlich genau, womit verdienen Sie ihr Geld?«

Kosina erklärte, dass er wissenschaftliche Abhandlungen über Philosophie im Allgemeinen und über Elias Canetti im Einzelnen schreibe und am Philosophischen Institut mitarbeite. »Ich habe Freunde auf allen Kontinenten, die ich manchmal auch besuche, wie unlängst meinen Freund auf Coney Island. Ich bin aber kein Agent, falls Sie das denken sollten. Ich gehöre weder einer geheimen Organisation noch einem offiziellen Verband an, nicht einmal einem Verein. Auch bin ich in keiner politischen Partei, nicht in Bulgarien und nicht in Deutschland. Ich bin keinesfalls apolitisch, aber ich will mich an keine Organisation binden und verzichte deshalb auf jegliche Mitgliedschaft.«

»Wie war Ihr Verhältnis zu Eva Bem?«

»Ich kannte Eva Bem gut, ich ging sogar eine Zeit lang mit ihr. Mit ihrer Mutter hatte ich zunächst eine freundschaftliche Beziehung, die dann leidenschaftlicher wurde. Weder sie noch ihre Tochter sprachen davon, dass ihnen Gefahr drohte.«

Die dritte Frage, die Steinacker stellte, war etwas delikater, denn es ging um die Unterstellungen von Jordanka Bonewa. Er erklärte dem Philosophen, dass diese Kommissarin aus Sofia ihn verdächtige, ein Agent der CIA oder eines anderen Geheimdienstes zu sein. Zu seiner Verwunderung behauptete der Befragte, er kenne keine Jordanka Bonewa und habe diesen Namen noch nie gehört. Steinacker wurde hellhörig.

Kosina wunderte sich, warum jemand, den er nicht kannte, solche Unwahrheiten und Unterstellungen verbreitete und ihn damit diskreditierte. Er schüttelte ungläubig den Kopf und trank etwas Tee, aber zum Genießen war ihm nicht mehr zumute. Nach einem nachdenklichen Schweigen eröffnete er folgende Möglichkeit, die er aber gleichzeitig als reichlich spekulativ betrachtete: »Die Dame, die Sie, Herr Kommissar, Jordanka Bonewa nennen, könnte mich von Sofia oder einem anderen Ort kennen und ein Interesse daran haben, mich zu verleumden und in den Augen der Behörden schlecht zu machen. Das ergibt aber nur dann einen Sinn, wenn ich ihr etwas Böses angetan habe oder wenn sie mich als Bauernopfer für eine nur ihr bekannte Sache benutzen will. Etwas anderes kann ich mir nicht vorstellen.«

Das Gesicht des Kommissars erhellte sich. Genau das hatte er auch gedacht und nun hatte er die Bestätigung, mit seinen Spekulationen nicht ganz falsch gelegen zu haben. Was für Geheimnis verbarg die bulgarische Kommissarin und was verband sie mit Kosina? Er rekapitulierte im Geiste, was er von ihr wusste. Das war eigentlich nur das Wenige, was sie selbst von sich erzählt und was sein Assistent recherchiert hatte. Demnach war sie vierundvierzig Jahre alt, hatte in Frankfurt Jura studiert, war in Bulgarien in den Polizeidienst eingetreten und hatte dort besondere Aufgaben übernommen, war für die Beziehungen zu Interpol und ausländischen Polizeibehörden zuständig. Sie war geschieden und sie hatte eine zwanzigjährige Tochter, die in den USA studierte. Das alles gab Steinacker an Marco Kosina weiter, während dieser konzentriert zuhörte.

Plötzlich hob er die Hand, um den Kommissar zu unterbrechen. Er stellte seine Tasse auf dem Tisch ab und sagte: »Es könnte sein, dass wir die Lösung des Rätsels gefunden haben.« Dann begann er zu erzählen: »Vor über zwanzig Jahren begegnete ich einer Studentin auf einer Karnevalsparty des Studentenverbandes in Frankfurt. Eigentlich bin ich kein Partygänger, ließ mich aber von meinem Freund überreden mitzukommen. Ich hielt mich vorwiegend in dem Saal auf, in dem der norwegische Saxofonist Jan Garbarek auftrat. Während seines Auftritts ging ich mir ein Getränk holen und begegnete auf dem Rückweg einer als Indianerin verkleideten jungen Frau. Sie lächelte mich schelmisch an und fragte mich, ob ich ihr auch ein Getränk holen würde, sie komme direkt aus dem Land der Apachen und nun sei ihr der Sprit ausgegangen. Als ich mit dem Cocktail wiederkam, war sie verschwunden. Ich suchte sie im ganzen Haus, konnte sie aber nicht finden. Erst als ich die Veranstaltung schon verlassen wollte, traf ich sie wieder, beziehungsweise sie mich. Das Wiedersehen feierten wir sehr lange und sehr ausgiebig. Ich erfuhr, dass meine neue Freundin Alexandra Penewa hieß und Jura studierte. Sie stammte ebenfalls aus Bulgarien. Von einer Rückkehr war allerdings nie die Rede. Das Land wurde damals noch von dem strengen Kommunisten Schiwkow regiert, da hatte keiner der Exil-Bulgaren Lust, in die Unfreiheit zurückzukehren. Aber wir mussten uns auch hier vor Schiwkows Geheimdienst in Acht nehmen. Nach einigen Wochen war das Abenteuer mit dem Apachenmädchen ganz plötzlich zu Ende, denn ich fand heraus, dass meine Angebetete für einen Begleitservice tätig war. Bei einem Treffen mit heftigem Wortwechsel gab sie zu, für diese Agentur sporadisch gearbeitet zu haben. Sie müsse doch irgendwie ihr Studium finanzieren. Sie gab auch zu, mit einigen ihrer Kunden geschlafen zu haben. Nach dieser Auseinandersetzung trennten sich unsere Wege. Aber in meiner grenzenlosen Verzweiflung und Eifersucht machte ich einen gravierenden Fehler, eine Eselei, die ich später zutiefst bedauerte. Ich erzählte dem ganzen Bekanntenkreis von ihrer Tätigkeit und sie verlor dadurch viele Freunde und wurde zum Gespött der Kommilitonen, die sie lauthals verurteilten. Viele von ihnen waren selbst nicht unbescholten, aber das hinderte sie nicht daran, auf anderen herumzuhacken.

Seitdem habe ich meine ehemalige Freundin nicht mehr gesehen. Was sie nach dem Studium aus ihrem Leben machte, interessierte mich nicht. Erst als ich eines Tages in das nun demokratische Bulgarien reiste, erfuhr ich, dass sie dort einen Politbonzen geheiratet hatte und jetzt Romanowa hieß. Später wurde sie Oberstaatsanwältin in Sofia. Dann muss etwas geschehen sein, denn Frau Romanowa verschwand plötzlich nicht nur aus dem Amt, sondern auch aus den Schlagzeilen der Regenbogenpresse. Anscheinend hat diese Dame das Verhalten ihres ehemaligen Geliebten nicht vergessen und beschlossen, sich nun an mir zu rächen. Dass sie sich jetzt Jordanka Bonewa nennt, wusste ich nicht.«

Steinacker saß in Gedanken vertieft und Kosina wagte nicht, seine Überlegungen zu unterbrechen. Der Kommissar hatte plötzlich das ganze Bild des Geschehenen vor sich und zog die nach seiner Meinung richtigen Schlüsse. Er hatte einen Geistesblitz. »Sagen Sie, Herr Kosina, war Ihre frühere Freundin noch in Frankfurt schwanger?«

Kosina wiederholte, er habe das Geschehen um sie nach der Trennung nicht mehr verfolgt. Doch sein Besucher ließ sich damit nicht abspeisen. »Warum sind Sie in letzter Zeit in kurzen Abständen nach New York geflogen?«, wollte er wissen.

»Wie Sie wissen, habe ich meinen Freund auf Coney Island besucht.«

Das genügte dem Ermittler nicht. »Ich habe genaue Informationen, Ihren Fall betreffend. Laut dem polizeilichen Bericht aus New York fuhren Sie und Ihr Freund zwei Mal nach Berkeley. Wen haben Sie dort getroffen? Wenn Sie sich nicht erinnern können, helfe ich Ihnen gerne: eine gewisse Marina Penewa, die dort Jura studiert. Jetzt ist mir auch klar, wer diese Studentin ist. Marina Penewa ist Ihre Tochter, Herr Kosina«, wagte er einen Schuss ins Blaue.

Kosina wurde blass und rutschte unruhig auf seinem Stuhl herum. Er rang die Hände und schaute den Kommissar dann schuldbewusst an. »Okay, ich gebe zu, ich habe Ihnen das vorenthalten. Ja, es stimmt, ich habe meine Tochter in Berkeley besucht. Erst vor einigen Monaten habe ich von einem befreundeten Journalisten erfahren, dass Alexandra Penewa eine erwachsene Tochter hat, die in den USA Jura studiert. Ich rechnete nach und kam zu dem Ergebnis, dass Marina meine Tochter sein könnte. Daher stellte ich Nachforschungen an und suchte sie in Berkeley auf. Am Anfang wollte das Mädchen nichts von mir wissen, sie behauptete, ihr Vater sei bei einem Autounfall in Bulgarien ums Leben gekommen, so jedenfalls habe es ihre Mutter erzählt. Ich musste viel Überzeugungsarbeit leisten, bis sie mich als ihren Vater anerkannte. Später hat sie sich aufrichtig gefreut, mich endlich kennenzulernen, und nun sind wir beste Freunde. Vermutlich hat sie ihrer Mutter von mir erzählt und die hat beschlossen, mich zu denunzieren, um mich auszuschalten. Das Ganze ist die späte Rache einer von ihrem Freund verratenen und vom Schicksal gezeichneten Frau.«

»Warum ließ Ihre ehemalige Freundin Sie dann nicht einfach umbringen? Das wäre doch viel effektiver?«, gab Steinacker zu bedenken.

»Das konnte sie aus zwei Gründen nicht machen: Marina hat ihren leiblichen Vater nun kennengelernt und wäre sofort misstrauisch, wenn mir etwas passiert. Und außerdem habe ich ihr über diplomatische Kanäle mitteilen lassen, dass ich bei einem Notar in Frankfurt gewisse Informationen über sie hinterlegt habe, die in einem solchen Fall an die Medien und die Öffentlichkeit weitergegeben würden. Da sie das Problem also nicht mit Gewalt lösen kann, versucht sie es wohl durch meine Diskreditierung bei der deutschen Polizei.«

Beide Herren saßen sich eine Zeit lang stumm gegenüber und dachten an die Dame, die ihr Leben gewaltig durcheinander brachte. Da kam Steinacker ein Gedanke, der ihn aufschreckte. Er legte einen Finger auf die Lippen, um Kosina zu bedeuten, er möge nicht sprechen, und schrieb auf ein Blatt Papier, er wolle die Wohnung nach Wanzen absuchen. Mit einem Kopfnicken gab dieser ihm seine Erlaubnis und der Polizist machte sich an die Arbeit. Seine Jagd war von Erfolg gekrönt. Allein im Wohnzimmer fand er vier Wanzen, in den restlichen Räumen suchte er gar nicht mehr. Sie hatten nun die Gewissheit, dass Alexandra Penewa alias Jordanka Bonewa eine raffinierte und gefährliche Person war, die aber nach dem, was sie bei diesem Gespräch vermutlich mitgehört hatte, schleunigst das Weite suchen würde.

Und tatsächlich: Als Steinacker im Polizeipräsidium bei seinem Chef vorstellig wurde, erfuhr er, dass sich Frau Bonewa soeben verabschiedet hatte. Sie müsse dringend zurück nach Sofia. Steinacker zeigte seinem Chef die im Büro versteckten Wanzen und konfrontierte ihn anschließend mit seinem Wissen, dass er mit der bulgarischen Dame abends ausgegangen war. Hansi Schneider gab das Techtelmechtel beschämt zu. »Meine Frau und ich leben schon seit fünf Monaten getrennt. Ich wollte das nicht an die große Glocke hängen. Nach so vielen Jahren haben wir uns auseinandergelebt und das tut weh. Aber ein Mann ist eben nur ein Mann und er wird immer die Gesellschaft einer Frau suchen, egal in welchem Alter.«

Steinacker bat ihn, in sein Zimmer zu kommen. Dort zeigte er seinem Vorgesetzten die Wanzen, die er in seinem eigenen Büro gefunden hatte, sowie diejenigen aus Kosinas Wohnung. »Die Wanzen sind alle vom selben Typ«, erläuterte er, »eine Ausführung, die bei uns nicht verwendet wird. Sie wurden also ziemlich sicher von Frau Bonewa alias Penewa eingesetzt. Nur wissen wir nicht, in wessen Auftrag.«

Angeblich sollte die falsche Kollegin in einer Stunde nach Bulgarien abfliegen. Steinacker wollte schon zum Flughafen eilen, aber dann überdachte er diesen Schritt. Er war plötzlich sicher, sie würde nicht das Flugzeug nehmen, es gab noch genügend andere Möglichkeiten, Frankfurt zu verlassen. So entschied er sich für ein anderes Vorgehen und rief eine geheime Nummer an. Das Treffen erfolgte im Ostpark, im Rosengarten. Sein Gesprächspartner gab zu, die kleinen Wanzen zu kennen. Ob Jordanka Bonewa auf der Gehaltsliste seiner Firma stand, wollte er jedoch nicht sagen. »Das menschliche Schicksal ist einzigartig und nicht vorhersehbar. Das ist das Faszinierende«, dozierte er.

Steinacker ulkte, er sei wohl ein verkappter Philosoph und der Mann ohne Namen lachte und bedankte sich für das Kompliment. Seine ganze Familie bestehe aus Gelehrten, er sei das schwarze Schaf, der Einzige ohne einen akademischen Titel. »Es reichte nur zum Dienst in der Institution, die ich hier vertrete.« Dann kam er auf Steinackers Anliegen zurück: »Man hat die Dame nicht daran gehindert, ihre persönliche Fehde gegen den Vater ihrer Tochter zu führen. Meine Institution mischt sich nicht in private Angelegenheiten ihrer Mitarbeiter ein, nur sollten diese auch nicht das Private mit dem Geschäftlichen vermischen.« Zum Schluss ihres Gesprächs setzte der Mann ohne Namen den Kommissar darüber in Kenntnis, dass schon wieder ein Attentat auf Ann Reichmann verübt worden war.

Ann Reichmann hatte großes Glück gehabt. Das war dieses Mal keine Warnung oder Einschüchterungsmaßnahme gewesen, sondern eindeutig ein Mordanschlag. War es ein Rachefeldzug wegen der gestohlenen Milliarden?

Kommissar Steinacker traf sie im Krankenwagen des Roten Kreuzes. In einer Seitengasse im Stadtteil Sachsenhausen war Sprengstoff explodiert, als Ann gerade die Stelle passierte. Wie durch ein Wunder wurde sie durch die Wucht der Explosion zwar zu Boden gerissen, verletzte sich aber nicht ernsthaft. Ein unverschämtes Glück, wie Doppelmayer kommentierte.

Als Steinacker sie drei Stunden später in seinem Büro befragte, war die junge Frau plötzlich sehr gesprächig und kooperativ. Sie habe Angst und wolle nicht sterben, gestand sie, deshalb wolle sie reinen Tisch machen. »Ich habe zugesagt, bei diesem Projekt mitzumachen, weil Sienkow und Christov mich darum gebeten haben«, begann sie ihr Geständnis. »Christov ist nun tot und Sienkow ist vermutlich nach Australien verschwunden, aber auch dort ist er wahrscheinlich nicht sicher. Wer als Boss hinter dem Bankraub steckt, weiß ich nicht. Ich fand die Aktion gerecht und irgendwie cool. Die Idee mit den Motorrädern und den Masken war fantastisch. In einer Audiobotschaft hat man uns gewarnt, dass die Sache eine Reaktion bei der bestohlenen kriminellen Levski-Organisation auslösen würde und man weitreichende Konsequenzen fürchten müsse, die nur zu vermeiden seien, wenn wir ganz genau nach dem vorgesehenen Plan handeln würden. Wir müssten uns vor den Spionen vorsehen, die von der kriminellen Vereinigung eingesetzt würden. Aber jetzt haben sie wohl herausgefunden, dass Sienkow, Christov und ich etwas mit der Sache zu tun hatten, und haben ihre Killer losgeschickt. Mein Vater wusste von nichts, aber er konnte sich mit der Zeit alles zusammenreimen und legte mir nahe, Deutschland zu verlassen und auszuwandern. Ich wollte nicht weg, doch jetzt habe ich eine Riesenangst und weiß, dass es für eine Auswanderung zu spät ist. Ich hoffe auf die Hilfe der Polizei und würde auch freiwillig ins Gefängnis gehen.«

Der Kommissar fragte, ob sie noch jemanden kenne, der in diesen Raub verwickelt sei. Todor Todorov habe ihnen wertvolle Tipps gegeben, meinte Ann daraufhin, das sei jedoch unbewusst geschehen, er habe über diesen Bankraub nichts gewusst. Die Audiobotschaft sei in ausgezeichnetem Deutsch erfolgt, aber der Text könne auch von jemandem nur vorgelesen worden sein.

»Haben Sie eine Ahnung, wer Eva und Helene Bem ermordet haben könnte?«, wollte Steinacker nun wissen.

»Nein, das weiß ich nicht. Eva war meine beste Freundin. Ich denke nicht, dass sie mit dem Bankraub etwas zu tun hatte. Dasselbe gilt auch für ihre Mutter.«

Steinacker entschied, Ann ins Gefängnis bringen zu lassen, auch weil es für ihre Sicherheit das Beste war. Doppelmayer setzte sich mit der australischen Polizei in Verbindung, um nach Georgi Sienkow fahnden zu lassen. Leider konnte man keinen Touristen mit diesem Namen ausfindig machen, aber man versprach dranzubleiben und auch die Kollegen in Neuseeland einzuschalten.

22

Der Regisseur wurde sehr nachdenklich. Dass sich Ann, der Gefahr überdrüssig und voller Angst, den Behörden offenbaren würde, hatte er nicht voraussehen können. Dieser Schritt traf ihn ins Herz, aber er hatte dafür Verständnis. Liebend gern hätte er sie aus ihrem Dilemma befreit, aber er konnte und durfte seine Anonymität nicht preisgeben. Helena Bems Tod bereitete ihm weiterhin Gewissensqualen. Sie hatte ihn jedoch gesehen und erkannt und sie hätte ihn früher oder später auf jeden Fall verraten. Auch wenn er sie nicht selbst umgebracht hatte, hatte er doch ihre Ermordung in Auftrag gegeben, und diese Schuld lastete schwer auf ihm. Er hatte nie jemanden töten wollen, er wollte nur dieses kriminelle Netzwerk schädigen – und schädigte dabei eine geliebte Person. Er erkannte, dass es Zeit war, seinen Plan C in die Wege zu leiten. Sienkow war unter falschem Namen nach Australien verschwunden. Er war der Einzige, der etwas mehr wusste als die anderen, aber wiederum nicht so viel, dass er dem Regisseur schaden konnte. Auch er wusste nicht, wer der Boss war und was dieser noch alles im Sinn hatte. Sienkow hatte ebenfalls etwas gegen diese kriminelle Bande gehabt, war doch sein Bruder durch die Hände dieser Leute gestorben.

Ihm selbst war zwar kein Familienmitglied von diesen Schergen getötet worden, aber er hatte trotzdem allen Grund, sich an dieser verbrecherischen Gruppe zu rächen. Man hatte ihn betrogen, belogen und ausgenommen. Seine Patente waren nicht anerkannt und dann von einem anderen Entwickler angemeldet worden. Er hatte dagegen geklagt und verloren. Er hatte an alle Zeitungen geschrieben, es wurde kein Brief veröffentlicht. Dann war er nach Frankfurt gegangen und hatte einen prima Job bekommen. Aber die Rachegefühle waren geblieben. Und als die Gelegenheit kam, reifte sein Entschluss, etwas Großartiges zu machen, etwas, was den verhassten Henkern des bulgarischen Volkes sehr wehtun würde. Und so hatte er begonnen, diesen Coup zu planen.

Doch jetzt musste er seine Zelte in Frankfurt abbrechen. Auch darauf war er sehr gut vorbereitet. Ein kleiner Staat in Ozeanien, eine Insel, würde seine neue Heimat werden. Er hatte sich ein Grundstück gekauft und war schon dreimal dort gewesen, damit, wenn er jetzt kam, niemand wegen seiner Anwesenheit einen Verdacht hegte. Er brauchte nur noch einige Tage für die Vorbereitung seines Abgangs. Und außerdem war ihm im letzten Augenblick noch eine Idee gekommen, deren Umsetzung einen weiteren Tag kostete, um alles in die Wege zu leiten.

Auch Kommissar Steinacker hatte eine Idee. Man entließ Ann Reichmann aus dem Gefängnis in der Hoffnung, dass sie die verdeckt ermittelnden Beamten vielleicht doch zu weiteren Komplizen des Bankraubs führen würde oder dass diese Maßnahme sogar den Drahtzieher des Bankraubes und mutmaßlichen Mörder der beiden Frauen aus seinem Versteck locken könnte. Für den morgigen Tag lud der alte Polizeifuchs Thorsten Bodden, den Mitbegründer des deutsch-bulgarischen Klubs, ins Polizeipräsidium vor.

Doppelmayer meldete, dass Jordanka Bonewa, oder wie sie auch immer hieß, in Sofia gesichtet worden sei, was Steinacker mit einem Kopfnicken zur Kenntnis nahm. Die Frau interessierte ihn nicht mehr, obwohl sie ihm so viel Enttäuschung und Schmerz bereitet hatte. Aber er vergaß nicht, dass sie ihm auch viel Wunderbares geschenkt hatte. Um bei der Wahrheit zu bleiben, sie hatte auch nie von Liebe gesprochen. Obwohl er selbst ihr häufig Liebesbekundungen gemacht hatte, hatte er sie nie nach ihren Gefühlen für ihn gefragt. Er sah jetzt klar, dass er während der ganzen Zeit, in der sie mehr oder weniger zusammen gewesen waren, nur an sich selbst gedacht und seine eigenen Sehnsüchte in den Vordergrund gestellt hatte. Sie dagegen hatte sich mit ihren Gefühlen zurückgehalten und das Ganze eher als körperliche Affäre gesehen. Natürlich hatte sie ja auch schon Erfahrungen auf diesem Gebiet gesammelt, die sie bei ihren Aktivitäten nun zielgenau einsetzen konnte. Steinacker wusste, dass dieser Gedanke gemein war, aber sein Schmerz war groß und die Wunden noch nicht verheilt.

Tags darauf begrüßte der Kommissar Thorsten Bodden in seinem Büro. An ihn hatte der Ermittler verschiedene Fragen zu stellen. Auf seinem Schreibtisch lagen Dokumente, die beweisen sollten, dass der Mann schon lange für die mafiaähnliche bulgarische Levski-Organisation arbeitete.

»Herr Bodden, ich werde Ihnen jetzt eine Geschichte erzählen«, begann Steinacker. »Bitte hören Sie gut zu. Sie gehören zu einem bulgarischen Konglomerat aus ehemaligen Mitarbeitern der Staatssicherheit und des Geheimdienstes, korrupten Politikern und Wirtschaftsbossen. Im Auftrag dieser Organisation gründeten Sie zusammen mit einem Erfinder, den Sie in Bulgarien kennengelernt haben, den deutsch-bulgarischen Klub der Freundschaft. Er diente Ihnen und Ihrer Organisation als Stützpunkt für Ihre verbrecherischen Machenschaften. Alles lief nach Plan, aber dann geschah etwas Unerhörtes. Die Frankfurter Bank der Organisation wurde ausgeraubt. Man verlor sehr viel Schwarzgeld, welches man mithilfe dieser Bank waschen und gewinnbringend investieren wollte. Den Besitzern fiel auf, dass der Bankraub hervorragend geplant und organisiert war. Schnell fanden Sie und Ihre Handlanger heraus, dass einige Klubmitglieder irgendetwas mit dieser Aktion zu tun haben könnten. Doch Sie konnten keine Ergebnisse liefern.« Steinacker zeigte Bodden ein Schreiben, in dem angekündigt wurde, dass jemand nach Frankfurt geschickt würde, um diese »Verbrecher« dingfest zu machen. »Dann wurden auch noch die Konten der Organisation manipuliert und riesige Geldbeträge in geheime Kanäle umgeleitet. Wo sich das Geld heute befindet, weiß niemand. Die angekündigte Person, die Ihnen bei der Verfolgung der Diebe helfen sollte, war die Agentin Alexandra Penewa, die sich hier in Frankfurt Jordanka Bonewa nannte und als Beauftragte der Polizei auftrat. Sie hatte Zugang zu geheimen Informationen, konnte aber trotz ihrer außergewöhnlichen Fähigkeiten den Urheber des Banküberfalls nicht stellen. Immerhin entdeckte sie zusammen mit Ihnen, Herr Bodden, die Schwachstellen der Gegenseite: Christo Christov und Ann Reichmann. Frau Bonewa kam schnell dahinter, dass die beiden etwas mit dem Bankraub zu tun haben könnten, und setzte sie mithilfe Ihrer Handlanger unter Druck. Irrtümlicherweise hatte man auch Alfred Reichmann unter Verdacht. Dann brachte man Christo Christov um, nachdem man ihn gefoltert hatte. Für diese Straftaten tragen Sie die Verantwortung, Herr Bodden.«

Der Beschuldigte schwieg zu Steinackers Ausführungen, nur einmal konnte man seine Stimme hören, als er nach seinem Anwalt verlangte. Der Kommissar überhörte das und fuhr mit seinem Monolog fort, den Bodden mit stoischer Ruhe und demonstrativer Gleichgültigkeit verfolgte. Der Verbrecher war guter Dinge, denn die Fangarme seiner Organisation reichten bis nach Frankfurt und er wusste, man würde ihn nicht im Stich lassen. Der Kommissar widmete sich nun dem Fall Eva Bem. Er beschuldigte Bodden, sie umgebracht zu haben. Dieser schwieg auch zu diesem Vorwurf und reizte damit den Fahnder bis zur Weißglut. Doch Steinacker konnte sich gut beherrschen, denn er wusste, dass seine Unterstellung auf sehr wackeligen Beinen stand.

Sehr viel später, als Boddens Anwalt sein Büro betrat, staunte der Kommissar aber gewaltig. Johannes T. Bäcker, der als Verteidiger von Söhnchen Höhlenmensch agiert hatte, war auch für die Gegenseite tätig und lieferte damit den eindrucksvollen Beweis, wie käuflich sein Berufsstand war. Der Staranwalt wollte wissen, was der Kommissar seinem Mandanten, von dem er eine Vollmacht besaß, die er unaufgefordert vorzeigte, genau vorwarf.

»Zugehörigkeit zu einer kriminellen Vereinigung, Urkundenfälschung, verschiedene Attentate, zwei Morddelikte, Folter an Ihrem ehemaligen Mandanten Christov, illegalen Waffenbesitz und weitere Vergehen, die ich hier nicht präzisieren will«, antwortete dieser lapidar. Dann rückte er mit einer Information heraus, die dem Anwalt den Wind aus den Segeln nahm: »Bei der Durchsuchung des Hauses von Herrn Bodden konnten die Beamten zwei nicht gemeldete Waffen, gefälschte Ausweise und einige aufschlussreiche Dokumente sicherstellen, die Ihren Mandanten so stark belasten, dass der Richter einen Haftbefehl ausstellen musste.«

Der Anwalt wirkte fast entsetzt, wie Steinacker mit Genugtuung feststellte. Die Beamten brachten den Häftling in die Gefängniszelle, während der Anwalt unverrichteter Dinge in sein Büro fuhr, wo er noch bis tief in die Nacht an der Sache Bodden arbeitete.

23

Steinacker konnte Bodden vieles nachweisen, allerdings nicht die Ermordung von Eva und Helene Bem. Aber er kam endlich dem Widersacher Boddens näher. Nun musste er nur noch herausfinden, was dessen Gedankengänge waren, wie er »tickte«. Das war wichtig, um ein genaues Täterprofil erstellen zu können. Vermutlich handelte es sich bei dem Initiator der beiden verbrecherischen Taten und vermeintlichen Mörder um Slavko Kamschikow, nach Meinung des Ermittlers ein hoch begabter Erfinder und Planer. In seiner Heimat wurde er nicht so beachtet, wie er es seiner Meinung nach verdiente. Diese Informationen erhielt Steinacker von seinen bulgarischen Kollegen, die sich sehr wunderten, dass bei der Polizei von Sofia eine Jordanka Bonewa alias Alexandra Penewa arbeiten sollte. Man verwies ihn an eine Sonderpolizeieinheit oder den Geheimdienst, aber Steinacker wollte nicht noch tiefer bohren, um den Schmerz nicht zu fördern. Die bulgarischen Kollegen berichteten, der nun mit internationalem Haftbefehl Gesuchte habe an der Universität Plowdiw und später an der Uni in Sofia gearbeitet. Er habe viele Patente angemeldet, die dann jedoch von anderen Forschern als die ihrigen betrachtet und auch patentiert worden seien. Nach einem Attentat auf seinen Vater, der unverletzt blieb, verließ er Bulgarien. In Frankfurt war Kamschikow einer der Mitbegründer und Vorsitzender des deutsch-bulgarischen Klubs der Freundschaft. Gleichzeitig wurde Bodden nach Frankfurt geschickt, um durch die Gründung eines solchen Klubs die bulgarischen Emigranten unter Kontrolle zu haben. Dass die beiden den Klub gemeinsam gründeten, war reiner Zufall, keiner wusste von der Vorgeschichte des anderen. Kamschikow wusste nicht, dass sein Mitbegründer als Abgesandter der Angehörigen des kriminellen Netzwerks in Frankfurt agierte und als solcher auf der Suche nach demjenigen war, der ihre Besitztümer geplündert hatte. So waren zumindest Steinackers Vermutungen.

Von Doppelmayer erfuhr er, dass Ann Reichmann das Land sofort nach ihrer Freilassung verlassen hatte und nun in einer wahren Odyssee durch die Welt reiste. Der Beobachtung durch die Polizei hatte sie sich dadurch allerdings nicht entziehen können. Zurzeit befand sie sich auf Hawaii.

Als Steinacker am späten Abend nach Hause kam, lag in seinem Briefkasten ein langer Umschlag. Dieser enthielt das Schreiben eines Frankfurter Verlages, in dem sich der Lektor für das Interesse bedankte. Eine Veröffentlichung des Buches sei ihm aber nicht möglich. Gleichzeitig gab er einen Tipp, wie der Autor sein Manuskript selbst veröffentlichen könnte. Er verwies auf einen Verlag in einer anderen Großstadt, der auf elektronische Weise günstig Bücher herstellen und verlegen würde. Das Verfahren heiße Books on Demand und sei wirklich preiswert. Am Ende der Seite hatte der Lektor noch die Adresse dieses Verlages aufgeschrieben.

Steinacker war zu müde, um sich lauthals zu ärgern. Er warf das Blatt in den Papierkorb und trank die letzte vorhandene Flasche Bier aus. Dabei kreisten seine Gedanken um die Mordfälle. Was hat er übersehen, was hatte er falsch gemacht?

Kaum hatte er sich schlafen gelegt, ertönte das Klingeln seines Mobiltelefons. Fluchend stand er wieder auf, holte das Gerät aus seiner Jackentasche und nahm das Gespräch an. Am anderen Ende hörte er eine Stimme, die er zwar kannte, aber zunächst nicht einordnen konnte. Erst nach einigen Sätzen wusste er, mit wem er es zu tun hatte. Der Anrufer bat Steinacker um ein Treffen in einer Viertelstunde an der Alten Oper, er habe einige interessante Informationen.

Der Kriminalpolizist zog sich also wieder an, kämmte sein Haar, steckte ein Hustenbonbon in den Mund, um den Alkoholgeruch zu vertreiben, und setzte sich ins Auto. Nach wenigen Minuten war er am Treffpunkt. Es war kurz vor dreiundzwanzig Uhr. Frankfurt schien schon zu schlafen. Zugegeben, es regnete und ein kalter Wind fegte durch die Straßen, kein Wetter für einen Abendspaziergang.

Der Mann ohne Namen überraschte ihn, weil er von einer Seite an ihn herantrat, wo der Kommissar nicht mit ihm gerechnet hatte. Das Gesicht seines Gesprächspartners war durch einen tief sitzenden Hut kaum zu sehen. »Ich habe für Sie, Herr Steinacker, einige Nachrichten, die ermittlungsdienlich sein könnten«, begann der Mann ohne Namen seinen Bericht. »Zuerst muss ich Ihnen sagen, dass in den Niederlanden ein Mann deutscher Staatsangehörigkeit niedergeschossen wurde, der manchmal als Informant für uns gearbeitet hat. Er war arbeitslos und zeitweise auch wohnsitzlos und hat sich deshalb von allen möglichen Auftraggebern für kleinere Aufgaben einspannen lassen. Einer von ihnen war ein Bulgare, mit großer Wahrscheinlichkeit handelte es sich um den flüchtigen Slavko Kamschikow. Er hat auf dessen Geheiß vorgegebene Texte verschickt, manche unterzeichnet mit dem Namen Isidor.«

»Dann war er es also, der auf Evas Anrufbeantworter gesprochen hat«, stellte Steinacker fest. »Aber warum wollte Kamschikow auf diese Weise mit Eva in Kontakt treten?«, sinnierte er ratlos. Plötzlich erhellte sich sein Gesicht. »Bin ich doch ein Narr! Kamschikow und Eva Bem. Sie war seine große Liebe. Er wollte wieder Kontakt mit ihr aufnehmen, trotz Kosina und Dr. Ackerstein.«

»Das ist auch unsere Vermutung«, lächelte der Mann ohne Namen. »Kommen wir nun zu dem Mörder von Helene Bem. Wir haben von unseren österreichischen Kollegen erfahren, dass in der Alpenrepublik ein besonders gefährlicher Auftragskiller sein Unwesen treibt. Leider genießt er Schutz aus den höchsten Kreisen, viele hohe Tiere haben seine Dienste wohl schon in Anspruch genommen. Eine Einheit des österreichischen Geheimdienstes ist speziell nur für die Suche nach ihm abgestellt. Nach Ansicht meines Kollegen aus Wien, der diese Einheit leitet, spricht vieles dafür, dass dieser Mann Helene Bem aus dem Weg geschafft hat, denn der Mord trägt seine Handschrift. Wie Ihren Ermittlungen zu entnehmen ist, hat sie ja etwas gesehen, was sie nicht sehen durfte. Vermutlich wurde der Killer also von Slavko Kamschikow beauftragt, Helene Bem zu töten.«

»Woher kennen Sie die Ergebnisse meiner Ermittlungen? Diese sind im Safe unserer Abteilung unter Verschluss«, wunderte sich Hauptkommissar Steinacker.

Der Mann ohne Namen lächelte nur und wünschte ihm noch eine schöne Nacht, was in Anbetracht des Wetters wie Hohn klang.

Am nächsten Tag hatte Doppelmayer eine neue Nachricht über Ann Reichmann. Sie hatte einen Flug nach Australien gebucht. Nun wusste Steinacker, dass Ann ihn nicht zu Kamschikow führen würde, sondern zu Georgi Sienkow. Damit geriet der Flüchtling in Gefahr, denn es war davon auszugehen, dass auch die bulgarischen Häscher ihre Spur verfolgten. Er wies seinen Assistenten an, die Australier über die Sachlage zu informieren, um Sienkow vor den Mafiakillern zu schützen. Ein Auslieferungsgesuch sollte demnächst den zuständigen Behörden in Canberra zugeschickt werden.

Die Sonne hatte die Regenwolken der Nacht vertrieben und stellte nun ihre ungeheure Kraft zur Schau. Es wurde schon früh angenehm warm. Steinacker lehnte sich in seinem Sessel zurück und dachte an den Brief »dieses miesen Verlags«, wie er ihn in seiner aufkommenden Wut nannte. Doch je länger er darüber nachdachte, desto mehr reizte ihn die Möglichkeit, sein Buch herausbringen zu können, auch wenn es ihn ein paar hundert Euro kosten würde. Er beschloss, den Verlag anzuschreiben, sein Manuskript hinzuschicken und um einen Kostenvoranschlag zu bitten.

Zufrieden schloss er kurz die Augen und ließ sich die Sonne durch das geöffnete Fenster ins Gesicht scheinen. Er dachte an das Meer und heiße Sommertage und erinnerte sich postwendend an den Urlaub in Swinemünde, wo er an der Ostsee am Strand gelegen und mit Basia Koralewska geflirtet hatte. Das brachte ihn auf eine Idee. Er rief in Stettin an und hoffte, Basia in ihrem Büro zu erreichen. Er hatte Glück, sie war da und freute sich, ihren alten Kameraden in der Leitung zu haben. Nach ein paar allgemeinen Begrüßungsworten bat er sie, eine Unterschrift, die er ihr zufaxen werde, mit den Meldelisten der Hotelgäste, die sie zu seinem Fall eingeholt hatte, zu vergleichen. Sie stimmte zu und gleich nach dem Ende des Telefonats schickte er Kamschikows Unterschrift an ihre Dienststelle. Nun hieß es warten. Er nutzte die Zeit, um etwas Ordnung auf seinem Schreibtisch zu schaffen, was bedeutete, dass er nicht mehr benötigte Papiere in dessen unterste Schublade verfrachtete. Anschließend goss er die Kakteen, die auf dem Fensterbrett verkümmerten. Zufrieden mit seinem Werk holte er sich einen Kaffee aus dem Automaten. Kaum hatte er wieder auf seinem Sessel Platz genommen, meldete sich Basia aus Stettin. Sie berichtete, dass die Unterschriften identisch seien, da bestehe kein Zweifel. Slavko Kamschikow war also mit Eva Bem in Polen gewesen.

Kurz darauf erschien Steinackers Chef in seinem Büro und bat um ein Gespräch. Stolz präsentierte ihm sein bester Mann die Ergebnisse seiner Arbeit und gab seiner Hoffnung Ausdruck, diese Angelegenheit bald zu einem Ende zu bringen. Die Reaktion des Vorgesetzten war jedoch ganz und gar nicht wie erwartet. Dieser schüttelte nämlich nur den Kopf und erklärte: »Lieber Armin, ab sofort ist Schluss mit dem Ermitteln. Wir sind raus! Unsere Arbeit wird nicht mehr benötigt. Der Geheimdienst, der Verfassungsschutz, das BKA werden sich jetzt darum kümmern. Für uns ist hier das Ende.«

»Warum das denn?«, fragte Steinacker verständnislos.

»Ich habe vom Polizeipräsidenten und auch vom Oberstaatsanwalt einen eindeutigen Befehl erhalten, an den ich mich halten muss«, sagte sein Chef bedauernd.

Der Kommissar konnte es immer noch nicht glauben. »Aber die Morde sind doch noch nicht aufgeklärt. Es gibt weiterhin keine Erklärung für Eva Bems Tod. Weshalb jetzt diese Anweisung?«

»Armin, das sind Spielchen unter diesen Ämtern. Die Angelegenheit ist von internationaler Tragweite, das ruft verschiedene Dienste, deutsche wie ausländische, auf den Plan. Da wollen sie uns nicht dabeihaben. Geh nach Hause, schlaf dich aus, mach was du willst, nur lass nicht erkennen, dass du weiterhin ermitteln willst.«

»Was soll das denn bedeuten?«

»Geh nach Hause, Armin. Morgen ist auch noch ein Tag, vielleicht gibt es dann eine andere Sachlage.«

Steinacker meinte, aus der einsilbigen Ansprache seines Chefs etwas herauszuhören, wollte aber aus taktischen Gründen dieses Thema nicht weiter erörtern.

Während dieser Zeit war Ann Reichmann in Australien gelandet. Die Beamten, die sie observierten, beobachteten ein Auto, das Anns Wagen ebenfalls folgte. Die Mafia hatte Blut geleckt und wähnte sich schon fast am Ziel.

24

Hauptkommissar Armin Steinacker setzte sich also in sein Auto und fuhr nach Hause. Ihn empfingen eine leere Wohnung und die Freudlosigkeit der Einsamkeit, die ihm jetzt am Tag besonders auffiel. Seine Bleibe kam ihm düster vor, grau und verlassen. Er hoffte, eines Tages genug Energie aufzubringen, um dieser hoffnungslosen Situation zu entrinnen und eine freudvollere Zukunft aufzubauen. Inspektor Ackerstein kannte diese Art von Problemen nicht. In dessen hellem, von der Sonne durchflutetem Appartement war es immer blitzsauber, obwohl er nie einen Besen in der Hand hatte. Hier sorgte der Zauberstab des Autors für Sauberkeit.

Der reale Kommissar hatte dagegen selten Zeit, etwas für sich zu tun. Statt ein befriedigendes Privatleben zu führen, musste er ständig ermitteln, verhören und Berichte schreiben. Er musste logisch denken, aber auch ein biederer Untergebener, ein zum Befehlsempfänger degradiertes Werkzeug des Staates sein. Man schätzte seine Arbeit, seine Erfahrung, seine ruhige Art und zurückhaltende Kompetenz. Er hatte kaum Ärger mit Vorgesetzten und auch nicht mit den Kolleginnen und Kollegen. Manchmal dachte er, wenn es seine Berichte nicht gäbe, würde man ihn gar nicht bemerken. Kommunikativ war er nur im Dienst, im Kontakt mit den Mitarbeitern, den Tätern, den Zeugen, den befragten Personen. Nach Dienstschluss hatte er mit ihnen nichts mehr zu tun. Wie ein alter Kater verfolgte er seine eigenen Wege. Meist fühlte er sich wohl in seiner selbst gewählten Einsamkeit, er grenzte sich gerne von den Menschen ab. Dass das Alleinsein ein schönes und erhabenes Gefühl sei, redete er sich so lange ein, bis er es wirklich glaubte. Doch in seinem Innersten bedauerte er, den Anschluss an die anderen verloren zu haben. Deshalb hatte er Inspektor Ackerstein erfunden, seinen Gegenpart. Diesem gab er all die Attribute, die er nie hatte und nie haben würde. Er dichtete ihm den Charme eines locker auftretenden Frauenhelden an, die sympathische Ausstrahlung eines Ermittlers, der stets erfolgreich nach Verbrechern jagte. Während Ackersteins Existenz auf der Sonnenseite des Lebens spielte, wo er in Begleitung schöner Frauen an Partys teilnahm und erlesene Speisen und Getränke genoss, trug Steinacker sonntags seine Wäsche zu dem in der Nähe gelegenen Waschsalon. Dort traf er andere einsame Menschen mit verrückten Lebensläufen. Manche waren Abbilder seines Daseins. Er hasste diesen Waschsalon, denn er erinnerte ihn an das freudlose Leben, das er führte, aber auch an die im Leben gescheiterten Menschen, mit denen er in seinem Beruf zu tun hatte. Menschen, die etwas falsch gemacht und den richtigen Zeitpunkt für eine Wende verpasst hatten. Aber als er an die Ärmsten der Armen dachte, an die Verlierer der Gesellschaft, da erkannte er, dass es ihm doch ganz gut ging. Es konnte seine seelische Verfassung ändern und sein Leben umstellen. Es war nie zu spät und es lag in seiner Hand. So beendete er seine philosophischen fünf Minuten und beschloss, seine Wohnung auf Vordermann zu bringen. Bis in die Nacht arbeitete er an dem Zustand seines Domizils. Vorher war meine Bleibe eine Behausung, jetzt ist das eine Wohnung mit interessanter Innenarchitektur, sagte er zu sich selbst, als er nach getaner Arbeit das Ergebnis betrachtete. Er prostete sich zu und ging anschließend ins Bett.

Geduscht, rasiert und in frischer Kleidung erschien der Kommissar am nächsten Tag im Präsidium. Sein Assistent begrüßte ihn mit der Nachricht, es gebe Bewegung bei den Ermittlungen.

»Lieber Doppelmayer, wir bearbeiten die Fälle nicht mehr, wir sind geschasst worden. Wir dürfen diese Angelegenheit nur noch beobachten«, wiegelte Steinacker ab.

»Trotzdem werde ich Ihnen berichten, was in den letzten Stunden geschehen ist«, sagte sein Mitarbeiter unbeirrt. »Aus Australien kam die Meldung, dass Ann Reichmann versucht hat, Georgi Sienkow zu kontaktieren, womit sie aber keinen Erfolg hatte. In ihrem Schatten bewegten sich die Häscher der Levski-Organisation, die beide aus dem Verkehr ziehen wollen. Die australische Polizei musste schneller sein als diese Gesandten des Bösen und Ann vor den Killern schützen, indem sie sie rechtzeitig verhafteten. Aber unsere dortigen Kollegen haben das Versteck von Georgi Sienkow auch ohne das Zutun von Ann Reichmann entdeckt. In der Nähe von Perth hatte es einen Autounfall gegeben, in den ein junger Osteuropäer verwickelt war. Bei der Überprüfung der Dokumente stellte sich heraus, dass der Unfallbeteiligte namens Alexander Gajdarski aus Varna in Bulgarien schon vor Jahren gestorben ist. Während der Vernehmung gab der Mann dann zu, Georgi Sienkow zu sein und falsche Papiere benutzt zu haben. Anschließend kam es zu einer

Schießerei zwischen den Einsatzkräften der Polizei und den Verfolgern aus Europa, weil diese sich vehement ihrer Verhaftung widersetzten. Es gab Verletzte auf beiden Seiten. Aber alle Beteiligten sitzen nun in verschiedenen Zellen eines südaustralischen Gefängnisses und der Antrag auf Auslieferung wurde bereits übermittelt. Ich hoffe, wir können die beiden Bankräuber demnächst im Polizeipräsidium verhören.«

»Doppelmayer, wir sind raus, wir ermitteln nicht mehr.«

»Vielleicht doch!«

»Wie soll ich das verstehen?«

»Der Chef wartet auf Sie, er wird Ihnen alles erklären.«

Steinacker schaute seinen Assistenten verblüfft an und machte sich auf den Weg zu seinem Vorgesetzten. Dieser hatte die Wanzen aus seinem Büro entfernen lassen. Der Mann ohne Namen musste sich nun andere Methoden überlegen, um an Informationen zu kommen.

»Setz dich bitte«, begrüßte ihn der Chef. Als Steinacker Platz genommen hatte, eröffnete ihm sein Vorgesetzter, dass das Wiesbadener Innenministerium den Frankfurter Polizeipräsidenten darum gebeten hatte, in der Sache Eva Bem weiter zu ermitteln. Die Wiesbadener standen unter Druck, denn das Bundesinnenministerium war mit unangenehmen Fragen seitens der bulgarischen Regierung konfrontiert worden. »Also, Armin, wir ermitteln weiter. Du hältst mich wie immer auf dem Laufenden«, sagte der Chef und verabschiedete seinen Freund.

Kaum zurück in seinem Büro stellte dieser erschrocken fest, dass er sein Mobiltelefon zu Hause vergessen hatte. Er fuhr also zurück zu seiner Wohnung, um es zu holen. Als er vor dem Haus aus seinem Auto stieg, fiel ihm der am Straßenrand geparkte rote Ferrari von »Ackerstein« ins Auge. Verwirrt dachte er zuerst an eine optische Täuschung, denn Inspektor Ackerstein war nur ein Romanheld und dazu noch einer ohne Leserschaft. Steinacker musste aufpassen, dass er nicht alles durcheinanderbrachte und Dinge sah, die in Wirklichkeit nicht existierten. Am besten sollte er Urlaub beantragen, aber da war noch die Sache mit Eva Bem. Immerhin durfte er wieder ermitteln, doch das garantierte nicht, dass er ihren Mörder finden würde. Dies war die einzige offen gebliebene Frage, die noch zu enträtseln war. Ansonsten konnten die Fälle als aufgeklärt gelten, auch wenn die Täter noch nicht gefasst waren.

Er betrat seine Wohnung. Das Telefon lag auf dem Küchentisch, wo er es gestern nach dem Großputz liegen gelassen hatte. Während er es in seine Tasche steckte, schaute er aus dem Fenster. Der rote Ferrari stand immer noch vor der Tür. Ein junger Mann in einem schicken Anzug trat aus dem Gebäude gegenüber, stieg in den Boliden, startete und verschwand im Nu in der Anonymität der Stadt. Steinacker erinnerte sich, dass dort vor Kurzem eine junge Dame eingezogen war. Dieser junge, gut angezogene Mann könnte ohne Weiteres Inspektor Ackerstein sein, wäre er nicht ein realer Mensch und kein Ergebnis einer Fantasie gewesen. Steinacker schaute auf das leere Bett und dachte an Jordanka. Sie fehlte ihm nicht nur in diesem Augenblick.

Steinacker und Doppelmayer saßen friedlich und entspannt an ihren Schreibtischen und verrichteten ihre Büroarbeit, als eine Polizistin hereinkam und meldete, dass ein Mann unbedingt den Kommissar zu sprechen wünsche. Noch bevor sie fertig erzählt hatte, stand dieser schon in der Tür. Es war niemand anderer als der Regisseur Dr. Ackerstein, der mit lauter Stimme nach dem Kommissar verlangte.

Der Gesetzeshüter bat den weit gereisten Filmemacher und letzten Freund der ermordeten Eva Bem herein und bot ihm einen Stuhl an. Doch der Mann blieb lieber stehen und verlangte sichtlich aufgebracht die Herausgabe seiner Kameras.

»Welche Kameras meinen Sie?«, fragte Steinacker verständnislos.

»Das fragen Sie noch? Es geht um die drei Apparate, die Ihre Mitarbeiter mitgenommen haben.«

»Soviel ich weiß, haben wir keine Kameras von Ihnen. Wo sollen die denn gewesen sein?«

»Na bei mir in meiner Wohnung.«

»Es kann sein, dass die Mitarbeiter der Spurensicherung viel Zeit brauchten für die kriminaltechnische Untersuchung. Aber wie gesagt, mir ist nicht bekannt, dass wir überhaupt Kameras von dort mitgenommen hätten.« Steinacker bat seinen Assistenten, bei der KTU nachzufragen, was dieser auch sogleich tat. Nach einem kurzen Telefonat stellte sich heraus, dass man dort keine Kameras hatte. Man habe in der Wohnung, in der Eva Bem ermordet wurde, keine Kameras gesehen.

»Ich versichere Ihnen, Herr Kommissar, ich hatte dort drei Überwachungskameras installiert, um etwaige Einbrecher abzuschrecken. Natürlich waren es nur gut gemachte Attrappen, denn normale Geräte wären viel zu teuer gewesen.«

»Das heißt, Sie hatten diese Dinger in Ihrer Wohnung aufgestellt und nun sind sie verschwunden?«

»Das ist es, was ich die ganze Zeit zu erklären versuche.«

Steinacker und Doppelmayer schauten sich an. Es war klar, dass hier etwas nicht stimmte. Der Kommissar bat um die Erlaubnis, sich noch einmal in Ackersteins Wohnung umschauen zu dürfen. Dieser begann langsam die neu entstandene Situation zu verstehen. »Sie meinen …«

»Genau das meine ich«, antwortete der Ermittler.

In der Wohnung waren etwaige Spuren allerdings gründlich entfernt worden. Der Regisseur hatte eine Putzfrau engagiert, um das Appartement sauberzumachen. Der Kommissar hoffte inständig, dass sie keine perfekte Perle war und vielleicht nicht alles weggeputzt hatte, doch beim Betreten der glänzend gewienerten Räume schwand seine Hoffnung schnell. Einzig an der Wand über der Eingangstür waren noch die Überreste der Befestigung zu finden. Die Spurensicherung wurde gerufen und der Wohnungsinhaber bedauerte im Stillen schon, bei der Polizei vorstellig geworden zu sein, denn nun würde man hier wieder alles umkrempeln und absuchen. Währenddessen saß Steinacker in der Küche und dachte intensiv nach. Den Blick direkt auf den Ort der Tat geheftet versuchte er, diese zu analysieren. Er meinte schon sicher zu wissen, wer der Mörder war, aber er wollte dessen Motiv herausfinden. War es ein perfide geplanter Mord oder eine Tötung im Affekt gewesen? Er wollte die Gedankengänge des Täters, die zu dem Delikt geführt hatten, erforschen und sich in dessen Gemütszustand versetzen. Vermutlich war er eine unscheinbare Figur, die zum falschen Zeitpunkt an der falschen Stelle gewesen war und ohne Vorsatz gehandelt hatte. Man mochte ihm sicher alles Mögliche zutrauen, aber nicht eine solche Tat.

Zusammen mit Doppelmayer und einem uniformierten Beamten fuhr Steinacker in die Akademikerstraße. Dort wohnte der Verdächtige in einem Eckhaus. Er fand den Namen des Täters auf dem Klingelschild und läutete. Der Türöffner summte sofort. Das unscheinbare Treppenhaus war auffallend sauber, man sah, dass das Gebäude einen guten und fleißigen Hausmeister hatte.

Hier schloss sich der Kreis, vermutlich würde der Kommissar den Fall Eva Bem jetzt abschließen können. Hätte er diesen Mord gleich als eine Tötung im Affekt eingeordnet, wären ihm viele Umwege bei der Ermittlung erspart geblieben. Doch dann hätte er vermutlich auch nie von dem deutsch-bulgarischen Freundschaftsklub erfahren, wäre dessen Mitgliedern nicht begegnet und würde wohl auch den Bankraub und die Arbeit der Herren von BND und BKA in einem anderen Licht sehen.

Und er hätte nie erfahren, wie es ist, eine Jordanka Bonewa bei sich zu Hause zu haben.

Der Kommissar klopfte an die Wohnungstür, während Doppelmayer die Klingel benutzte. Es dauerte eine ganze Weile, bis sich etwas hinter der Tür bewegte. Der Bewohner fragte nicht, wer da so rabaukenhaft an seine Tür hämmerte, sondern machte einfach auf. Er war unrasiert und ungekämmt, trug einen hellblauen Jogginganzug und Sportschuhe. Neben ihm stand eine vollgepackte Reisetasche. Johann Thomanek, der Hausmeister, lächelte etwas unbeholfen und sagte leise, er sei vorbereitet. »Ich bin froh, dass endlich alles vorbei ist und ich mich nicht mehr fürchten und verstecken muss. Ich bedauere meine Tat zutiefst, aber es ist leider passiert.« Wie ein Häufchen Elend stand er da, ein Mörder, der zu dieser Tat nicht passte. Aber zu wem passte schon eine solche Tat?

Der Polizeibeamte legte ihm Handschellen an und wollte ihn schon zum Wagen mitnehmen, doch die beiden Kommissare wollten sich zuerst noch in der Wohnung umschauen. Ohne langes Suchen stießen sie auf die drei Kameraattrappen.

»Ich habe eine Bitte«, ließ sich der Hausmeister mit fragendem Ton vernehmen. »Wie Sie gesehen haben, besitze ich viele Blumen. Vielleicht klingt das komisch, aber ich mache mir Sorgen, sie könnten eingehen. Könnte man da eine Lösung finden?«

Der Kommissar versprach, jemanden zu suchen, der sich um die Blumen kümmern würde. Er bat den uniformierten Polizeibeamten, dem Verdächtigen die Handschellen wieder abzunehmen. »Er wird nicht versuchen zu entkommen, das garantiere ich.«

Später im Polizeipräsidium nahm Steinacker im Vernehmungsraum dem Täter gegenüber Platz. Er stellte zwei mitgebrachte Tassen Kaffee auf dem Tisch ab und schob eine zu Thomanek hinüber. Dann begann er mit dem Verhör.

Zuerst wollte er wissen, wie es überhaupt zu einer Annäherung zwischen ihm und Eva Bem gekommen war. Der Mann, dem die Augen immer wieder feucht wurden, sodass er sie mit seinem Taschentuch trocknen musste, hatte erhebliche Schwierigkeiten, die Fragen des Kommissars zu beantworten. Steinacker musste ihm immer wieder Hilfestellung leisten, indem er Stichworte lieferte, die der Verdächtige aufgreifen konnte, damit überhaupt ein verständliches Geständnis entstand.

Mit viel Stottern und unzusammenhängenden Worten erzählte er von seiner Jugend im Ruhrgebiet, wo sein Vater und Großvater den Beruf des Bergmanns ausgeübt hatten. »Ich bin eines von acht Kindern und habe später als junger Mann als Elektriker in verschiedenen Kohlegruben gearbeitet, bis nach und nach alle geschlossen wurden. Schon in jungen Jahren habe ich eine Frau aus Hamm in Westfalen geheiratet. Dann wurden wir beide arbeitslos und wir zogen nach Frankfurt, hier wohnte eine Freundin meiner Frau. Wir bezogen im Gallusviertel eine kleine Zweizimmerwohnung. Ich fand Arbeit als Elektriker und war viel auf den Baustellen im Rhein-Main-Gebiet unterwegs. Meine Frau arbeitete als Putzfrau bei einem größeren Reinigungsunternehmen. Als die Krise in der Baubranche sich zuspitzte, wurde mir und vielen meiner Kollegen gekündigt. Ich war wieder arbeitslos und seitdem begann es in der Ehe zu kriseln. Meine Gattin erklärte eines Tages, sie sei weg, wenn ich nicht schleunigst eine Arbeitsstelle finden würde. Mit viel Glück ergatterte ich eine Anstellung als Hausmeister bei einer Hausverwaltung, trotzdem hat sie mich bald darauf verlassen. Sie hatte einen Polizisten kennengelernt und ist zu ihm gezogen. Während des Scheidungsprozesses wurde sehr viel schmutzige Wäsche gewaschen. Seitdem habe ich nicht wieder geheiratet.

Frau Eva war eine besondere Vertreterin des weiblichen Geschlechts. Sie war schön, anmutig, sehr sexy und selbstbewusst. Ich mochte sie auf Anhieb. Sie hatte etwas Geheimnisvolles, das gewisse Etwas, ich fand sie sehr begehrenswert. Gleich nachdem sie sich in Ackersteins Wohnung eingenistet hatte, durfte ich diese zu den verschiedensten Anlässen und aus vorgeschobenen Gründen immer wieder betreten. Ich kam immer, wenn sie nach mir rief, auch wenn mich die Rolle des Zuschauers, des Beobachters, quälte. Wenn Dr. Ackerstein nicht da war, ließ sie mich oft antanzen. Mal war das Heizungsventil nicht in Ordnung, dann versagte der Boiler oder ein Wasserhahn funktionierte nicht richtig, dann wieder war das Licht im Bad kaputt. Immer, wenn ich kam, war sie im Negligé, eins raffinierter und gewagter als das andere. Sie folterte mich mit dieser Show, denn sie wusste um die Wirkung ihrer Darbietung. Aber sie hielt mich auf Abstand, ich durfte höchstens mal ihre Hand küssen. Bei dem letzten Treffen zeigte sie mir das, was ich nie zu hoffen gewagt hätte. Da konnte ich nicht mehr an mich halten. Ich ging auf die Knie und gestand ihr meine Gefühle.«

Von der Erinnerung überwältigt, trank Thomanek mehrere Schlucke Wasser aus dem Glas, das Doppelmayer hereingebracht hatte. Er war blass, aber er wirkte beherrscht und behielt die Fassung.

»Und Eva, was hat sie gemacht?«, fragte Steinacker.

Der Hausmeister stellte das leere Glas auf dem Tisch ab und wischte sich mit der Hand über den Mund. »Sie hat mich ausgelacht. Sie hat auf dreckige Weise nur gelacht und mir gesagt, ich sei für sie ein Spielzeug, sonst nichts. Solche Männer wie mich könne sie Tausende haben.«

»Was geschah dann?«

»Ich war fassungslos, ich war aufs Äußerste gekränkt. Wenn ich Ihnen sage, dass in diesem Augenblick meine ganze Welt einstürzte, ist das nicht übertrieben. Ich fühlte, wie etwas in mir starb. Ich war nicht mehr die Person, die mit so viel Hoffnung zu ihr gegangen war. Da stand ich, brutal mit der Realität konfrontiert, ein dickes, unscheinbares Männlein, das sich eingebildet hatte, diese Frau könnte etwas für mich empfinden. Ich wollte es nicht begreifen. Dabei hatte ich doch nur auch einmal, ein einziges Mal am Glück naschen wollen. Das ist kein Selbstmitleid, Herr Kommissar, und auch keine Entschuldigung, nur eine Feststellung.«

»Aber wie kam es dazu, dass Sie schließlich zum Messer gegriffen haben?«

»Sie wurde gemein und ausfallend. Ich würde sie anekeln und was ich mir überhaupt denken würde, sie so zu belästigen. Wenn man nach mir rufe, habe ich zu kommen und auf Befehle zu warten. Jetzt solle ich in mein Loch zurückkriechen und die Luft in dieser Wohnung nicht mehr verpesten. Das hat sie wortwörtlich gesagt. Sie wurde plötzlich ein wenig hysterisch. Sie ließ mich einfach stehen und ging in die Küche, um sich ein Stück Kuchen abzuschneiden. Ich wusste nicht, wie mir geschah. Irgendwelche geheimen Kräfte schalteten mein Gehirn aus. In meinem Inneren tobten Enttäuschung, Scham und Hass und diese drei finsteren Brüder diktierten meine nächsten Schritte. Eigentlich bin ich nicht so impulsiv und habe mich gut unter Kontrolle, doch das war einfach zu viel. Für mich selbst überraschend, warf ich mich auf Eva, entriss ihr das Messer und stach es ihr in meiner Wut in die Brust. Sie sank zu Boden. Kopflos rannte ich aus der Küche, aber dann drehte ich um und ging zurück. Sie lag bewegungslos, ihre Augen starrten mich glanzlos an. Ich erkannte, dass ich sie getötet hatte …« Der Rest des Satzes ging unter in lautem Schluchzen. Thomanek verlor seine bisher eisern bewahrte Fassung und weinte jetzt heftig und hemmungslos.

Schweigend saßen die Kommissare dabei und warteten geduldig, bis sich der Mann wieder einigermaßen beruhigt hatte. Schließlich fragte Steinacker behutsam: »Was haben Sie dann gemacht?«

Stockend berichtete der Hausmeister: »Ich habe viele Krimis gelesen und im Fernsehen angeschaut. Daher wusste ich, was ich zu tun hatte. Ich wischte alle Spuren meines Aufenthaltes weg, entfernte alle Fingerabdrücke. Bevor ich ging, inspizierte ich nochmal die Wohnung und da fielen mir die Kameras auf. Ich erschrak, denn das waren stumme Zeugen meiner Tat, daher habe ich sie abmontiert und mitgenommen. Erst zu Hause erkannte ich, dass es sich um Attrappen handelte. Allerdings konnte ich sie nicht mehr zurückbringen, dazu gab es keine Gelegenheit. Ich bedauere meine Tat zutiefst und kann nicht viel zu meiner Verteidigung vorbringen. Es ist geschehen und ich muss mit meiner Schuld leben.«

25

Kommissar Steinacker war müde, als er den Vernehmungsraum schließlich verließ. Statt Euphorie, dass dieser Fall endlich gelöst war, spürte er eher Melancholie und Mitleid für den Täter, der sein Leben durch eine unbeherrschte Kurzschlusshandlung für alle Zeit verpfuscht hatte. Doppelmayer saß am Computer und schrieb den Bericht über das Ende der drei Fälle. Steinacker informierte seinen Chef über das Geständnis und fuhr dann auf direktem Weg nach Hause. Dort parkte er seinen Wagen neben dem roten Ferrari und schmunzelte. Es war, als hätten sich hier Wirklichkeit und Fantasie vereinigt.

Bevor er zu seiner Wohnung hinaufstieg, suchte er einen nahe gelegenen Supermarkt auf. Sein Kühlschrank musste dringend aufgefüllt werden. Die Kassiererin war apart und schenkte jedem Kunden ein sonniges Lächeln. Wie verzaubert stand Steinacker vor der jungen Frau und wähnte sich auserwählt. Doch Flirten war nicht seine Stärke, daher nickte er ihr nur freundlich zu und verließ schnell den Laden. Zu Hause verstaute er seine Einkäufe, aber zum Kochen hatte er keine Lust. Er schaute auf die Uhr und beschloss, in der Eckkneipe eine Kleinigkeit zu essen. Bei sich nannte er diese Kneipe »Anlegestelle der Betrogenen und Bestohlenen«, weil sie sieben Tage in der Woche auf die Verlierer dieser Welt wartete. Dort trafen sich die im Leben zu kurz Gekommenen, diejenigen, die immer irgendwie versagten, denen das Glück aus dem Weg ging. Sie saßen an der Theke, tranken Bier oder Schnaps und beklagten ihr Schicksal, seltener jedoch die Verursacher ihrer Misere.

Steinacker setzte sich an einen am Fenster frei gewordenen Tisch. Der Wirt brachte unaufgefordert ein Bier. »Ich würde gerne auch etwas essen«, hielt ihn sein Gast auf, als er sich wieder abwenden wollte.

»Wir haben Wiener Schnitzel mit schlesischem Kartoffelsalat oder Bratwurst mit Brötchen und wahlweise Senf oder Ketchup.«

Steinacker entschied sich für das Wiener Schnitzel aus Frankfurt. Es dauerte eine gefühlte Ewigkeit, bis sein Essen auf dem Tisch stand. Während der Wartezeit trank er sein Bier und beobachtete die Gäste, die wenig redeten und oft nur vor sich hin starrten. Sie wollten ihren Schmerz im Bier ersäufen und ihr verpfuschtes Leben vergessen. Dabei suchten sie die Schuld nie bei sich, sondern machten lieber die Umstände und die böse Welt für ihr Elend verantwortlich.

Während der Kommissar aß, dachte er an die jetzt gelösten Fälle. Nur einen Täter hatte er verhaften können. Den Profikiller, der Helene Bem ermordet hatte, würde man nie finden, das war fast unmöglich. Der wurde von hochgestellten Persönlichkeiten der Alpenrepublik gedeckt. Um Slavko Kamschikow sollte sich Kommissar Sattler kümmern. Leider wussten weder Sattler noch Interpol, wo er sich befand. Aber eines Tages würde auch Kamschikow einen Fehler machen und dann würde er so enden wie alle Verbrecher. Jordanka Bonewa, an die Steinacker mit Wehmut dachte, war aus seinem Blickfeld verschwunden. Er würde sie nicht wiedersehen, und das wollte er auch nicht. Seine Trauer und Sehnsucht galten nur der Verheißung einer Zweisamkeit, von der er kurz träumen durfte und die er in seinem Leben so schmerzlich vermisste.

An der Theke saßen Steinackers Schicksalsgenossen und kippten unzählige Biere. Einer von ihnen war ein großer bärtiger Mann mit dünnem Haar und roter Nase, die seinen Alkoholkonsum deutlich anzeigte. Steinacker mochte diesen Grobian nicht, sein ganzes Wesen war dem Kommissar suspekt. Der Bärtige berichtete allen Anwesenden mit bitterer, weinerlicher Stimme, die nicht zu ihm passte, dass seine Alexandra ihn endgültig verlassen habe. Zuerst bejammerte er diese Tatsache, doch je weiter sein Alkoholkonsum voranschritt, desto mehr prahlte er, wie angenehm das sei. Jetzt könne er wenigstens das machen, worauf er Lust habe, in dreckigen Socken durch die Wohnung laufen, sein schmutziges Geschirr stehen lassen, die Füße auf den Tisch legen und alle Fußballspiele im Fernsehen anschauen, ohne sich das Palaver seiner besseren Hälfte anhören zu müssen. Er verfluchte alle Ehefrauen und trank auf die von ihnen befreiten Ehemänner. Doch nach dem nächsten Bier wurde er plötzlich wieder weinerlich und rief laut ihren Namen.

Steinacker wurde es zu bunt, er konnte dieses Schauspiel nicht mehr ertragen. Er aß das letzte Stück Fleisch, trank sein Bier zu Ende und verließ das Lokal. Er schwor sich, diese Gastwirtschaft nie wieder zu betreten.

Draußen hatte es zu regnen begonnen. Rasch lief er nach Hause. Nachdem er seine nassen Sachen abgelegt hatte, kochte er einen Tee und setzte sich an den Computer. Er hatte eine Idee ... Inspektor Ackerstein würde wieder ermitteln.